파이널 드래곤

파이널 드래곤 1

김진희 판타지 장편 소설

초판 1쇄 찍은 날 § 2004년 4월 1일
초판 1쇄 펴낸 날 § 2004년 4월 10일

지은이 § 김진희
펴낸이 § 서경석

편집장 § 문혜영
편집책임 § 유경화
마케팅 § 정필 · 강양원 · 이선구 · 김규진 · 홍현경

펴낸곳 § 도서출판 청어람
등록번호 § 제1081-1-89호
등록일자 § 1999. 5. 31
어람번호 § 제1-0473호

주소 § 경기도 부천시 원미구 심곡1동 350-1 남성B/D 3F (우) 420-011
전화 § 032-656-4452 팩스 § 032-656-4453
http://www.chungeoram.com
E-mail § eoram99@chollian.net

ISBN 89-5831-033-2 04810
ISBN 89-5831-032-4 (SET)

파이널 드래곤

김진희 판타지 장편 소설

Final Dragon

1

도서출판
청어람

목차

❶

작가의 말

아~ 내 소설이 책이 나오다니… 정말 생각지도 못했던 일이었습니다.

게다가 그 소식을 듣고 얼마나 놀라고 기뻤던지…….

정말 반신반의하며 보낸 소설… 그렇게 당연히 떨어질 거라고 생각하고 보낸 소설이 붙었고 출판이 된다 하는 메일을 받고 정말 말 그대로 저는 방방 뛰었습니다.

처음에는 반신반의하던 엄마와 끝까지 안 믿던 아빠(으… 내가 가족들에게 이렇게 신용을 못 받다니…), 가족들의 그런 말(?)을 들으면서도 포기하지 않고 엄마와 함께 저는 만 4년 만에 서울로 갔지요.

두근 반 세근 반 도착한 서울… 그날따라 비도 오고 길도 몰라 헤매다 겨우 들어간 청어람 사무실에서 어리벙벙한 상태로 계약을 하고 나왔을 때의 기쁨이란… 그때를 생각하면 지금도 웃음이 나오네요.

어찌어찌하여 지금까지 소설을 썼고 이제는 출판하게 되어 너무 기뻐 뭐라 말로 표현할 수 없어요.

그동안 몇 번이나 '으, 줄거리가 안 써져…', '머리에 쥐가 나려고 해!' 할 때마다 '써라!' 며 저를 갈구어(?) 도움을 주신 엄마, 아직 안 나온 책을 아는 사람을 총동원해 이곳저곳에 선전해서 사게 협박한 동생, 조용히 나를 밀어주신 아빠에게 감사드립니다.

그리고 저를 뽑아주신 청어람과 인터넷 연재에 열렬히 호응해 주신 아래트님, 쉐리아님, 도용직님 등등등(등등등으로 표현해서 죄송해요 님들)… 뭐라 표현할 수 없이 고마웠습니다.

그분들 때문에 이렇게 책이 나온 거라 생각합니다. 정말 감사드립니다.

정말 너무너무 감사드려요.

1

아이러니한 시작

아이러니한 시작

"죄송합니다, 최선을 다했지만……."

조금 열려진 문의 틈새로 말을 엿듣고 있던 나는 익숙한 말에 피식 웃음을 흘리며 벽에 기대어 섰다.

한두 번 겪은 일도 아닌데 매번 기대를 하고, 그 기대가 어긋날 때마다 실망을 하는 자신이 바보 같았다. 그리고 매번 1%도 안 되는 기대에 매달리고 자신의 치유에만 전념하는 가족들에게 너무나 미안하기도 했다.

나만 아니었다면 이렇게 힘들진 않았을 텐데… 라는 생각이 들자 더욱 몸에서 기운이 빠지는 것 같았다.

한숨을 내쉬고는 자리로 돌아가기 위해 안 움직이는 팔다리를 가까스로 움직이기 시작했지만 마치 기름칠 안 한 로봇의 팔다리처럼 삐걱삐걱대는 것 같아 기분이 불쾌해졌다. 아주 조금 걸었는데도 가쁜 숨을 내쉬며 벽에 기대고 있는 모습은 내가 봐도 무척이나 한심해 보인 것이다.

"아아악! 억울해~ 내가 왜 이리 아파야 하냐구!! 정말 왜 이리 궁상을 떨어야 하냔 말야!!"

정말 하늘에 계신 누군가가 내 옆에만 있다면 그대로 붙잡고 미친 듯이 흔들며 따지듯 신세 한탄을 하고 싶었다. 도대체 나에게 무슨 억하심정이 있는지… 왜 이러냐고…….

한창 창창하고 꽃 피워야 할 나이에 내 세상이 고작 2평짜리 병실이 전부라니… 이렇게 억울하고, 원통하며, 분통하고, 불공평한 일이 또 어디 있겠는가! 내가 왜! 왜 나만!!

여섯 살 때 갑자기 쓰러져 병원을 찾게 된 어린 내가 집에 가고 싶어 졸라대자 슬픈 듯이 웃으며 '조금만 자면 돼. 우리 성연이 착하지? 한 다섯 밤만 있으면 완전히 나으니까, 그때 엄마랑 같이 성연이가 좋아하는 놀이 동산에 가자' 하며 나를 달랬던 어머니의 모습이 갑자기 떠올랐다.

오래전의 일인데 어제처럼 생각나는 것을 보며 자신이 많이 약해진 것 같다는 생각이 들었다.

'죽기 직전에 사람들은 옛이야기를 떠올린다고 했는데… 허걱, 설마 그때인가? 우~워!! 그렇다면 너무 억울해! 진짜 억울해! 이 꽃다운 청춘에 불타는 듯한 사랑 한번 해보지도 못하고 이대로 처녀 귀신이 되다니!! 억울해! 억울해! 억울해~애!'

드디어 침대에 도착한 나는 지친 팔다리를 침대에 천천히 올리며 스스로 생각해도 황당한 내 성격이 정말 웃기는 것 같았다.

밝은 성격이라 좋기는 하지만 이건 밝은 성격을 지나쳐 심각한 상태까지 발전한 것 같았다. 정말 이게 좋은 일인지 나쁜 일인지…….

'엄마, 정말로 궁금한 게 있는데… 내가 나아서 다시 엄마랑 놀이 공원에 갈 수 있을까? 엄마가 약속한 다섯 밤은 벌써 몇백 번도 더 지났는데… 난 언제까지 여기서 기다려야 하지?'

솔직히 이제 낫는 것 따윈 바라지도, 기대도 하지 않았다. 다만 이 지긋지긋한 병원에서 나가 전에 엄마와 약속한 놀이 공원이나 한번 가봤으면 하는 바람뿐이었다.

지금은 거의 잊혀져서 희뿌옇게나마 겨우 기억나는 조이월드의 모습은 그때나 지금이나 나에게는 동화의 나라로 기억되어 있는 것이었다. 맛있는 음식에 커다란 동물 인형들, 그리고 화려한 동화 같은 건물 등등… 정말 가보고 싶었다.

여기까지 오느라 힘이 다 빠져 버린 나는 힘들게 자리에 누우며 이젠 익숙해진 병실 안의 모습을 바라보았다.

2평 정도 되는 나만의 세상… 이곳만이 내가 존재하는 세상이고 내가 존재할 수 있는 유일한 세상이었다. 한때 넓어 보일 때도 있었지만 그때는 이제 기억조차 나지 않았다.

좁고 하얀색의 병실은 그 아름답고 멋졌던 동화의 나라하고는 거리가 멀어도 한참이나 멀었다. 누가 하얀색만 가득한 병실을 무슨 꿈의 나라, 동화의 나라로 보겠는가? 정신 병원이라고 안 보면 다행이지…….

여섯 살, 그때 그렇게 쓰러져 병원에 들어온 이후로 여러 병원을 전전하며 살았지만 낫기는커녕 점점 악화만 되어가고 있는 내 몸뚱이에 이젠 나와 가족들조차도 점차 지쳐 가고 있었다. 내색은 안 하고 있지만 나를 볼 때마다 흐려지는 눈이 내 마음을 슬프게 했다.

정말 그동안 병원에서 지겹도록 나이와 약만 잔뜩 먹은 것 같았다. 아마 그동안 먹은 약을 모았다면 약국 하나 정도는 거뜬히 차릴 수 있을 것이 분명했다.

'희귀병이라고 했는데… 뭐라더라? 기억이 안 나네. 이런, 이제는 신경이 굳다 못해 머리까지 굳어진 건가? 안 그래도 가족들 중 가장 달리는 머린데… 이런, 생각할수록 비참해지네. 처녀 귀신도 억울한데 돌대가리 귀신이라니……'

솔직히 지금 심정으로는 내일 당장 죽더라도 이놈의 병원에서 퇴원하고 싶었다. 정말 날이 갈수록 통증은 계속 심해지는데 완치가 불가능한 병이라니… 그런데도 어째서 이 병원에서는 나를 퇴원시키지 않는지 궁금했다.

병원도 불황이라는데 설마 나를 돈줄이라고 생각하는 건… 에이, 아니겠지.

아무리 나를 완치시키지 못한다 하더라도 치료해 주는 의사들이나 간호사들을 그런 식으로 생각하고 싶지는 않았다. 하지만 시간이 지날수록 나아지지 않는 내 모습을 보니 그런 생각이 가끔 드는 것도 어쩔 수가 없었다. 나도 돈이 아까운 인간인지라… 큼큼큼……

문득 쳐다본 거울 속의 내 모습이 비참하고 초라해서 태산같이 높은 내 자존심이 무너지는 것 같았다.

드라마에서 병원에 입원한 여자들은 하나같이 하얗고 부서질 듯한 아름다운 모습으로 햇빛을 등지고 방긋 웃고 있는데… 드라마가 아닌 현실에서의 나의 모습이란… 흐흑… 정말 눈물이 나올 지경이었다. 이 비참한 현실이라니……

'감히 누가 이 모습을 청순 가련형이라고 볼 수 있겠는가? 흐흑…

꽃다운 청춘 열여덟 살의 나이에 땜빵 머리숱이라니… 어무이, 오빠들은 넘쳐 나는 머리숱이 딸내미에게는 왜 이리 희박합니까요～오!'

약 때문에 그런지 날이 갈수록, 나날이 내 머리카락 숱이 허해지자 덩달아 마음이 허해져 가는 것 같았다. 약간 떨어져서 본다면 그다지 표시는 나지 않겠지만 가까이서 머리카락을 뒤져 보면 땜빵 한두 개는 거뜬히 볼 수 있으니 정말 미래가 걱정되는 것이었다.

이런 말이 있지 않은가! 못생긴 건 용서돼도 대머리는 용서 안 된다는… 내가 지금 그걸 걱정해야 할 판이었다.

'흑, 이 모습이 꽃다운 청춘의 소녀 모습이라니… 정말 슬픈 현실, 비참한 현실이야.'

그나마 내 몸에서 봐줄 만한 것은 하얀 피부(병실에만 있어 탈 시간이 없었다)였지만 입술이나 눈은 새파래 내가 이대로 어두운 밤길을 걸어간다면 그곳에 한바탕 귀신 소동이 날 것 같았다. 말 그대로 병자의 모습이 철철 넘치는 나는 해골에 하얀 피부 하나 씌워논 사람 같았다. 흐윽…….

"흐윽… 내가 말하고도 비참하네. 정말 이걸 누가 18세의 한창 이쁜 소녀의 얼굴이라고 보냔 말야!!"

이렇게 솔직히 말하자면 내 자존심이 구겨지지만 난 내가 봐도 절대 이쁜 얼굴이라고 할 수 없었다.

우리 가족들은 하나같이 미형인데 유일한 딸내미는 호박, 아니, 귀신 꼴이라니…….

뭐, 그래도… 이런 비참한 모습을 가졌어도 나는 또래의 소녀들보다 이쁘다는 소리를 많이 듣는 편이었다. 물론 그게 가족들에 한해서지만 말이다… 에헤헤…….

남들이 보기에는 절대 아니지만 가족들은 하나같이 우리 이쁜 딸, 이쁜 동생이라고 불러주는 것이다. 그 모습이 좀 바보 같고 거짓말인 티가 확연했지만 기분이 좋긴 했다. 공주병이라 뭐라고 할 수 있긴 하지만 18세의 꽃다운 소녀가 이쁘다고 한다면 누가 싫어하겠는가.

하지만 거짓말인 게 너무 표시날 때는 서운하고 마음도 아팠다. 정말 이 시대에 넘쳐 나는 사기꾼들에게 거짓말하는 것 좀 배워왔으면 할 정도였다.

특히 머리 빗겨주거나 감겨줄 때마다 빠지는 머리를 보며 남몰래 눈물을 흘리며 이쁘다고 하는 엄마나, 점점 더 살이 빠져 가는 나를 보며 얼마나 이뻐지려고 다이어트하는 중이냐며 억지로 놀리는 오빠들을 보면 이따금씩 가슴이 찌릿하게 울려왔다.

나날이 말라가는 내 몸을 보며 이따금씩은 팔 걷어붙이고 악쓰며 하늘에 따지고 싶은 생각도 들었다.

정말 도대체 전생에 내가 무슨 죄를 지었기에 이런 병을 얻게 됐는지 궁금하고 화도 났다.

살인? 강도? 폭행? 방화? 전쟁 모의? 유괴? 납치? 폭파? 또 뭐가 있으려나……?

암튼 내가 알고 있는 모든 목록을 다 찾아봐도 알 수가 없었다. 물론 대답해 주는 이도 없으니 알 리가 없겠지만 말이다.

솔직히 나에게 이런 무거운 고통을 주신 것도 원망스러웠지만 내 죄는 나 하나로만 끝나야지 착하디착한 우리 가족들에게도 왜 그 무거운 죄를 덩달아 같이 지게 하신 것인지 더욱 원망스러웠다.

유식한 말로 연대 책임이라고 하나? 암튼 우리 가족은 왜 같이 덤터기 쓰는지… 전생에 내 부하였나?

침대에 누워 이러저러한 불평을 궁시렁궁시렁 털어놓고 있는데 이젠 좀 진정이 됐는지 약간 빨간 눈을 하고 들어오시는 엄마의 모습이 보였다. 한참 운 듯한 엄마의 얼굴을 보니 마음이 아팠다.

　"좀 있으면 괜찮아질 거래. 곧 있으면 나을 거라고 하니까 걱정하지 말고 푹 쉬라고 하더라. 니가 건강하게 마음먹어야 빨리 낫는다고 하니까 밥도 꼭꼭 잘 먹고."

　붉어진 눈으로 웃으며 말하는 엄마의 모습에 목이 메었지만 지금의 나로서는 같은 웃는 얼굴로 마주 웃어줄 수밖에 없었다.

　'미안해요… 미안해요, 엄마. 정말 미안해요.'

　눈을 떠보니 방 안이 어둑어둑한 게 나도 모르게 어느샌가 잠이 든 모양이었다. 내가 불을 끈 기억이 없는 것을 보니 아마 내가 잠들자 엄마가 불 끄고 가신 것 같았다.

　'정말 일도 다니시면서… 정말 이렇게 매일 안 오셔도 되는데……'

　무엇 때문인지는 몰라도 잠에서 깨기는 했지만 일어나기 싫어 그냥 눈을 감고 있었다. 꿈지럭꿈지럭대고 있는데 감은 눈가에 약한 불빛이 들어오는 게 느껴졌다.

　귀찮았지만 확인하기 위해 그쪽으로 고개를 돌려보니 언제 왔는지 큰오빠가 냉장고에 내가 좋아하는 백도를 채워 넣고 있는 모습이 보였다. 아마 내가 자다 깬 이유가 오빠가 들어와서 부스럭댄 소리 때문이었던 것 같았다.

　"정말 출근 도장을 찍네, 찍어. 매일 안 와도 된다니까. 그리고 또 웬 백도야! 오빠, 의사가 아니라 백도 장수 아냐? 매일같이 오면서 웬 또 백도야?!"

"어, 오빠 때문에 깼니? 잘 자는 것 같아서 이것만 놓고 가려고 했는데 깨버렸구나… 더 자지……."

큰오빠는 내가 일어나 앉자 멋쩍은 듯 웃으며 냉장고에서 전에 넣어 놓은 차가운 백도를 꺼내 접시에 덜어 건네주었다.

아무리 봐도 180이 넘는 장신인 우리 큰오빠는 정말 멋지고 잘생기고 머리 좋은 남자였다. 그 덕에 은근히 간호사들의 질투 어린 눈총을 받게 되었지만 뭐, 그래도 좋았다.

물론 이런 미남이 오빠가 아니라 애인이었으면 더 좋았겠지만 내 주제에 무슨…….

큰오빠가 건네준 하얗고 말랑말랑한 복숭아를 바라보며 피식 미소를 지었다.

정말 우리 오빠들과 엄마 때문에 내 냉장고 안에는 복숭아와 백도가 떨어질 날이 없었다.

매일같이 출근 도장을 찍는 우리 큰오빠와 엄마는 언제나 백도를, 학업과 아르바이트 때문에 이틀에 한 번씩 오는 우리 막내오빠는 올 때마다 천도 복숭아와 복숭아 주스를 사오니 내 냉장고에는 언제나 복숭아들 때문에 만원 사례였다.

"내 냉장고는 복숭아로 만원 세례라고… 누가 보면 우리 집이 복숭아 과수원하는 줄 알겠어!"

입 안에 백도를 잔뜩 넣은 채로 투정 아닌 투정을 부리자 그 모습이 괘씸해 보였는지 큰오빠가 갑자기 이마에 알밤을 먹이는 것이었다. 딱하니 울려오는 충격이 꽤나 센 것이 괜히 장난친 것 같았다.

"으씨… 아프잖아. 무슨 짓이야, 오빠. 애들도 아니고……."

"요놈의 못된 입 같으니라고. 오빠가 맛있게 먹으라고 사다 주니까 투정을 해? 요놈의 자식이 감히 하늘 같은 오라비에게 대들다니… 넌 이 오빠에게 이기려면 아직도 멀었다, 요 꼬맹아."

얄미운 듯 볼을 꼬집으며 말을 그렇게 잔소리하듯 했지만 성우는 언제나 병원에만 있는 성연이 안쓰러웠다.

여섯 살에 쓰러진 이후로 학교를 다니기는커녕 친구조차 사귀지 못해서 가족 외에는 면회 오는 사람도 없었다. 게다가 가족들이 다 일이나 학업 때문에 나가서 언제나 혼자 병실을 지키는 게 아픈 여동생의 일상이었다.

가족과 진찰하는 의사나 간호사들 외에는 사람을 만나본 적도 없고 또래를 사귀어본 적도 없는데 벌써 세월이 흘러 열여덟 살이라니… 그리고 보면 정말 세월은 참 빠른 것 같았다.

성우는 가끔 지나가다 성연이 또래 아이들의 밝은 모습을 보면 마음이 아팠다. 저렇게 친구들과 모여 다니며 즐겁게 지내야 할 나이에 병마와 싸우며 혼자 병실을 외로이 지켜야만 하는 막내여동생이 안쓰러웠던 것이었다.

"오빠… 오빠? 무슨 생각 중이야?"

"아… 별거 아냐. 참… 오빠 곧 결혼한다. 아마 이번 달쯤 결혼할 거야. 약혼은 집안 사정상 빼고 하기로 했어."

멋쩍은 듯 웃는 오빠의 모습에 내 입이 떡 벌어졌다. 덕분에 하마터면 턱이 빠질 뻔했지만 겨우겨우 빠질 뻔한 턱을 맞춰놓고 나는 아쉬움과 기쁨이 섞인 한숨을 쉬었다.

'드디어… 드디어 우리 오빠가… 정말 징그럽게도 오래 끌더니만 청혼했나 보네… 아! 누군 좋겠다.'

오빠의 청혼에 무진장 기뻐할 정애 언니의 얼굴이 떠오르자 기쁨과 함께 한편으로는 배에 익숙한 통증이 몰려왔다. 아무래도 웨딩드레스를 입어본다는 데에 심통이 난 모양이었다.

'좋겠다. 웨딩드레스라… 나는 언제쯤 입어보려나… 잠깐… 이런……'

오빠의 결혼 소식은 나에게 처음에는 경악, 그 다음에는 기쁨, 그 다음에는 걱정을 안겨주었다. 이유는 2년 전 병원에 놀러온 정애 언니가 나에게 테디 베어 가르쳐 주는 대가로 주기로 했던 약속 때문이었다.

그때 정애 언니의 웨딩드레스를 만들어주기로 새끼손가락까지 걸면서 약속했는데… 내가 홀랑 잊어버린 것이었다.

'우워! 웨딩드레스는커녕… 아직 테디 베어도 못 만들었는데 벌써 결혼이라니… 쪼… 금만 늦춰주면 안 될까?

약간의 희망을 담아 오빠를 바라보았지만 아마 내가 이런 부탁을 오빠에게 했다는 것을 정애 언니가 알면 꽤나 구박받을 것 같았다. 착한 언니의 성격상 대놓고는 못할 게 분명했지만… 그래도 후환이 두려웠다.

뭐, 드레스가 걱정되고 배도 약간 뒤틀리기는 했지만 착하고 이쁜 정애 언니와 오빠가 결혼한다니 기분이 좋긴 했다.

"누군 좋겠네, 멋진 남자한테 청혼도 받고……. 쳇, 드디어 정애 언……."

"정애가 아니야. 딴… 여자야."

또다시 터진 오빠의 두 번째 폭탄 선언에 아까의 충격으로 간당간당하던 턱이 완전히 빠져 버린 것 같았다.

우리 식구들은 모두 당연히 오빠가 결혼을 한다면 장장 10년 넘게 연애했던 정애 언니일 거라고 생각해 왔다. 그래서 나뿐 아니라 가족들은 정애 언니를 볼 때마다 미래 오빠의 신부라 생각하며 대해왔었고, 가족 전체도 인정하는 분위기여서 결혼만 안 했을 뿐이지 이미 오빠의 부인이나 다름없는 사람이라 오빠의 결혼 소식에 정애 언니가 떠오른 건 당연한 거였다.

그런데 다른 여자라니… 도대체 언제, 어느 세월에 오빠가 다른 여자를 사귀었단 말인가.

내 병실에 매일 출근하면서… 설마 이 병원 간호사?

그렇다면 어떤 간호사여… 감히 우리 오빠에게 꼬리를 친 간호사가… 당장 걸리기만 하면 꼬리를 잘라 버릴 테닷!! 누구야아아아아아앗!!

"오빠… 양… 다리였… 어?"

큰오빠는 조심스런 내 말이 웃겼는지 웃음을 터뜨리더니 갑자기 내 머리를 마구 헝클어놓았다. 황당한 오빠의 행동에 깜짝 놀라 쳐다보자 오빠는 자신이 헝클어놓은 머리를 다시 가지런히 챙겨주는 것이었다.

도대체 이게 무슨 짓인지…….

"그렇게 됐다. 하지만 양다리는 아니었어… 그냥… 더 좋은 여자야. 솔직히 말하자면 조건이 좋은 여자지. 그 조건이 너한테도, 나한테도 좋을 것 같아서 그녀를 선택한 거야. 오빠 악당이지…….."

왠지 쓸쓸한 느낌의 목소리에 차마 말이 나오지 않았다. 머리 속에는 최악의 생각만 빙빙 떠올라 말로는 도무지 표현되지 않는 것이었다.

"나… 나 때문이야? 나 때문에 그런 거야?"

한참 만에 나온 떨리는 내 목소리에 오빠는 언제나처럼 부드러운 미소로 약하게 떨고 있는 내 머리를 부드럽게 안아주는 것이었다.

"아니야, 내가 원해서야. 정애도 인정한 사실이고. 우린 깨끗이 헤어졌으니 걱정하지 않아도 돼. 그러니 쓸데없는 걱정 하지 말고 어서

자. 너한테 결혼할 여자가 생기면 첫 번째로 말해 준다고 약속 안 했으면 이런 말 먼저 안 하는 건데. 자, 얼굴 펴고 약속은 잘 지키는 이 오빠 이뻐해 주라. 그럼 잘 자! 우리 떼쟁이 공주님."

나를 꼭 안아준 채 속삭이듯 말하는 오빠의 목소리에 차마 표현하지 못한 슬픔이 가라앉아 있는 느낌이었다. 오빠의 그런 슬픔이 내게 옮겨왔는지 나불대기 잘하는 내 입이 차마 떨어지지 않았다.

그런 나를 한 번 꼭 안아준 오빠는 잘 자라는 인사를 마지막으로 아무 일 없었다는 듯 웃으며 나가는 것이었다. 언제나 같은 미소였지만 그 따뜻한 미소 뒤에 체념의 빛이 묻어 있는 듯 느껴져 마음이 너무 아팠다.

아무래도 지금까지 가족들에게 짐이었던 내가 끝내는 오빠의 인생마저 망쳐 버린 것 같았다.

꽤나 잘살았던 우리 집은 내 병원비로 집까지 팔아야 했고, 또한 오빠들은 학비조차 낼 돈이 없어 대학교도 자신이 스스로 벌어서 등록금을 내야만 했다. 그러면서도 언제나 웃으며 뭐든지 나부터 챙기는 가족들이기에 더욱 미안한 마음이 들었다.

그렇기 때문에 어떻게든 나아주고 싶었고, 어떻게든 즐겁게 보이려고 노력했다. 덕분에 이런 성격으로 굳어져 버리긴 했지만서도 내가 할 수 있는 일은 다 해주고 싶었다.

돈 잡아먹는 짐인 나를 언제나 이뻐해 주고 걱정해 주는 가족이 있어서 몸이 아파도 그렇게 괴롭지는 않았다. 하지만 이제부터 내가 살아감으로 인해 더 망가져 갈 가족들의 인생을 생각하자 나의 마음이 무겁게 가라앉아 갔다. 아무래도 더 이상은 웃을 힘도, 웃을 수도 없을 것만 같았다.

하지만 모든 걸 다 포기하고 싶어도 나에게는 그럴 용기도, 솔직히 그럴 마음도 없었다. 왜냐하면 아직도 삶에 대한 미련이 많이 있기 때문이었다. 구차하게, 비참하게 살아간다 해도 아직은… 정말 더 살고 싶었다.

어느새 시원한 기가 사라져 버린 복숭아를 기계적으로 먹으며 나는 나 스스로를 위로하기 시작했다.

'그래, 어쩌면 더 좋은 여자일지도 몰라. 첫눈에 반해서 그녀를 택했는지도 몰라. 맞아, 첫눈에 사랑! 거 있잖아, 로맨스 소설에 나오는 첫눈에 반하는 사랑… 그래서… 그래서 정애 언니에게 미안해도 그 여자가 좋아서… 그… 여자… 에게 청혼… 했는지도 몰… 라.'

침대 옆에 조그만 거울에는 이젠 기계적으로 입 안에 든 복숭아를 씹으며 울고 있는 내 모습만 덩그러니 비치고 있었다.

"정말 니가 선택한 거니? 후회 안 하고 살 자신 있니?"

"후회하지 않습니다, 어머니. 제가 언제 후회할 일을 만든 적 있었나요?"

담담하게 말하는 자신의 장남을 보며 미화는 마음이 찢어지는 것 같았다.

이 책임감 많고 동생을 사랑하는 녀석은 지금 분명 자신이 사랑하는 여자보다 현실을 위해서 조건이 좋은 다른 여자를 택하고 있는 것이 분명했다. 그 사실을 알면서도 미화는 차마 말릴 수가 없었다.

끝없이 이어지는 성연이의 병원비와 나날이 늘어가는 빚들이 그녀의 마음을 무겁게 만들고 있었던 것이다. 아무리 노력을 해도 나아지는 것은 없고 점점 악화되는 현실이 미화를 무겁게 짓누르고 있었던 것이다.

이대로 상황이 더 악화된다면 아픈 딸의 치료도 더 이상은 할 수 없었다. 최악의 선택으로 성연의 퇴원을 생각했던 적도 있었다. 하지만 그것만은 피하고 싶은 미화에게 성우의 결혼이 어떻게는 고맙기까지 했다.

미화는 성우가 분명히 후회하고 오래 아파할 거라는 걸 알고 있었지만 차마 반대하지 못하는 자신의 입장이 정말 통탄스러웠다.

성연이가 아프지만 않았다면, 아니, 그이가 그렇게 쉽게 떠나지만 않았다면 이런 일은 없었을 텐데⋯ 이렇게 언젠가는 뼈저리게 후회할 일을 택하게 하지는 않았을 텐데⋯ 하는 생각이 들자 먼저 떠난 사람이 원망스러웠다.

남편이 일찍 세상을 떠나 힘들었을 때도 남은 가족들을 위해 자신의 아픔도 참고 묵묵히 꿋꿋하게 가장 노릇을 해왔던 자신의 큰아들이었다. 그 아들이 있기에 미화는 살아갈 수 있었다.

하지만 자신들이 너무 그에게 기대해서 그런지 자신의 큰아들은 가족들의 모든 짐을 자신이 지려고만 했었다. 무슨 자신의 업보인 양 말이다.

그런 아이가 이젠 가족들을 위해서 사랑하는 사람을 버리고 사랑없는 사람을 택해 결혼한다고 한다. 힘든 가족들의 짐을 덜어주기 위해서 말이다.

어미로서 그런 사실을 알면서도 말릴 수 없다는 데에 미화는 자신이 너무나 밉고 원망스러웠다.

"어머니⋯ 걱정하지 마세요. 제가 선택한 겁니다. 정애도⋯ 이해했어요."

"이해했다구?! 형, 미쳤어? 미쳤냐구! 돈 많은 여자랑 결혼한다고 문제가 다 해결될 거라 생각해?! 형, 그러고도 행복할 자신 있냐구!! 아니, 형을 떠나서… 성연이가 이 사실을 알면 기뻐할 거라고 생각하냐구!! 제정신이야?! 그 녀석은 분명히 더 슬퍼할 거라고!! 분명 이 사실을 알고 혼자 울고 있을 거란 말야!!"

"그럼 어떻게 해!! 어떡하면 좋냐구!! 막상 병원 측에서는 압박해 오고, 내가 인턴 생활해서 버는 돈이라곤 쥐꼬리만큼도 안 되는데… 그럼 성연이를 포기하라고? 낫지도 않았는데 병원에서 내쫓기란 말야?! 난 절대 성연이를 포기할 수 없어!! 그렇게 힘들게만 산 아이인데!! 절대 그렇게 할 수 없어!! 그럴 바에야 정애를 포기하는 게 나아!! 그건 내 문제니까!!"

따지듯 달려들어 자신의 멱살을 붙잡고 소리치는 성수를 뿌리치며 성우는 소리 질렀다. 자신에게 화를 내고 달려드는 성수에게 자신의 마음도 아프고 화난다고 소리치고 싶었다. 하지만 그럴 수 없는 일이었다.

이 일로는 자신만 아파하면 됐다… 안 그래도 힘든 가족들이 아파서는 절대 안 되는 일이었다.

자신이 저지른 죄고… 자신의 죄이니 자신만 아프면 되는 것이었다.

성우는 지금도 이해가 가질 않았다. 그렇게 돈 많고 유능한 여자가 자신같이 평범하고 생활고에 찌들려 사는 남자에게 진심으로 호감을 가질 거라고는 생각하지 못했었다. 그저 한때의 장난일 거라고 생각해서 접근하는 그녀를 그냥 무시했었다.

하지만 그런 식으로 자신을 무시했던 남자는 없었는지 그게 더 그녀를 자극했던 모양이었다. 그녀가 나에게 청혼을 하다니 말이다.

그녀의 청혼을 장난 반 귀찮음 반으로 무시하고 지나갔던 게 큰 실수였다. 능력만큼 자존심이 셌던 그녀는 내가 꼼짝할 수 없도록 일을 벌였고, 나는 그녀가 벌인 일에서 도망갈 구멍 하나 찾지 못했다.

솔직히 말하자면 처음 그녀의 관심은 싫지 않았다. 그리고 그녀의 청혼도 나쁘지만은 않았다. 아니, 솔직히 말하자면 이러지도 저러지도 못하는 이 상황에서 그녀의 청혼을 어찌 보면 기회라고 느꼈는지도 몰랐다.

여동생을 낫게 할 수 있는 기회, 어머니가 그렇게 힘들게 일하지 않아도 되는 기회, 남동생의 이번 학비를 무사히 낼 수 있는 기회라는 생각이 들자 처음 거절할 때도 약간 미적거렸는지 몰랐다. 그때 아마 정애의 얼굴이 떠오르지 않았다면 고맙게 받아들였을지도 몰랐다.

그렇게 첫 번째 청혼을 거절하고 며칠 뒤에 만난 수현은 전보다 이상하리만큼 더욱 밝아진 느낌이었다. 그리고 또다시 나에게 청혼을 하는 것이었다.

이번 역시 미안하다는 말과 함께 두 번째 청혼을 거절하고 돌아서던 나는 부드러운 그녀의 목소리에 걷던 걸음을 멈추고 돌아섰다.

"동생을 구하고 싶지 않나요? 이대로라면 병원에서 쫓겨날 것 같던데… 그래도 괜찮아요?"

충격으로 인해 뻣뻣해진 몸으로 겨우 돌아선 내가 본 것은 더욱 짙어진 미소뿐이었지만 그 말은… 그 표정은 나에게 그 어떤 올가미보다 더욱 견고한 구속의 도구가 되었다.

그 말… 그 말로 나는 그 자리에서 또다시 받은 그녀의 세 번째 청혼을 거절하지 못했다.

아니… 어쩌면 이렇게 거절할 수도 없는 그녀의 청혼에 마음 한편으로는 기뻐했을지도 몰랐다.

　이런 생각이 들자 성우는 자신이 치졸해 보였다.

　힘들 때 자신의 곁을 지켜주던 정애를 헌신짝처럼 버려 버린 자신이 정말 못난 남자 같았다.

　자신의 헤어지자는 말에 충격을 받아 하얗게 질렸으면서도 동생이 낫길 바란다며 행복하라 웃으며 떠나준 정애의 모습이 아직도 성우의 마음을 아프게 했다.

　차라리 죽어버렸으면 좋겠다고… 네가 뭐가 잘났냐고 때리고 소리치며 달려들었으면 이렇게 비참하지는 않았을 텐데 하는 생각이 들었다.

　그리고… 그녀가 자신을 잊지 말아줬으면 하는 더러운 바람도 있었다. 마음속으로는 지금도 내가 미치도록 정애를 사랑하듯이 정애도 나를 잊지 말고 사랑해 주었으면 했다.

　아무래도 난 정말 더럽고 이기적인 인간인 게 분명했다.

　"차라리… 죽을병에 걸렸으면 좋았을 것 같아. 그래서 이렇게 언제까지나 1%로도 안 되는 기대에 매달……."

　차마 말을 끝맺지도 못하고 날아든 성우의 주먹에 성수는 방 안에 나동그라졌다.

　"너 지금 뭐라고 한 거냐! 너야말로 지금 제정신이야?! 네가 지금 제정신으로 한 말이냐고!!"

　"그래! 난 제정신이야!! 제정신으로 한 말이라고!! 그럼 그렇게 말하는 형은 제정신이야?! 뭐? 돈 때문에 정애 씨를 버린다고? 뭐, 성연이 때문에 그런다고? 웃기지 마!! 그건 다 형이 편하자고 한 일 아냐!! 내가 존경했던 형은 이제 보니 더럽고 치졸한 남자였을 뿐이라고!!"

　악에 받친 듯 버럭버럭 소리 지르는 성수의 말에 처음 보는 아프게 일그러진 성우의 모습을 보며 미화는 마음을 잡았다. 아무리 힘든 상황이라도 또다시 아들을 희생시킬 수는 없었다.

자신의 큰아들도 자신에게는 소중한 자식이기에 성연을 살리기 위해 성우의 삶을 포기할 수는 없었다.

그렇게 마음을 정한 미화는 금방이라도 주먹을 휘두르며 싸울 듯 덤비는 형제를 뜯어말리며 크게 소리쳤다.

"도대체 무슨 짓이니, 형제끼리 싸우다니! 이 어미가 그렇게 키웠든!! 그리고 난 이 결혼 반대다!"

뭔가 다시 말을 꺼내려는 듯한 성우의 말을 단칼에 잘라 버리고 미화는 마저 말을 이었다.

"더 이상 긴말 듣고 싶지 않구나. 난 내 딸 성연이도 사랑하지만 내 아들 성우도 똑같이 사랑한단다. 어미로서 자식이 후회할 길은 만들어 주고 싶지 않구나. 다른 길이 있을지 모르니 생각해 보자. 이 일은 안 들었던 걸로 하마. 그리고 성수야… 그런 말 함부로 하지 말아라… 듣는 이 어미 마음 아프단다. 난 언제나 죽을병에 안 걸렸다는 것만으로도 감사하고 우리 성연이가 하루하루 살아주는 것만 해도 감사하단다."

두 아들을 한 번씩 바라보고 조용히 말을 마친 미화는 자신의 방으로 들어갔다. 더 이상 자신의 아이들이 싸우는 모습은 보고 싶지 않았다.

그렇게 조용히 안방으로 들어가는 미화의 뒷모습을 보며 성수는 조용히 입을 열었다.

"차라리 그러면 이렇게 기대하지 않아도 되잖아요! 성연이가… 우리 성연이가 기대했다가 상처만 받는 걸 보는 게 이젠 더 힘들다구요."

"오! 놀라워라~ 오! 서프라이즈!! 역시 인생은 아이러니야. 정말 내가 이곳에 설 줄은 몰랐는데……."

무리한 운동(?)으로 거칠어진 숨을 가라앉히며 나는 처음 밤에 보는 강을 멍하니 바라보았다. 그다지 깨끗하지도, 아름답지도 않았지만 영화에서나 볼 수 있을 법한 풍경이 왠지 기쁘게 했다.

뭐, 그동안 병원에서만 살았다고 해도 그다지 나쁜 인생은 아니었다.

만화에 나오는 히로인처럼 우아하고―솔직히 그다지 우아하진 않았다―청순한―이것도 그다지―병자 역도 해봤고, 부모님의 사랑과 오빠들의 사랑까지도 독차지하며 살았으니까 말이다.

게다가 마지막이라지만 오는 내내 눈요기도 확실히 했으니 뭐, 그다지 불만은 없었다. 정말 오랜만에 그 지긋지긋했던 병실에서 벗어나 맘껏 서울을 활보하고 다녔으니까 말이다.

정말 머리 속에 있던 것과 그동안 생각했던 것보다 내가 처음 본 서울의 밤거리는 그 무엇보다 아름다웠다.

이곳저곳 요란한 불빛의 네온사인하며 요란스럽게 흘러나오는 음악들… 거리들마다 사람들로 가득하고 병실에서 멈춰 있던 나의 시간과 다르게 빠르게 흘러가는 세상의 모습에 약간 어지럽기는 했지만 그래도 왠지 들뜨는 기분이었다.

말 그대로 화려하고 위험한 냄새가 잔뜩 나는 것 같아 내가 마치 추리 소설 속의 여탐정이 된 듯한 느낌이었다.

그렇게 나는 난생처음 아이 쇼핑이라는 것도 해봤으며―수중에 돈이 없는 게 정말 한탄스러웠다―밤거리도 원없이 걸어봤던 것이다.

하지만 그렇게 즐거운 시간도 잠시, 아쉬웠지만 나에게 시간은 별로 없었다.

　저녁이라 간호사들이 낮처럼 회진을 돌진 않겠지만 그렇다고 마냥 안심할 수만은 없었다. 게다가 시간이 지날수록 점점 커지는 미련이 계속해서 나의 발길을 잡아끌고 있는 것이다.

　역시 일은 생각했을 때 바로 저지르는 게 가장 나은 것이었다. 나중에 생각해 보고 후회할지라도 말이다. 그런 생각에 아쉬운 듯 떨어지지 않는 발걸음을 재촉해 드디어 이곳에 내가 도착한 것이었다. 짜잔(?)…….

　"정말 인생은 반전의 연속이야! 내가… 그 황당한 인간이 한 짓을 따라 하다니… 그것도 독창성없이 무단 복제 & 표절로……."

　며칠 전 뉴스를 보며 분하고 열받은 마음에 욕을 한 적이 있었다. 그때 하필이면 옆에 엄마가 있어서 혼나긴 했지만 지금 생각해도 열받는다. 성형 수술의 실패로 세상을 비관하다 자살이라니… 정말 기가 막히다 못해 코까지 막히는 것 같았다.

　누구는 더 살고 싶어 아등바등하는데 누구는 이 세상에 미련이 없는지 쉽게 홀랑 자살해 버리다니… 그런 불공평한 사실이 나를 열받게 했다.

　'죽으려면 그 생명 나나 주지 너무하잖아!!'

　근데 아이러니하게 신나게 욕했던 그녀가 한 일을 내가 똑같이 따라 하는 것이었다.

　한마디로 리바이벌 & 무단 표절을… 게다가 독창성없이 장소마저 자살하는 사람들이 애용(?)하는 한강 대교였다. 진짜 독창성을 찾아볼래야 찾아볼 수 없는 선택이었다. 하지만 이곳을 제외하고 자살하기에 어울리는(?) 곳은 없었다.

　산으로 가자니 밤길에 귀신이나 깡패 만날까 봐 두려웠고, 절벽에서 뛰어내리자니 절벽까지 올라가다 지쳐 죽을 수도 있었다. 생각해 봐라! 신문이나 뉴스에 '모 양 모 산에 자살을 하러 올라가다 지쳐 사망함' 이라고 나와봐라! 그것만큼 웃기는 게 또 어디 있겠는가! 그거야말로 집안 망신이지…….

그래서 이래저래 생각해 보니 정말 만만한 게 한강 대교였다.

교통 편(?)하지, 가깝지, 안전(?)하지, 유명(?)하지. 자살하기 딱 좋은 명당(?) 자리인 것이다. 아마 그래서 자살하려는 사람들이 가장 많이 애용(?)하는 장소인 것 같았다.

나를 칠 듯이 쌩쌩 달려가는 차들을(차라리 치려면 처라 심정이다. 보상 금이라도 받게) 무시하고 그나마 이곳에서 가장 경치 좋고 명당(?)으로 보이는 자리를 찾아 헤매었다. 한마디로 명당 찾기였다.

웃기게 생각될 수도 있지만 자살은 확실히 점수 깎이는 일이니 그나 마 좋은 명당 자리라도 찾아서 그 덕을 좀 보고 싶었다.

왜 있지 않은가! 풍수지리설… 그에 따르면 좋은 명당 자리에 조상 을 모시면 그 가문이 부흥할 수 있다는데 그걸 이용해 덕 좀 보자는 거 다. 왜, 불만있나?

그런 이유로 멋진 곳을 찾아 헤매던 나의 머리 속에 순간 오싹하게 만드는 생각이 스쳐 지나갔다.

"헉, 설마… 이 병이 자살하는 사람들에게 내려지는 벌은 아니겠 지……?"

그 생각이 떠오르자 등 뒤로 식은땀이 흐르는 것 같았다.

운 좋아 인간으로 환생했는데도 또다시 이런 병에 걸려 이렇게 홀랑 뛰어내리게 될까 봐 걱정이 됐다.

'설마… 그렇게 재수없을라고… 세상이 그렇게 불공평할 리는 없겠

지. 암, 그렇고말고.'

이번에 다시 인간으로 태어난다면 평범하게 태어나 가족들에게 내가 받은 사랑의 반이라도 돌려주고 싶었다. 될 수 있으면 지금 우리 가족들과 함께 다시 가족으로 태어나서 지금껏 나를 아껴준 가족들에게 그만큼 배로 아껴주고 사랑해 주고 싶었다.

나중에 내가 떠나고 유서를 발견하여 충격을 받을 가족들의 모습이 떠오르자 미안한 마음이 들었다.

"미안해요… 엄마, 성우 오빠, 성수 오빠. 내가 꼭 다시 환생하면 오빠들의 누나로 태어나서 오빠들 사랑하고 이뻐해 줄게. 그러니까 나 떠나간다고 해도 너무 마음 아파하지 마! 나중에 우리 더 멋진 모습으로 만나자구!!"

저 멀리 있을 가족들에게는 들리지 않을 테지만 소리 질러 약속한 나는 나도 모르게 흘렀던 눈물을 닦아냈다.

'칫, 웬 눈물이람… 바보같이… 그래도 후회하지는 않아!!'

정말 이상하게 죽음을 앞에 두고도 아무렇지 않았다. 삶에 대한 미련도, 후회도 들지 않아 마치 이게 내 운명인 것만 같았다.

이렇게 죽게 되는 게 운명이라는 생각이 들자 그동안 그렇게 살려고 아등바등했을 때가 바보 같았다. 그때는 죽음이 두려웠지만 정말 막상 떠나려고 하니 아무런 느낌도 없었던 것이다. 게다가 너무 담담해 이상하기까지 했다.

"원래 죽는 게 아픈 게 아닌가? 왜 아무렇지도 않지? 아직 잠이 덜 깨서 그러나?"

너무 담담한 게 이상해 좀 멋쩍은 기분도 들었다. 하지만 차라리 이게 편한 것 같았다.

다리 한복판에서 삶에 미련이 남아 눈물 질질 짜며 떨어지는 것보다는 멋진 폼으로 다이빙하듯이 떨어지는 게 더 멋지고 기분도 좋을 것 같았다.

뭐, 솔직히 말하자면 이런 생각 하기는 꽤 힘들었다. 더 솔직히 말하자면 눈물 질질 짤 만큼은 아니어도 약간은 삶에 대한 미련이 남아 있기도 했다.

하지만 자신이 삶으로 해서 여러 사람이 상처를 받는다면 차라리 떠나주는 게 남은 사람을 위해 좋은 일이라는 생각이 들었고, 평생 착한 일 한번도 못해봤으니 이번 기회에 한번 해보자는 마음도 들었다.

생애 최초로 하는 착한 일이 자살이라니… 자살이 착한 일이라니 정말 웃겼다. 자살은 가장 큰 죄인데…….

약간의 미련과 아쉬움에 아직도 화려한 불빛을 뿜어내는 시내 쪽을 바라보았다. 여기서 보는 서울의 밤거리는 마치 반짝반짝 빛나는 지상의 별들 같았다. 하늘의 별보다 더 화려하게 반짝이는 게 나의 시선을 빨아들이는 것 같았다.

지상에서의 마지막으로 보는 모습이 멋진 모습이라 나는 기쁘기도 했지만 약간은 아쉬운 느낌이 들었다.

만일 내가 그때 그 전화를 받지 않았더라면 내가 여기에 나와 있지 않았을 수도 있겠지. 그런 생각을 하니 그 전화를 괜히 받았다는 생각도 들었다.

그냥 처음 나쁜 예감대로 받지 않았다면 좀 더 이 세상에 빌붙어 살 수 있었을 텐데…….

큰오빠가 그렇게 떠나고 혼자 남겨진 나는 도무지 잠이 오질 않았다.

잠퉁이, 잠귀신으로 불리는 내가 잠이 오질 않는 걸 보니 아무래도 오빠의 두 가지 폭탄 선언은 나에게 큰 충격을 준 것 같았다.

그냥 모든 것을 잊고 그냥 잠에 빠져들었으면 했다. 한마디로 현실 도피를 꿈꿨지만 일이란 정말 원하는 대로 되지 않는 것 같았다.

이리 뒹굴, 저리 뒹굴. 베개로 얼굴을 막아봤다가 깔아봤다가, 이런저런 몸부림을 다 치다가 겨우 선잠이나 들었을까? 정확히 그때를 기다렸는지 때맞춰 울려 퍼지는 전화 소리에 그나마 겨우 든 선잠마저 홀라당 달아나 버리고 말았다.

일어나 보니 때는 저녁 11시가 넘은 시간이라 가족들이라면 절대 전화하지 않을 시간이었다. 그렇다면 저 전화는 악질악질 최악질의 장난 전화라는 결론이 나오는 것이었다. 내가 받나봐라.

'도대체 언 놈이 한밤중(?)에 전화질이여~ 죽고 잡어서!!'

화가 부글부글 끓어오르고 입이 근지(?)러웠지만 전화 받기는 귀찮았다. 하필이면 오늘따라 머리를 전화 쪽이 아니라 반대로 누워서 전화를 받으려면 일어나야 할 판이었다. 약간의 화풀이를 위해서 일어나자니 정말정말 너무 귀찮았다.

그래서 무시하려 했는데… 그런데 정말로, 진짜로 이놈의 전화가 장난 아니게 끈질기게 울려대는 것이었다. 이런 상태라면 아무래도 다시 잠들기는 힘들 것 같았다.

'우쒸, 어떤 자식이야!! 어떤 XXX 같은 놈이 장난 전화에 목숨을 거는 거야?! 징하다, 징해!'

정말 질기게 울려 퍼지는 전화 벨 소리에 나는 넉다운이 되고 말았다. 베개로 귀를 막아도 울리는 데 정말 두 손 두 발 들고 말았다.

어쩔 수 없이 받은 전화에서 들린 목소리는 생각 외로 철없는 10대

꼬맹이들의 코맹맹이 소리나 나이 드신 할머니, 할아버지의 목소리가 아닌 아주 젊은 남자의 목소리였다. 아무래도 목소리와 상황을 들어보니 장난 전화라기보다는 술에 잔뜩 취해 잘못 건 전화 같았다.

거의 웅얼거리는 목소리라 알아듣기도 힘들었고, 듣고 있어야 할 이유도 없기에 전화를 내려놓으려다가 수화기를 통해 꽤 익숙한 이름들이 흘러나오는 것을 알 수가 있었다.

'앗! 오빠 불X 친구 태준 오빠 목소린데? 술 취한 목소리는 처음 듣지만 어눌한 말투와 오빠 이름을 부르는 것을 보니까 맞는 것 같은데⋯⋯.'

"태준⋯ 오빠?"

"그래⋯ 나다⋯ 니⋯ 잘난⋯ 오라⋯ 버니의 친구⋯⋯. 근데⋯ 니⋯ 오빠 찌~인⋯ 짜~아 잘났더구나⋯ 성우 녀석⋯ 그래⋯ 잘⋯ 났어."

'으이씨, 늦은 시간에 왜 술 먹고 전화질이야, 전화질이⋯⋯. 내가 오빠 애인도 아닌데 왜 술 주정을 받아줘야 하는데⋯⋯.'

평소에는 자상하고 부드러워 보이는 깔끔한 이미지의 오빠라서 호감이 꽤 갔었는데⋯ 생각 외로 매너가 꽝이라 그만 놀라고 말았다.

의사(아직 인턴이지만)라는 인간이 다 늦은 시간에, 그것도 술 취해서 병원에 전화해 버럭버럭 소리 지르는 것은 절대 예의 바르고 매너있다고 볼 수 없는 행동이었다.

성질 같아서는 욕 한번 구수(?)하게 해주고 발 닦고 자라 소리 지르고 싶었지만 오빠의 친구라서 차마 욕도 한번 못하고 이 인간 한 번 용서(?)하자는 심정으로 전화를 끊으려 했다. 하지만 순간 들린 고함 소리에 전화기를 내려놓으려고 한 내 손은 그만 그 자리서 굳어버리고 말았다.

"뭐… 뭐라고… 오빠…… 정애… 언니가… 입원했다고……? 왜…
뭣 때문에… 어디가 아픈데……?"

"어디가 아프냐구……? 킥킥… 그래, 아프다… 마음이… 아파서…
술 먹고 밥 굶고 했다가… 영양실조로 쓰러져 병원에 입원했다. 그 니
잘난 오빠가 니 오빠에게 어울리는 잘난 여자랑… 결혼한다고… 헤어
져 달라고 해서… 그렇게 됐다."

'나 때문인가?'

나도 모르게 꽤 오랜 시간 전화기를 붙들고 있었는지 들고 있던 전
화기 속에서는 처음에 들리던 고함 소리도 어느새 끊기고 전화 신호음
만 울리고 있었다. 멍한 상태에서 서둘러 전화기를 내려놓으며 공중에
멍하니 떠 있는 듯한 머리를 정리하려 애썼다.

그렇게 한참 동안을 어둠 속에 앉아 생각했더니만 대충이나마 복잡
했던 머리가 정리되는 느낌이었다. 아무리 생각해도 다른 방법은 없었
다. 오로지 길은 딱 하나! 하나밖에 없었다.

생각을 마친 나는 다 정리된 일에 구차하게 미련을 두기 싫어서 서
두르기로 마음먹었다.

서둘러 일어나 냉장고 위에 놓여 있던 시집과 많은 책 사이를 뒤지
기 시작한 나는 곧 전에 성수 오빠가 사다 준 편지지를 발견할 수 있었
다.

연한 핑크 색에 하트가 잔뜩 그려져 있는 편지지는 연애 편지 쓰기
에 딱 좋을 거란 농담과 함께 성수 오빠에게 선물받은 거였다.

받은 지는 꽤 오래되었지만 마땅히 쓸 사람이 없어서 아직까지 곱게
처박혀(?) 있던 불쌍한 편지지였다. 드디어 첫 개봉이었지만 이 이쁜
편지지에 연애 편지가 아닌 우울한 내용을 적으려 하니 이쁜 편지지에

죄송(?)스러운 마음이 들었다.

'편지지야, 이쁜 편지지야, 미안하구나. 하지만 니 운명도 이런가 보구나. 불쌍한 것… 니 인생이나 내 인생이나 정말 왜 이러냐?'

처음 써보는 편지라서 어색하기도 했고, 지금도 완전히 머리 속이 정리되어 있지 않은 상태에서 서둘러 적은 나는 내가 적은 내용을 빠르게 훑어보았다. 처음 쓴 것치고는 꽤 문장이랑 서술이 맞는 것 같아 흐뭇한 기분마저 들었다.

'역시 천재. 하늘도 무심하시지, 이런 천재를……'

이렇게 기뻐하는 것을 보면 나는 정말 단순한 것 같다. 그것도 심각하게…….

대충이나마 다 적은 편지를 고운 핑크 색 편지 봉투에 넣어 가지런히 정리해 논 침대의 베개 위에 올려놓은 후 병실 문을 열고 조용히 걸어나왔다. 전에 작은오빠가 알바비 받아서 사준, 지금까지 제대로 한 번도 입어보지 못한 갈색 더플 코트를 입은 채로…….

다행히 내가 입은 게 워낙 긴 더플 코트인 데다가 말라서 그런지 내가 입고 있는 게 병원복이라는 걸 눈치 채는 사람은 아무도 없었다. 게다가 야간이라서 그다지 간호사들도 많지 않은 게 정말 행운이었다.

조심조심 서둘러 병원을 빠져나온 나는 그동안 모아놓은 돈으로 택시를 잡아 탔다. 처음 탄 택시지만 TV에서 하도 많이 봐서 그런지 능숙하고 자연스럽게 해낸 나였다. 그런 자신이 자랑스러웠다.

'장하다, 성연아!! 훌륭하다, 성연아!! 역시 간접 경험도 무시할 게 못 되는구나!! 사람은 역시 지식(?)을 쌓고 봐야 하는 거야!'

만족감으로 기분이 업된 나는 시트에 몸을 묻고 차창 밖으로 아름다운 서울의 밤거리를 바라보았다.

빠르게 지나가는 차들과 여기저기 번쩍번쩍 빛나는 불빛… 여러 가지 화려한 옷을 입은 사람들의 모습은 나의 넋을 빼놓기 충분했다. 이대로 곧장 가면 너무 아쉬울 것 같아 조금쯤은 사치를 부려보기로 마음을 먹었다.

원래 행선지에 조금 못미친 거리에서 내린 나는 지나가는 사람들에 휩쓸려 천천히 서울의 밤거리 속으로 섞여 들어갔다.

진짜 오랜만에 걸어보는 서울의 밤거리였다. 도대체 얼마 만인지… 감동의 물결이 밀려오는 듯했다. 처얼~썩!

'오오오오… 감격이야! 감격… 감격의 눈물이 앞을 가리는구나!'

지나가는 사람들의 눈에 초여름에 맞지 않게 더플 코트 차림에다가 숨소리마저 거친 내가 이상하게 보였는지 연신 쳐다봐서 좀 민망하긴 했지만 뭐, 그래도 내 기분은 하늘을 날 것 같았다. 지금의 기분은 마치 꿈을 꾸고 있는 것 같았다.

한참 동안을 멍하니 서서 이곳저곳을 돌아보고 구경하는 바람에 11시가 조금 넘어 출발했건만 도착한 시간은 어느새 새벽 2시가 넘어버리고 말았다.

그런 무리한 산책(?) 때문에 숨소리가 거칠고 끊겨져 나와 숨 쉬기는 힘들었지만 그래도 마음은 상쾌했다. 정말이지 오랜만에 산책 한번 제대로 한 것 같았다.

게다가 열이 오른 내 몸을 식혀주는 시원한 강 바람마저 불어오자 기분이 더욱 업되는 것 같았다.

마지막으로 다시 한 번 내가 살던 서울의 광경을 바라보았다. 파란색, 붉은색, 노란색으로 마치 별빛처럼 빛나는 게 지상의 아름다운 별

자리 같아 마지막 만찬으로는 최고였다.

'이렇게 아름다운 서울에 사는 사람들은 서울이 이렇게 아름다운 줄 알까?'

아쉽긴 했지만 이대로 마지막 산책을 접어야 할 것 같았다.

오랜 시간 동안 품평(?)한 결과 드디어 나만의 명당(?) 자리를 찾을 수 있었던 것이다.

내가 찾은 명당 자리는 꽤나 널찍(?)하고 뛰어들기도 좋은 곳(?)인데다가 가장 환한 별(아마 나이트 네온사인일 거다)이 보이는 곳이었다.

꽤 만족스러운 곳을 찾아 기쁜 나는 뛰어들기(?)에 앞서 몸가짐(?)을 정리하기 시작했다. 막상 뛰어들자니 마음에 걸리는 게 한두 가지가 아니었다.

우선 첫째로 3일 전에 첫째 오빠가 사다 준 순종(?) 나이키 붉은색 운동화가 젖을까 봐 아까웠고, 두 번째로는 선물받고 오늘 말고는 제대로 입어본 적 없는 더플 코트가 젖을까 봐 아까웠으며 마지막으로는 금붙이인 엄마가 사준 십자가 목걸이가 아까웠다.

'흐윽, 이 목걸이는 한 돈이 넘는 건데… 게다가 18K도 아닌 24K인데… 나중에 사금으로나마 발견되려나? 혹… 주운 사람 땡 잡았다.'

모든 걸 가지고 물속에 뛰어들자니(?) 나랑 같이 다 젖거나(?) 가라앉아서 사용할 수 없을 거라 생각돼 벗어두고 갈까 하는 생각이 들었다. 하지만 곧 다른 생각이 떠올라 벗으려고 했던 옷이랑 목걸이가 벗겨지지 않게 다시금 꽁꽁 싸매기(?) 시작했다.

이 물건들이야 나한테는 젖을까 봐 아까운 거겠지만 다른 사람들한테는 귀신 들린 거라 천대(?)받고 버려질 게 분명한 일이었다. 그럴 바에야 내가 곱게 마지막까지 싸짊어지고(?) 가는 게 나을 것 같았다.

이 물건들은 귀신 들린 물건이 아니라 가족들이 힘들게 벌어 나에게 선물해 준 것이라 보물이나 다름없는 것인데 그런 천대받는 꼴은 내가 두 눈 뜨고(아! 이건 안 되겠다. 그때가 되면 난 죽었을 테니)는 절대 못 본다. 암!

그렇게 아까운 생각도 들고 떠나려 생각하니까 나를 사랑해 주었던 가족들의 사랑의 징표를 챙기고 싶다는 어린애 같은 욕심이 들어 놓고 가기 싫다는 생각이 들었다.

그래서 떨어지기 쉬운 목걸이는 풀어서 팔목에 둘둘 감아놓았다. 너무 세게 감아 자국이 남을 것 같긴 했지만 그게 무슨 대수랴! 이미 죽게 될 거 떨어지지만 않으면 장땡이지!

물에 빠져서 둥둥 떠다니고(!) 굴러다닌다고(!) 하더라도 절대 떨어지지 않게 단단히 감은 난 멋진 포즈로 다이빙(?)할 수 있게 난간에 멋지게 올라가려고 했다.

멋지게 올라가려 했지만… 흑… 짧은 내 다리보다 난간이 높았는지 올라가기는커녕 걸쳐지지도 않는 것이었다.

'흑, 어무이… 왜 나를 이렇게 낳으셨나요!!'

아무래도 영화처럼 멋지게 올라가려 했다가는 잘못하면 홀라당 미끄러져 그대로 곤두박질칠 것 같았다.

뭐! 죽는 마당에 뭔 폼이냐고 뭐라 한다면 할 말은 없지만… 그래도 어차피 갈 거면 영화처럼 멋지게 떠나고 싶은 게 소녀의 마음 아니겠는가.

나는 처음 생각과 달리 있는 폼 없는 폼 다 구기며 한참을 낑낑대고서야 겨우 난간에 올라갈 수가 있었다. 그래도 그나마 다행으로 도중에 홀라당하고 빠지는 불행은 없었다.

멋지게 난간을 잡고 선 나는 영화에서 그랬듯이(그래요, 나는 영화 드라마 마니아랍니다. 흑…) 마지막으로 가족이 있는 곳을 향해 인사를 보내었다. 원래는 큰절을 올려야 맞겠지만 그랬다가는 그대로 곤두박질칠 게 뻔했다.

절 하나 한다고 다시 끙끙대며 돌아가고 싶은 마음도 없어 내가 지을 수 있는 최상의 미소를 지으며 가족들에게 인사를 보냈다.

'엄마, 내가 먼저 간다고 화내면 안 돼. 참, 내가 가서 백년가약 못 지킨 우리 아빠 괴롭혀 줄게. 맡겨둬! 그리고 엄마, 오빠들, 내 삶이 너무 비참하고 힘들었다고 절대 생각하지 말아줘! 난 오빠들과 엄마가 있어서 그 누구보다 행복했으니까. 그럼 우리 나중에 웃는 얼굴로 만나! 우리 다시 행복해지자! 그럼 안녕!!'

스스로 생각해도 병마와 싸우며 힘들긴 했지만 나는 누구보다 많은 사랑을 받으면서 살아온 것 같았다.

지금까지의 내 삶은 어머니의 끝 모를 사랑과 큰오빠의 숭고한 희생, 그리고 작은오빠의 아낌의 탈을 쓴 갈굼(?)이 가득한 삶이었다. 이런 내 삶이 슬픔이나 후회로 가득했을 리 없는 것이다! 절대로!!

마지막 인사를 끝마치고 한강으로 다이빙한 나는 이제 좀 깨끗해져 가는 한강 물을 조금 더 더럽히게 돼서 미안하다는 죄책감을 끝으로 웃으며 나를 감싸는 차가운 물을 맞이했다.

감싸 안듯 나를 안는 차가운 강물이 나의 체온과 숨결을 빼앗아가는 것이 느껴졌지만 생각했던 고통은 없었다. 이 모든 것을 수긍하며 나는 조용히 눈을 감았다.

모든 사건을 삼킨 차가운 여름 밤 한강은 한때의 소란을 모르는 척 시치미 떼듯 곧 잠잠해졌다.

곧 주인이 없는 조그만 병실에 들어와 딸이 남긴 유서를 보며 쓰러지게 될 어머니와 동생의 편지에 소리 지르며 동생을 찾아다닐 큰오빠와 병실에 주저앉아 마냥 미안하다고 중얼거리는 작은오빠의 마음을 모른 채 말이다.

②

이곳이 어디메뇨?

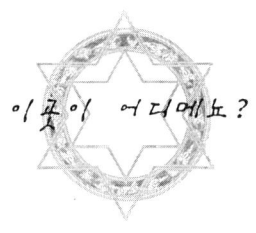

이곳이 어디메뇨?

[이게 뭐야? 인간이잖아! 누가 이런 농간을… 정말 지지리 운도 없는 나야.]

누군가 머리 위에서 중얼거리자 짜증이 부글부글 끓기 시작했다. 도대체 어떤 의사인진 모르겠지만 새벽부터 와 내 머리맡에서 중얼거리는 이 무례한 행동은 용서가 되지 않았다.

안 그래도 자신의 병을 못 고쳐서 이미 눈 밖에 난 인종들인데(물론 큰오빠만 빼고) 왜 이리 신경 거슬리는 짓만 골라 하는지, 정말 이뻐할래야 이뻐할 수 없는 인종들이었다. 하지만 귀찮다고 일어나지 않았다간 무슨 잔소리를 또 듣게 될지 몰라 딱 붙어 떨어지기 싫어하는 눈꺼풀을 억지로 들어 올린 결과 마침내 한쪽 눈을 뜨는 쾌거를 이룩해 냈다.

'아자! 의지의 한국인!! 굳세어라, 성연아?!'

막상 힘들게 눈을 떠보니 보이는 것은 찡그린 얼굴로 못마땅하게 바라보는 의사가 아니라 붉은색의 거대한 불꽃 두 개였다.

"엑?"

이 황당한 상황에 깜짝 놀라 일어난 나는 그제야 내 옷이 젖었다는 사실을 알게 되었다. 둔하기는…….

지금 내가 입고 있는 것은 깔끔한 흰색에 병원 로고가 새겨진 하얀 가운이 아니라 둘째 오빠가 사준 물에 흠뻑 젖은 갈색의 더플 코트였다. 뭐, 그 속에 병원복이 있긴 하지만…….

마치 세탁기 속에 옷과 함께 돌려진 것 같은 몰골에 나는 잠시 심각한 고민에 빠져들었다.

'설마 내가 몽유병이 생겨서 잠결에 일어나 세탁기에 들어갔단 말인가? 안 그러면 이런 몰골을… 아! 나 한강에서 다이빙했지… 으이그, 바보… 그걸 잊어버리다니…….'

정신을 차리고 내 꼴을 보아하니 아마 무사히(?) 물에 빠져서 저승(?)에 도착한 것 같았다.

그제야 정신을 수습할 수 있었던 나는 자리에 일어나 주위를 둘러보았지만 아무것도 보이는 게 없었다.

정말 아무것도 없었다. 저승에 가면 볼 수 있을 거라 생각했던 하얗고 커다란 날개를 단 아름다운 천사나 까만 피막의 날개를 달고 양쪽에 뿔을 옵션으로 단 악마도 없었다.

심지어 나와 함께 심판받을 영혼조차 하나도 보이질 않는 것이었다. 보이는 것은 깜깜한 어둠과 빨갛게 타오르고 있는 엄청 커다란 불꽃 두 개가 전부였다.

너무 허전하고 썰렁한 저승의 모습에 슬슬 공포가 밀려왔다. 왠지 내가 있어야 할 곳이 아닌 것 같았다.

"허걱!! 내가 아무래도 자느라고 모이는 장소를 못 들었나 본데! 이를 우짠다냐!! 초장부터 이러다 찍혀서 나중에 지옥으로 떨어지는 거 아냐?"

정말 울고 싶었다. 어딜 봐도 까맣고 어둠침침한 게… 절대 천국은 아닌 것 같았다.

"흐흑… 그럼 나는 지옥에 온 건가? 잠만 퍼질러 자다가 나를 부르는 소리 못 들어서 지옥에 온 건가? 흐흑… 안 그래도 자살까지 해서 찍힐 대로 찍혔는데… 난 바보야!! 멍청이야!! 돌대가리야!! 새대가리야!!"

정말 까만 천장이 노래지고 내 두 다리가 버티고 있는 땅이 일제히 무너지는 것 같았다.

정말 이렇게 모든 게 허무하게 끝나 버리다니… 이렇게 억울할 수가…….

'아악! 억울해!! 억울해!! 현실 세계에서 아프다 온 것도 억울한데 지옥에서까지 와서 고통을 겪어야 하다니! 억울해… 억울해… 물러줘, 물러달란 말야…….'

막 몸부림을 치고 뒹굴거리며 반항 아닌 반항을 하며 주의를 끌어보려 했지만 내가 움직이는 것에 따라 움직이는 건 두 개의 커다란 불꽃뿐이었다.

반항도 누가 말려주거나 부채질하는 사람이 있어야 맛이 있는데… 보는 사람도, 말려주는 사람도 없자 곧 흥이 깨져 버렸다.

흥이 깨지자 한동안 잊었던 추위가 갑자기 몰려오는 것이었다. 더불어 입고 있던 옷마저 축축해서 찝찝한 기분이 들었다. 하지만 옷을 벗고 싶은 마음은 없기에 우선 저 따뜻해 보이는 불꽃에 옷과 몸 좀 말려야겠다고 생각했다. 어쨌든 체력이 좀이나마 회복돼야 따지든지 반항하든지 할 수 있으니 말이다.

정말 이대로는 억울해서 못살 것(?)만 같았다. 내가 잠시(?) 잠든 사이에 모든 게 결판나다니… 이렇게 억울할 데가!! 깨어 있다면 따지든지 반항하며 몸부림치든지 울며 매달리든지 해봤을 텐데… 잠든 사이에 모두 결정나 버려서 자신이 이곳에 던져졌다니…….

밀려오는 억울함이 죽음에 대한 공포를 이겼는지 어느새 두 주먹에 힘이 들어갔다.

착하게 보이는 사람(?)이라면 눈물로 호소하며 매달리고, 성격 나빠 보이는 사람(?)이라면 괴력으로 반항이라도 해야겠다고 나는 굳게 다짐했다.

그렇게 마음을 먹고 나자 마음이 좀 편해지긴 했지만 또 다른 의구심이 떠올랐다.

'왜 이리 춥지? 마치 한겨울 같잖아, 초여름인데…….'

믿어지지 않는 추위에 덜덜 떨며 따뜻해 보이는 불꽃 쪽으로 서둘러 몸을 옮기기 시작했다. 하지만 추위로 인해서인지 분노로 인해서인지 몸이 생각보다 잘 움직여지지 않아 가는 도중 몇 번이나 꼴사납게 넘어져 구르고 말았다.

무척 아프기도 했지만 아픈 것보다도 쪽팔려서 순간 이곳에 사람이 없는 게 다행이라는 생각마저 들었다.

그런데 어째 전진하면 전진할수록 따뜻한 기운이 느껴지기는커녕 더 냉기가 몰리는 듯해 이빨이 딱딱 부딪치는 것이었다.

'추… 춥다……. 근데… 정말 이상한 일이네? 지금은 초여름인데 왜 이리 한겨울처럼 추운 거지? 지옥은 이렇게 추운 건가? 유황불 때문에 지옥은 타는 듯이 뜨겁다고 하지 않았나?

드디어 목적지인 불꽃에 거의 도착한 나는 따뜻한(?) 불꽃을 향해 손을 내밀었다. 하지만 따뜻함을 느끼기는커녕 갑자기 풍 하는 이상한 소리와 함께 세차게 밀려오는 차가운 바람에 또다시 벌러덩하고 쪽팔리게 넘어지고 말았다.

[쳇, 인간인 것도 맘에 안 드는데 몸까지 비실비실거리는 여성체라니… 난 인간이 아닌 종족을… 그것도 아들을 원했단 말이다! 내 자식은 아들이어야지 딸이 아니라고!]

"뭐… 뭐여? 뭔가 바람이 불어오고 내가 넘어졌는데? 근데 누군가 있는 것 같지 않나? 뭔가 목소리가 들렸는데?"

분명 내가 쏟아져 온 바람에 꼴사납게 넘어졌을 때 근처에서 낮은 목소리가 들렸었다. 뭐라고 말했는지는 알아들을 수 없었지만 확실히 이곳에 누군가 있는 게 분명했다.

이제 드디어 올 게 왔다 싶은 생각에 고개를 이리저리 돌려 찾아봤는데도 여전히 보이는 건 여전히 동그란 빨간 불꽃뿐이었다.

'분명 목소리가 들렸는데… 어째서 보이는 것이라곤 점점 커지는 빨간 불꽃뿐인 거야? 근데 불이 움직이던가? 잠깐… 이건… 불… 꽃이 아니잖아아아아아!!'

"눈이다아아아아아아아!! 뻘겋고 커다란 눈알이다아아아아아아!! 뻘건 눈알!! 괴물이다아아아아!! 엄마야아아아!! 유령이야!! 눈알 귀신이야아아아아아!!"

공포 영화와 귀신은 딱 질색인(나도 귀신이 아닌가?) 나는 공포에 질려 벌벌 떨며 기다시피 뒤로 도망쳤다.

내가 그렇게 벌벌 기며 도망가자 어디선가 또다시 차가운 바람이 핑

하고 불어왔다. 하지만 이미 귀신 공포에 정신이 나간 나에게는 그 딴 건 신경 쓸 게 못 되었다.

[뭐라는지 모르겠군… 딴 차원의 인간이라서 언어가 다르나… 에잇, 귀찮군… 랭귀지.]

뭔지 모를 차가운 물결 같은 것이 내 머리 속을 지나가자 동시에 곧 복잡한 문자 같은 것들이 머리 속에 하나둘씩 스며드는 것이었다. 이 원인 모를 상황에 왠지 온몸에 소름이 돋았다.

'이게 뭐야? 마치 이상한 도형이나 문자 같은 게 내 머리 속에 횡하니 지나간 것 같았는데… 혹시 귀신의 장난?

[들리나, 인간?]

어떤 이유에서인지 갑자기 들리는 짜증이 철철 넘치는 상대의 말투에 나도 모르게 서둘러 고개를 열성적으로 끄덕였다.

정말 어떻게 된 건지 모르지만 내가 저 사람(?)의 말을 알아들을 수 있는 것 같았다. 하지만 내가 들을 수 있게 됐어도 저 사람이 내 말을 알아들을 수 있을지는 모르기 때문에 대답하지 않고 만인의 공통어인 바디 랭귀지를 사용했다.

[큼… 들리나 보군. 하긴 내 마법이 빗나갈 일은 없으니까. 역시 난 위대해!! 풋후후후후……? 아, 진정……. 내 이름은 칸 스타이프로아 님으로 위대하고 고결한 블루 드래곤이시다!]

'에… 에… 엑?

머리 속에 들어오는 황당한 단어에 아무래도 한강으로 떨어지면서 머리에 무슨 타격을 입은 것 같았다. 저런 헛소리가 들리는 걸 보면 말이다.

'이거 큰일인데… 저승까지 와서도 몸이 나아지지 않았는데 머리까지 이상이 온다면… 이러다 영구 되는 거 아냐?

걱정이 된 나는 머리를 싸매고 그 어렵디어렵다(?)는 구구단을 2단부터 9단까지 다 외워본 후에야 내 머리가 정상이란 판정을 내릴 수 있었다. 하지만 안도감이 드는 것은 잠시였을 뿐 또 다른 문제에 앞이 막막해지고 말았다.

정말 난감한 일이었다. 자신을 인도해 줄 사람(?)이 미친 저승사자라니… 난 정말 운이 지지리도 없는 것이다.

"죄송하지만 저… 머리 괜찮으세요? 지금 제 머리는 괜찮은 것 같은데……."

[뭣이라? 인간 따위가 감히 나에게 그 딴 망발을 하다니! 죽고 싶은 건가?!]

어찌 들으면 버릇없는 말이었지만 그렇다고 바로 화를 내는 저승사자(?)의 모습에 걱정이 되기 시작했다. 정말이지 머리에 문제있어 보이는 이 저승사자는 성격마저도 안 좋은 것 같았다.

그런데 갑자기 노란 불꽃과 붉은 불꽃이 환하게 터지더니 곧 주위가 밝아졌다. 하지만 갑자기 밝아지는 바람에 어두운 곳이 익숙해진 나의 눈은 한꺼번에 쏟아진 밝은 빛을 수용할 수가 없었다. 그 덕에 잠시 봉사인 상태로 있던 나는 어느 정도 빛에 눈이 익자 그제야 이곳이 이렇게 추웠던 이유를 알 수가 있었다.

그렇게 추웠던 이유는 내가 있는 이곳이 모두 얼음으로 둘러싸여져 있는 동굴이었기 때문이다. 게다가 바로 내 옆으로는 얼음 호수까지 있어서 더욱 냉기가 올라와 이중으로 추위를 느꼈던 것이다.

'으윽… 이런, 이랬으니까 춥지. 그런데… 웬 얼음? 그럼 여긴 지옥이 아닌가? 그렇담 다행이네. 하긴, 나처럼 착하게 산 사람이 지옥에

갈 일은 없겠지. 호호호.'

　예상했던 지옥과는 다른 주위의 환경에 이곳에 온 후 처음으로 마음이 진정되고 편해지는 느낌이었다. 이미 지옥에 도착한 게 아니었다면 어떻게든 헤쳐 나갈 자신이 있는 것이었다. 그도 그럴 것이, 나의 애교와 협박은 거의 프로의 따귀를 왕복으로 치고도 남을 정도였기에 자신을 가질 만도 했다.

　그럼 우선은 저 안내자(?)에게 잘 보여야 할 것 같았다. 약간 머리에 문제가 있어 보이고 성격도 나빠 보이지만 윗사람(?)일지도 모르니 이쁘게 보여서 나쁠 것 없으니까 말이다.

　눈을 세차게 비비고 깜빡거려 눈물을 맺히게 한 뒤 나는 최대한 서글픈 표정으로 고개를 돌렸다. 그렇게 울 준비를 마치고 고개를 돌린 나는 그만 그 자리에서 석상처럼 굳고 말았다.

　고개를 돌리자 내 눈을 한가득 채운 것은 빨갛게 빛나는 눈동자를 번뜩이며 나를 노려보는 퍼런색의 드래곤인 것이었다. 그렇게 내가 제일 좋아하는 장르인 판타지에 가장 많이 나오는 잔인하고 위험한 드래곤이 내 눈앞에서 나를 띠껍다는 듯 쳐다보고 있었던 것이다.

　'오~ 마이 가~앗!!'

　순간 하늘이 노래지는 것과 함께 갑자기 뒤통수에 묵직한 통증이 느껴졌다.

　그 통증으로 인해 충격으로 쓰러지던 나는 본격적(?)으로 이 황당한 세상과 멀어지면서 제발 자고 다시 깨어나면 좀 정상적인 세상이 나타나길 진심으로 바랐다.

　스타이프로아는 아마 자신의 얼굴에 황당이라는 글자가 떠 있고 이

마에 커다란 땀방울이 맺혔을 거라고 생각했다. 그만큼 이 녀석은 정말 황당하기 그지없는 녀석이었다.

자신이 불러온 이계의 여성체는 자신을 쳐다보곤 눈을 동그랗게 뜨더니만 곧 하얗게 질려서 넘어가 버린 것이었다. 물론 정상적인 인간이라면 그런 반응을 보이는 건 당연하겠지만 이건 좀 심한 것 같았다. 지금까지 도망가면 도망갔지 기절한 인간은 아직까지 만나보지 못한 스타이프로아였다.

[심약한 여성체군. 정말 맘에 드는 게 하나도 없어. 쯧쯧, 꼴은 또 이게 뭐야?]

스타이프로아는 자신이 불러온 소녀의 모습을 이리저리 뒹굴려 살피며 인상을 찌푸렸다.

150을 겨우 넘을 정도의 쬐막만한 키에 고기 구경은 못하고 살았는지 뼈만 앙상한 얼굴과 몸, 게다가 하얗다 못해 퍼런 피부는 딱 봐도 병자 피부였다. 한마디로 재수없게 고르고 고른다는 게 병자를 딱 고른 것이었다. 그나마 마음에 드는 건 흔하지 않는 검은 머리였는데, 그 머릿결마저 푸석푸석하고 숱도 별로 없는 것이었다.

이리저리 굴리며 한참을 관찰해 본 결과 스타이프로아는 자신이 지뢰를 밟았다는 것을 알 수 있었다. 그 많은 것 중에 하필이면 인간(난 진짜 딴 종족을 원했단 말이다)을… 그것도 여성체를… 게다가 최악으로 병자를 고른 자신의 최악의 뽑기 운에 기가 막혔다. 정말 다시 뽑으라고 해도 이렇게 최악으로 뽑진 못할 거였다.

미치도록 후회는 됐지만 이미 마법은 발동된 터라 물리지도 못하는 스타이였다.

[역시 재수없는 놈은 뽑기 운도 최악인 건가.]

궁시렁궁시렁대는 드래곤 옆에 쓰러져 있는 소녀의 몸으로 파란 룬 문자와 금색의 룬 문자가 새겨지기 시작했다. 곧 이어 옷 밖으로 드러나 피부 전체 가득 마법 문자가 빼곡이 새겨진 소녀의 몸이 갑자기 공중으로 떠오르더니 몸 전체에서 환한 빛이 터져 나오는 것이었다.

[드디어 시작이군. 정말 잘돼야 할 텐데…….]

이젠 금빛으로 둘러싸여 보이지 않는 소녀를 바라보며 스타이프로아는 진심으로, 진심으로 빌었다.

자신의 선택이 최악의 선택이 아니기를… 그리고 제발 자신의 아들(?)이 칠뜨기, 바보, 천치 헤츨링이 아니기를 진심으로 간절히 빌었다.

"으윽… 머리야, 근데 여기는 또 어디야?"

눈 뜬 나는 골이 빠개지는 듯한 통증에 머리를 감싸고 쭈그리고 앉아버렸다.

처음에 눈 뜨고 일어났을 때 느낀 통증과 핑 도는 현기증은 정말 장난이 아니었다. 아무리 봐도 다이빙(?)하면서 머리에 무슨 타격을 받은 듯싶었다. 그것도 꽤 강한 타격으로…….

손으로 뽈록 튀어나온 뒷머리를 만지던 나는 피식 웃음을 터뜨렸다. 아무래도 그 황당했던 일은 꿈인 것 같았다.

지금 흔들리는 시야로 보이는 주위는 그때 얼음에 둘러싸여 있던 동굴의 모습이 아니었다. 벽은 흔히 볼 수 있는 투박한 돌(?)로 만들어진 동굴이었고, 내가 누워 있는 곳은 화려한 레이스가 잔뜩 달려 있는 고급스런 침대였다.

어느 정도 통증이 가라앉고 제법 주위가 또렷이 보이자 더욱더 그 사실에 믿음이 갔다. 그도 그럴 것이, 그때는 얼음 외에는 아무것도 없던 동굴이 지금은 이곳저곳에 화려한 가구들이 잔뜩 놓여 있는 것이었다. 이곳은 아무리 봐도 사람이 사는 곳 같았다. 그 자칭 드래곤이 사는 곳이 아니라……

"아이구, 머리야! 그래도 이제 좀 제정신이 드는 것 같네……. 아까는 웬 드래곤이 놀라게 하더니만… 이제야 제대로 온 것 같군. 그런데 머리… 정말 되게 아프네……."

주위에 노르스름한 불과 푸르스름한 전등 모양의 불들이 잔뜩 있어서 사물은 확실하게 보였다. 물론 저쪽 세계의 형광등에는 미치지 못했지만 그래도 보는 데에는 지장없었다.

그래도 은근히 걱정이 된 나는 혹시나 하는 마음에 비틀비틀 일어나 동굴의 벽을 만져 보았다. 느껴지는 촉감이 돌이 확실했다. 정말 그것은 머리에 타격을 입어 본 환상이나 꿈인 것 같았다.

"자, 그럼 슬슬 나를 데리고 갈 사자(?)가 나타나겠지? 잘생긴 남자였으면 좋겠는데… 음… 내가 깨어난 줄 모를 테니까 내가 찾아가야 하나? 귀찮은데……."

끝내주게 멋진 남자이길 바라며 문(?)이라고 생각되는 곳으로 천천히 발걸음을 옮겼다.

걸을 때마다 머리가 울리고 몸이 이리 휘청 저리 휘청하는 폼을 보아하니 무사히 나(?)의 사자를 찾을 수 있을지 슬슬 걱정이 되었다.

게다가 이놈의 고질병이 이곳까지 따라왔는지 쪼금 걸었다 싶었는데도 심장이 뛰고 숨이 가빠지는 것이었다. 아무래도 저승까지 와서도 이 병은 낫지 않은 것 같았다. 정말정말 징그럽고, 끈질기며, 무진장 질긴 불치병이 아닐 수 없었다.

'으윽… 이 병은 나하고 무슨 질긴 인연이 있길래 저승까지 따라온

거야!'

"어딜 가려고 그러는 거지, 인간?"

뒤에서 목소리가 들리자 나는 서둘러 몸을 돌렸다. 그런데 그렇게 갑작스럽게 돌아서는 게 무리였는지 내 몸의 균형은 순간 무너지고 말았다.

균형이 흩어진 내 몸이 기우는 것을 느끼며 나는 곧 있게 될 땅바닥과의 진한 키스를 대비해 눈을 감았다. 하지만 다행히 때맞추어 나타난 누군가의 덕택으로 땅바닥과의 찐한 키스는 막을 수 있었다.

"휴우, 아직 첫키스는 무사하네! 다행이야! 숙녀의 키스(?)를 남발하면 안 되지! 앗! 이게 아니지. 정말 고맙습니… 다?"

굿 타이밍으로 잡아준 상대에게 감사 인사하려고 고개를 돌린 나는 그 자리에 굳고 말았다. 돌아본 내 눈에 비치는 것은 아무것도 없었던 것이었다. 한마디로 아무것도 없는 허공이 지금의 나를 붙잡고 있는 것이었다.

"아아아아아~악… 유우우우~려~엉!!"

너무 심한 충격에 심장이 멎는 느낌이었다. 이러다가 안 좋은 심장이 충격을 먹어 정지하는 건 아닌지 걱정되었다. 아? 어차피 죽어서 멎어도 상관없는 건가?

"자네… 괜찮나? 어디? 머리에 문제있는 건 아니지?"

굉장히 걱정 섞인 심각한 목소리에 걱정하지 말라고 나는 무의식적으로 대답을 해주었다.

하지만 추위로 덜덜 떨리는 몸과 눈앞에서 흔들리는 믿기 힘든 물체(?) 때문에 제정신을 차리기 힘들었다.

"모르겠어요. 근데 맛 간 건 아닌 것 같은데요?"

"그래? 그렇담 다행이고. 인간이라는 것도 맘에 안 드는데 맛 간 상태라면… 끔찍한 일이지. 근데 아제 보니 심각하게 넘어지던데 괜찮나?"

아무래도 나를 걱정스럽단 말투로 물어보는 사람은 나를 데리러 온 저승사자인 것 같았다. 이제야 드디어 모진 고난(?)을 마치고 자신을 데리러 온 저승사자와 만나게 된 것이었다.

공포에 질린 대로 질린 나는 한시바삐 유령투성이(?)인 이곳에서 벗어나고 싶었다.

서둘러 목소리가 들린 쪽으로 고개를 돌리자 또다시 가슴이 철렁하고 내려앉았다. 또한 그동안 간신히 진정(?)되었던 심장이 다시 거세게 뛰기 시작했다. 정말 지금까지 살아오면서 이렇게 아름다운 남자는 생전 처음이었다.

꽃미남의 대표주자인 원반, 장도권, 이장재, 권장호 등등등 멋진 오빠들은 비교도 안 될 정도로 엄청 잘생긴 미남에 난 얼굴이 삘게지는 느낌이었다. 아마 느낌만 그런 게 아니라 삘게졌을 게 분명했다.

'오, 오, 오, 오빠, 멋지구리구리… 럭셔리! 원더풀! 끝내줘… 멋져, 오빠!!'

아마 순정 만화의 남자 주인공이나 이렇게 생겼을까? 정말 현실에서는 상상해 볼 수도 없을 정도로 정말 잘생긴 미남이었다. 190은 넘어 보이는 장신의 키에 마르지 않고 적당히 근육이 붙은 몸매에다가 약간 각이 졌지만 제법 뚜렷한 선을 띤 미남이었다. 게다가 어디서 염색을 했는지 허리까지 내려오는 진한 파랑 머리는 윤기가 잘잘 흐르고 있었다.

분명 저렇게 파란색으로 나오게 하려면 탈색을 한두 번은 했어야 하는데 탈색에 염색까지 한 머리가 저렇게 찰랑거릴 수 있다니… 그 미용실 언니─오빠일 수도 있고─는 아마 신의 손일 게 분명했다.

푸석푸석한 내 머리와는 비교도 되지 않게 윤기있는 그의 머리가 너무 부러웠다.

반항적으로 약간 쫘악 올라간 눈꼬리에 나에 대한 걱정(?) 때문인지 약간 흐려져 있었지만 반짝반짝 빛나는 빨간 눈동자는 멋……? 빨간색? 빨간 눈동자?

눈동자가 빨간색이라는 것을 깨닫자 왠지 이상하다는 듯이 바라보는 눈동자가 어제 자신을 띠껍게 쳐다보던 드래곤의 눈동자와 같아 보이는 것 같았다. 하하하, 말도 안 돼!

'하하하… 내가 약간 맛이 간 것 같은데… 헛것이 보이는 걸 보면… 허허허… 몸이 허한가.'

도저히 믿을 수 없는 현실에 나는 손으로 내 옆구리를 쫘악 꼬집어 봤다. 꼬집자마자 느껴지는 격렬한 통증에 순간 비명이 나올 뻔한 난 이게 꿈이 아니라는 것을 인식할 수밖에 없었다.

꿈이라면 이렇게 무식하게 아플 리는 없을 테니까 말이다.

"죄송하지만… 실례이겠지만… 정말 웃기겠지만… 설마 어제 그 블루 드래곤이십니까?"

"머리는 크게 나쁜 것 같지 않아 그나마 불행 중 다행이군!"

말이 떨어지기 무섭게 틱틱대는 자칭 드래곤의 말에 또다시 땅이 꺼지고 하늘이 무너지고 있었다.

'이게 무슨 일이냐고. 난 죽었단 말야! 죽은 내가 어떻게 저승에 간 것이 아니라 이곳에 있냐고오오오. 설마 환생? 말도 안 돼! 또다시 이런 꼴로 환생한 거야? 누구 맘대로!! 누구 좋으라고…….'

억울함과 믿을 수 없는 현실로 인해 난 그 자리에 그만 돌이 되고 말았다.

'돌돌 무슨 돌 성연 같은 성연 돌… 어디어디 있나. 이 자리에 있지…….'

아무래도 내가 제정신이 아닌 것 같았다. 이런 황당한 노래가 머릿속에 춤추고 있는 것을 보면 말이다. 그러나 저 드래곤은 이렇게 내가 돌이 되든 정신이 나가 있든 걱정하지 않는 것 같았다. 걱정하기는커녕 오만상을 쓰며 나를 이리저리 품평하는 눈초리로 바라보는 것이었다.

그런 눈빛도 무지무지 무례한데 자신이 내린 품평이 맘에 안 들었는지 본인을 앞에 두고 인상을 있는 대로 구기는 것이었다.

'이… 이런 무례한… 놈… 아니, 드래곤이 있나!'

솔직히 나 자신도 썩 맘에 드는 몸이라고 할 수는 없지만 대놓고 저렇게 인상을 찌푸려 버리니 여자로서의 자존심에 금이 쫘악 가는 것이었다.

정말 아무리 자칭 드래곤이라 하더라도, 자신이 흔히 볼 수 없는 최상급 미남이라고 할지라도 상대방에 대한 예의는 지켜주는 게 도리인데 저 자칭 드래곤은 그 도리조차도 모르는 아주 무뢰한이었다.

"저기요… 저는 어제 한강 물에 빠져 죽었거든요……. 죽었는데 왜 여기에 있는 거죠… 저… 제가 벌써 환생했나요?"

여전히 띠껍다는 듯이 바라보는 눈초리가 거슬리기는 했지만 이게 어떻게 된 것인지 알아야 무사히 저승(?)에 도착(?)할 수 있기에 조심히 물어보았다.

"환생? 무슨 소리를 하는 거냐? 그리고 한강이라고? 여긴 홀랜드 제국의 후로아드나 해에 있는 얼음 섬이야. 환생이라니… 넌 아직 죽지 않았어… 어… 어?"

또다시 새까맣게 변해 버리는 세상을 보며 진짜 울고 싶었다. 정말 도대체 몇 번을 기절해야 무사히 저세상(?)에 도착할지 물어보고 싶었다.

'환생이 아니라면 도대체 여긴 또 어디야!! 난 왜 이렇게 저승 한번 가기도 힘든 거야!! 흐윽… 정말 자살하는 게 아니었는데…….'

스타이프로아는 또다시 기절하려는 이세계의 인간을 보며 한숨을 내쉬었다. 그리고 이제는 익숙해졌는지 어제처럼 맨땅에 헤딩하지 않게 때맞추어 쓰러지는 소녀를 잡아주었다.

이런 상황이 원하지도 않았는데 익숙해져 버린 스타이프로아는 또다시 기절한 소녀를 공중에 띄워 아까까지만 해도 소녀가 누워 있었던 자리로 다시 돌려보냈다.

눈물 자국이 선명하게 남아 있는 소녀의 모습에 스티아는 앞으로의 일이 난감해질 것 같아 자신도 모르게 깊은 한숨을 내쉬었다.

정말 자신의 예상대로 되는 것이 하나도 없었다. 처음 시도는 좋은 것 같았는데 왜 이리 얽히기만 하는지, 점점 꼬이고 있는 이 상황이 마음에 들지 않았다.

이 세계에 사는 종족들은 모두 마음에 들지 않아 다른 차원에 있는 존재를 불러들이는 것까지는 좋았다. 꽤 어려운 마법이었지만 자신의 뛰어난 마법으로 인해 다른 차원에 사는 존재를 불러들일 수 있었고 마법이 성공하자 꽤나 기분이 들떴다.

그렇게 자신의 천재성에 또 한 번 감탄하고 기뻐하던 스티아는 자신이 불러온 다른 차원의 존재를 보고 그 기쁨이 푹 꺼져 버리고 말았다.

어떻게 힘들게 불러온 다른 차원의 종족이 왜 하필 이 세계에서도 흔히, 아주 흔히 볼 수 있는 인간이라는 건지…….

그 기가 막힌 현실에 심사가 꼬였고 여성체라는 것에서 기분이 거슬렸다. 더더군다나 그 생물체가 정상적이지 않은 몸뚱이라는 것에서 참아왔던 짜증이 폭발하고 말았다.

인간이란 얼마나 제멋대로인 종족인가?

눈앞의 이익을 위해선 자기 자식이며 부모도 없는 존재이며 신의나 약속 같은 것도 쉽게 깨뜨리는 종족이 아닌가?

게다가 인간의 여성체라는 것들은 또 어떻고… 인간이란 종족 중에서 가장 쓸모없는 게 인간들의 여성체였다. 제멋대로인데다 픽하면 아프다고 질질 짜질 않나 허영심에 가득 차서 사치만 심하고 머리에 든 것이라고는 수다나 쓸데없는 가십밖에 없는 족속인 게 인간들의 여성체였다.

하지만 아무리 자신이 마음에 들지 않다 해도 이미 작동된 마법을 다시 되돌릴 수는 없었다.

'으윽… 다른 차원에 사는 존재가 오자마자 마법이 발동되게 하는 게 아니었는데…….'

스티아(스타이프로아)는 오만상을 찌푸린 채 누워 있는 소녀의 모습을 바라보았다. 보면 볼수록 소녀의 모습은 마음에 안 들었다.

맘에 안 드는 종족인 인간, 게다가 신경 거슬리게 여자, 또한 몸조차 정상이 아닌 존재가 자신의 헤츨링이 될 아이라니…….

정말 자신이 잘못 선택한 것 같았다. 그냥 이 일을 시작한다고 했을 때 주위의 드래곤이 말리는 걸 들을걸 하는 생각도 들었다. 하지만 이미 결정이 난 것을 무를 수도, 되돌릴 수도 없으니 그런 생각을 떨쳐 버리고 스티아는 잠든 성연을 부릅뜨고 노려보았다.

'그래, 나에겐 조건 따지고 고르고 할 시간이 남지 않았어… 맘에 안 드는 건 두들겨 패서라도 고치면 돼! 내가 누구냐! 천재 마법사 드래곤 스티아프로아님 아니시냐!!'

흔들리던 마음을 굳게 먹고 주먹을 불끈 쥔 스티아는 굳은 결심으로 잠든 소녀를 노려보았다.

기절해 있는 상황에서도 왠지 모를 오한이 드는 성연이었다.

"그래, 네가 살던 차원이 어디라고?"

두 번 기절했다 깨어나니 어느 정도 이 황당한 사건에 적응이 되어 가는 듯했다.

그 예로 아무렇지도 않게 드래곤 앞에서 수다를 떨 수 있게 됐으니 말이다. 아무래도 나는 간이 다른 사람의 두 배 정도 큰 것 같았다.

"대한민국 서울이요. 시대는 2003년 6월 4일이에요. 이곳과는 달리 초여름 때죠."

아직도 약간은 어리벙벙한 느낌이긴 하지만 옛말에 호랑이 굴에 들어가도 정신만 차리면 살 수 있다고 했으니 우선 정신을 먼저 수습하는 게 급선무였다. 계속 기절하는 식으로 현실을 도피했다가는 끝이 없을 것 같았다.

그러고 보니 어쩌면 다행일지도 몰랐다.

처음 지옥인 줄 알았을 때에 착잡하고, 억울하고, 황당했을 때에 비하면 다른 차원에 떨어졌다는 것은 아무것도 아니니까 말이다. 죽는 거야 다시(?) 또 하면 되니까 아무렇지도 않았다.

"그 서울에서도 제가 살던 곳은 강X 병원이에요. 거의 거기서 살았어요."

"병원? 병원이라면 이곳의 의원을 말하는 건가?"

"네, 같은 곳이에요. 여기는 의원이라고 하는가 보네요? 비슷한 곳인데… 의원보다 큰 게 병원이죠."

"신전 같은 데를 말하는 것 같군. 그런데 의원에서 살았다고? 어디가 안 좋은 건가? 하긴, 딱 보기에도 안 좋아 보이는군. 제대로 걸을 수나 있나? 아까 보니 비틀비틀 걷던데… 그 정도로 몸이 안 좋나?"

왠지 불안하다는 듯이 질문을 쏟아 붓는 드래곤 때문에 정신이 사납기도 했지만 묻는 대답에는 착실히 대답해 주었다. 그 질문 중에는 조금 언짢은 질문도 있었지만 틀린 말은 아니었기에 화를 내기도, 투정 부리기도 뭐했다. 내가 봐도 내 모습은 병자의 모습인 게 확실했으니까 말이다.

3분 이상만 무리해서 걸으면 심장이 튀어나올 정도로 미친 듯이 뛰고 숨 쉬기도 힘들어하는 내 모습은 절대 잘 걷는다고, 건강하다라고 농담으로라도 할 수 없는 상태인 것이다.

나야 지금 내 모습을 보지 못해서 자세히는 모르지만 드래곤이 보기에는 내가 생각하는 것보다 더 안 좋게 보이는 것 같았다. 저렇게 걱정스런 표정을 하는 걸 보니까 말이다.

정확히는 알 수 없어도 나를 동태마냥 얼려 버릴 것 같은 추위에 파랗게 질린 내 입술과 얼굴… 그리고 물에 팅팅 불어 있는 내 손발이 꽤나 볼 만할 게 분명했다. 아마 그 누가 봐도 저런 이상한 표정으로 바라볼 정도로 비참한 몰골일 게 분명했다.

'이거 꽤 자존심 상하네… 누구는 패션 잡지에서 금방이라도 튀어

나온 것처럼 아름다운 모습으로 있고, 누구는 얼음물에 한번 담갔다가 나온 것처럼 꾀죄죄한 꼴로 있고… 아, 꽃다운 청춘이여… 슬프구나……!'

불쌍하게 볼 거라고 생각했던 성연의 생각과 달리 스티아는 다른 생각을 하고 있었다.

아픈 몸과 추위에도 다른 여자들처럼 울거나 하지 않고 제법 상황 파악도 빠른 게 꽤나 스티아의 마음에 들었던 것이다.

"뭐, 그냥 이곳저곳이요. 정확한 병명은 잊어버렸지만 증상은 대충 이래요. 근육이랑 신경이 수축되어 나중에는 피부랑 근육이 같이 말라버린다고 하더군요. 참! 전에 엄마랑 의사 선생님이 말하는 것을 몰래 엿들었는데요, 오래 살아야 한 스무 살까지 산다고 하더군요. 아! 말 안 했네요. 이런 저는 열여덟 살의 꽃다운 숙녀랍니다."

웃으며 아무렇지도 않게 말하는 나의 모습을 보고 드래곤의 얼굴이 좀 이상하게 변하는 것이었다.

나 역시도 이렇게 말하는 데 10년이 넘게 걸렸는데 다른 사람이 쉽게 받아들일 수 없는 게 당연한 일이었다.

생각보다 얼굴 표정 관리가 전혀 안 되는 드래곤의 모습이 꽤나 웃겨서 웃고 싶었다. 하지만 그랬다가는 자신을 비웃는 거냐며 뭐라고 틱틱댈 것 같아서 속으로 웃을 수밖에 없었다.

처음 거만한 모습으로 나타났을 때와 달리 시간이 지날수록 꽤 귀여운 면모를 많이 보이는 드래곤이었다.

"열여덟 살? 그렇게 보이지는 않는데 꽤나 나이 먹었군. 겉보기에는 딱 열누 살 정돈데… 크음… 근… 데 오래 살지 못하는 걸 비관해서 자… 살했나?"

아이 같아 보인다는 말은 불만스러웠지만 솔직히 사실이기에 따질 수가 없었다. 내가 보기에도 나는 열여덟 살의 꽃답고 아름다운 한창때의 소녀라고 절대 볼 수 없기 때문이다. 슬프게도…….

'흐윽… 이 드래곤은 왜 이리 아픈 데만 찌르는 건지…….'

물론 동의도 하고 이해도 가지만 기분은 나빴으므로 그 기색을 풀풀 풍기며 퉁명스럽게 대꾸했다.

"따지고 보면 맞네요. 비관해서 자살이라……. 예! 제 처지가 비참했어요. 가족들에게 짐만 되는 게 너무… 미안해서요… 그리고!! 왜!! 뭣 땜에……!! 내가 요 모양 요 꼴로 살아야 했는지에 대해서도 따지고도 싶었어요!! 쳇… 미안해요. 왜 주책맞게 눈물이 나는지…….'

이젠 괜찮다고 생각했던 일이 다시 떠오르자 새삼 다시 눈물이 났다. 눈물이 나자 더 서럽고 억울한 마음이 들어서 벅벅 거칠게 비볐더니 눈이 더 시큰거리는 바람에 눈물이 더 흘러내리는 것이었다.

"제길, 진짜 억울하지 않아요? 누군 이렇게 태어나고 싶어서 태어났냐구요! 나도 건강하고 이쁘게 태어나고 싶었다구요! 이렇게 아파서 병원에만 있다가 죽게 될 거라니 억울하잖아요!! 도대체 내가 무슨 죄를 졌길래 이런 운명을 타고난 건지 억울했어요! 너무 억울해서 화가 났다구요!! 그리고 이렇게 울고 있는 내 자신도 화가 나고요!! 정말 주책맞게 웬 눈물이야!! 제기랄!!"

다른 여자들처럼 곱게 우는 게 아니라 악쓰듯이 울며 따지는 모습에 놀랐는지 어리버리한 표정으로 자신의 말에 고개만 끄덕이는 드래곤이 정말 우스워 그만 웃음이 터지고 말았다.

'음… 울다가 웃으면 안 좋은데…….'

자신이 울다가 커다랗게 웃자 자신이 한 행동을 알아차렸는지 뻘게진 얼굴로 노려보는 게 정말정말 너무 귀여웠다. 자기 딴에는 겁준다 노려보고 있었지만 뻘게진 얼굴로는 도무지 공포감이 나질 않았다.

'하하하하!! 정말 처음 모습과 달리 정말 귀여운 드래곤이야, 저 드래곤은……!'

"으윽, 내 평생 너처럼 정신없는 아이는 처음이구나. 울다가 화내다가 또 울다가 웃다가! 한 가지만 해라! 한 가지만!!"

"쳇, 아름다운(?) 소녀가 울면 위로해 주는 게 아닌가요? 가족과 다시는 못 볼 것에 슬퍼서 울고(?) 있는데 위로는 못해줄망정 화를 내다니, 정말 매너없네요."

"뭐가 아리따운 소녀냐? 꼴에 공주병까지 걸렸다니! 그리고 그렇게 보고 싶으면 나중에 찾아가면 될 거 아니냐!"

공주병이란 말에 약간은 찔끔했지만(그래요, 저 공주병이에요… 흑) 나도 틱틱거리는 그의 말에 같이 틱틱거리며 되받아쳐 주었다. 시간이 지날수록 공포감이 전혀 느껴지지 않는 드래곤이라서 그런지 이제 나는 그 드래곤과 거의 맞먹고 있었다.

그리고 까불다 죽어봤자 저승인데 두려울 게 뭐가 있겠는가. 배 째라, 배 째!!

"웃, 공주병이라뇨? 너무하네, 정말. 그리고 어떻게 찾아가나요? 소설에서도 봤는데 차원 이동은 불가능하잖아요!!"

"누가 그러더냐, 갈 수 없다고! 좀 시간은 걸리겠지만 불가능하진 않아! 그러니까 내가 너를 데리고 왔지. 누군가를 데려온다는 게 자신이 차원 이동을 하는 것보다 더 어려워!"

뜻밖의 폭탄 선언에 깜짝 놀라고 말았다. 다시는 못 가볼 거라고 마음속으로 은근히 포기를 했었는데 그게 가능하다니 정말 놀랄 일이었다.

"저를 다시 보내줄 수 있나요?"

"미안하지만 그건 불가능하다. 네가 여기 올 때 내가 사용한 마법 때문에 나는 너를 보내줄 수가 없다."

"어떤 마법 때문에요? 근데 왜 나를 불러온 거지요?"

그러고 보니 정말 가장 기본적인 문제를 아직까지 생각지 못하고 있었다. 도대체 이 드래곤은 왜 나를 이곳에 불러왔는지, 도대체 무슨 이유로 불러온 건지 무척이나 궁금했다.

그런 중요한 이유를 아직까지 물어볼 생각도 못하고 있었던 것을 보니 정말 내가 정신이 없기는 없었던 것 같다.

"내가 너를 이곳에 불러올 때 건 마법은 마법으로 다른 차원의 세계에 있는 사람을 이 차원의 세계에 묶어두는 거야. 그냥 몸만 옮기는 거라면 네가 갈 수도 있지만 너 자신을 이쪽 차원에 묶어버렸기 때문에 네가 죽지 않고서는 갈 수가 없다."

이 드래곤의 말은 아주 황당했다. 갈 수 있다고 한 적은 언제고 이제는 또 죽지 않고선 갈 수 없다니…….

얼굴 표정을 보니 놀리는 것은 아닌 것 같은데 그의 말은 뒤죽박죽이었다.

"한마디로 저는 갈 수 없는……."

"갈 수 있다니까! 네가 죽어서, 아니, 정확히 말하자면 네 육신이 죽어서는 갈 수 있어!"

"그러니까 제가 죽어서 갈 수 있다는 거죠! 한마디로 내 육신은 못 가고 유령이 되어서 갈 수 있다는 거네요! 정말 지금 장난하는 거예요?!"

정말 그동안 참아오고 참아왔던 울분이 터지는 느낌이었다.

아무래도 이 드래곤은 나를 놀리기 위해 데려온 것 같았다. 안 그러면 이렇게 가슴 후벼 파는 듯한 말을 아무렇지도 않게 담담한 표정으로 말할 순 없을 테니까.

거의 발광하듯 비명을 질러대는 나를 그대로 둔 채 조용히 바라보고 있던 드래곤은 내가 지쳐 헐떡대고 있자 그 특유의 띠꺼운 표정으로 입을 열었다.

"자, 이제 끝났냐?"

"허억… 헉… 아… 직… 헉… 안 끝… 났어… 요!"

"곧 죽어도 입은 살아 있구나. 네가 할 말은 대충 알겠으니 그만 접어라. 그리고 다른 사람의 말이 끝나기 전에 화부터 내는 버릇도 좀 고치고. 성질 머리하고는… 그래, 내가 육신이 죽어서야 가능하다고 했지. 그래, 그렇게 노려보지 마라. 아직 말 안 끝났으니. 넌 갈 수 있다. 다만 내가 이곳에 불러온 일을 다 마스터해야 가능하지."

"하아… 하아… 얼마… 나 걸… 리는데요? 하… 아, 저… 에게는 시간… 이 별로 없… 단 말예… 요."

"그쪽 세계에서라면 그럴 테지. 넌 그쪽 세계에서 운 좋으면 스무 살 정도까지는 살 수 있다고 했지?"

아직도 가라앉지 않은 숨을 진정시키려 노력하며 그의 질문에 고개를 끄덕였다. 나의 한 발짝 물러난 동조가 만족스러웠는지 드래곤은 자신의 턱을 문지르면서 입을 열었다.

"그래, 그 세계에서라면 넌 스무 살도 못 돼서 죽겠지만 이곳에서는 달라. 너도 어느 정도는 알겠지? 각 차원마다 가는 시간이 다르다는 것을……. 내가 너를 이곳에 불러와 이 차원에 묶어두었지만 네 운명은 아직 그곳에 존재한다. 그곳에서 네가 죽지 않기 전까지는 그 운명이 멈추지 않지. 아마 니 수명이 그곳에서 스무 살까지였다면 이곳에서는 약 200년 정도 살 수 있을 거다."

정말 안 그래도 쿵쾅거리던 심장이 이번엔 가슴 밖으로 튀어나오는 줄 알았다. 그만큼 충격적인 말이었다. 내 수명이 이곳에서 200년이나 더 남았다니. 이 드래곤의 말이 사실인지 진심으로 의문이 갔다.

어떻게 인간이 200년 정도를 살 수 있겠는가. 그건 절대 불가능한 일이었다. 그것도 그냥 사는 게 아니라 그의 말에 따르지만 이 차원의 200년이 그 차원의 2년 정도이니 평생 늙지 않고 살 수 있다는 것이다.

"농담이지요?"

"미안하지만 사실이다. 네가 그쪽 차원에서의 운명을 끊어버리지 않는 한 넌 그쪽 수명이 다하기 전에는 죽지 않아."

정말 기뻤다. 너무 기뻐서 심장이 춤을 추는 듯했다. 심하게 뛰는 심장이 아팠지만 그건 아무것도 아니었다. 매일매일 내일 죽게 되면 어떻게 될까, 자다가 죽게 되면 어떻게 되지? 이런 걱정으로 하루하루 내일을 걱정하며 살았던 내가 더 이상 죽음을 두려워하지 않으며 살 수 있을 거라니… 심장이 미쳐 날뛰는 것 같았다.

갑자기 닥쳐 올 죽음을 걱정하지 않고 살 수만 있다면 몸이 부서지는 통증 따위는 아무것도 아니었다. 그 대가로 손 하나, 다리 하나 잘려 나간다 해도 나는 행복할 것 같았다.

더군다나 늙지도 않고 탱탱하고 젊은 열여덟 살의 소녀 모습으로 살아갈 수 있다니, 이게 행운이 아니면 또 무엇이 행운이겠는가.

나는 한참 동안 갑자기 쏟아진 이 행운을 음미하며 즐겼다.

한참 후 정신을 수습한 뒤에 나를 바라보며 미소 짓고 있는 드래곤에게 똑같이 미소를 지어주었다.

"세상은 기브 앤 테이크. 오는 게 있으면 가는 게 있기 마련이지요. 대가는 무엇인가요?"

"쿡, 이해가 빨라서 좋군. 쓸데없는 말을 하느라 시간 잡아먹지 않아서 좋아. 결론만 말하지. 내 조건을 하나 들어주면 돼. 아니, 넌 받아들여야 하지. 거절은⋯⋯."

"용납 못하나요? 좋아요, 들어주죠. 뭐, 크게 문제가 있는 건 아닐 것 같으니까요. 뭐, 나 같은 평범한 외모에 병색까지 완연한 여자를 보고 성적으로 흥미도 없을 테니까."

내가 요구에 응하자 만족스러웠는지 이곳에 와서 처음으로 이 드래곤은 내가 맘에 든다는 듯 웃는 것이었다. 마치 다시 봤다는 듯한 표정이 꽤 내 기분을 들뜨게 만들어주었다.

역시 아름다운 사람은 그 아름다운 외모 하나만으로도 사람의 기분을 좋게 만들어주는 것 같다. 아무래도 여자든 남자든 아름다우면 우선 나부터 외모에 혹하니 말이다.

"그럼 본론부터 말하지. 한마디로 내 헤츨링이 돼라!"

세상에 이보다 더 황당한 요구는 또 없을 것 같다. 저 드래곤이 말한 요구는 내 능력론 절대 들어줄 수 없는 일이었다. 나보고 뭐가 되라고?

"뭐? 헤츨링이 되라구요? 난 이미 인간 헤츨링⋯ 아니, 인간의 자식이라구요. 보시다시피 병색마저 완연한, 아무 능력 없는 인간이라구요. 이미 이렇게 평범한 인간의 자식으로 태어났는데 어떻게 당신의 헤츨링이 될 수 있겠습니까!"

"가능하니까 너에게 요구하는 거지 불가능한 거라면 내가 널 왜 다른 차원에서 불러내는 수고까지 하면서 데려왔겠느냐? 좀 가만히 설명을 들어라, 그 멍한 표정 좀 지우고⋯⋯."

말이 길어지려는 듯 주위에서 의자를 가지고 와 앉더니 나에게도 의자를 권하는 것이었다. 권하는 대로 의자에 앉자 그 드래곤은 조용히 차분한 어조로 입을 열었다.

한참 이어진 그의 말을 모두 듣고 나자 머리가 멍해지는 느낌이었다.

정말 오늘은 행운이 몰려서 오는 것 같았다. 그동안의 고통을 모조리 갚으려는 듯이…….

"하! 너무하네요. 내가 오자마자 마법이 시작됐으면서 그걸 조건으로 내걸다니, 좀 뻔뻔한 거 아니에요? 뭐, 나에게는 뜻밖의 행운이라 거절하고 싶은 마음은 절대 없지만요. 너무 저만 좋은 거 아닌가요?"

정말 나에게만 좋은 일이었다. 그것도 너무나 좋아서 미안할 정도로 말이다.

정말 믿어지지 않는 일이었다. 내가 다시 드래곤으로 태어난다니… 그것도 환생이 아니라 육신만 바꿔서 다시 태어난다니, 믿어지지 않는 일이었다. 내 기억을 모두 가진 채로 나는 건강한 육신으로 다시 태어나는 것이다. 그것도 엄청난 능력을 가진 드래곤의 헤츨링으로.

그의 말에 의하면 5년 정도 후에 자신의 마법이 완성되면 저쪽 차원의 운명을 가진 내 이 육신은 죽게 되고 그의 알로 다시 태어난다고 했다. 정말 너무 엄청난 행운이라서 정말 믿어지지가 않았다.

도대체 왜 이런 행운이 나에게 오게 된 건지 알 수가 없었다.

나에게는 믿을 수 없을 만큼 행운이었지만 저 드래곤이나 태어나지도 못하고 죽었다는 그의 헤츨링에게는 슬픈 일일 테니까 말이다.

"그건 아니지. 분명히 난 내가 원하는 것을 얻어. 넌 이해 못하겠지만 우리 드래곤에겐 태어나면 반드시 후손을 이어야 하는 사명이란 게 있거든. 그걸 지키지 못하면 난… 떠날 수가 없어."

피식 웃으며 말하고는 서서히 일어나더니 내 쪽으로 걸어오는 것이었다.

그렇게 가까이 다가와서 한참을 쳐다보더니 갑자기 손을 내밀어 내 손목을 잡았다.

그가 손을 잡자 무섭다는 느낌보다 쪽팔리단 느낌이 들었다. 내가 보기에도 내 손은 영 아니었던 것이다.

길지도 않은 손가락에다가 노리끼리한 게 영 볼품이 없어 소녀로서 좀 쪽팔리는 것이었다.

더군다나 상대방은 남자인데도 길고 하얀 손가락에다가 윤기마저 있어 여자가 보기에도 부러울 정도로 이쁜 손가락이었다. 그러니 더욱 자존심이 상하고 쪽팔렸다.

쪽팔리는 자신의 마음을 아는지 모르는지 한참을 손목이며 옷 위로 나와 있는 부위를 만져 보더니만 민망스럽게도 고개를 흔드는 것이었다.

"웃! 아무리 아니라고 하더라도 숙녀 앞에서 대놓고 아니라고 고개를 흔들면 쪽팔리잖아요. 민망하……."

"너무 말랐어. 그리고 몸도 많이 좋지 않고… 너, 몸 상태를 보면 통증이 꽤 있을 것 같은데 잘 참는구나."

꽤 놀랐다는 듯이 말하자 나는 약간의 쑥스러움에 머리를 긁적였다. 그의 말마따나 통증은 심한 편이었지만 오랜 시간을 아파와서 통증을 참는 것에 이젠 익숙해져 버린 나였다.

"이미 익숙한 일이라서요. 이 정도 통증은 그냥 참을 수 있어요. 근데 너무 민망하니 뚫어져라 쳐다보지 마세요. 소녀, 부끄럽습니다요."

장난 어린 농에 그가 갑자기 피식 웃으며 지금까지 잡고 있던 손목을 부드럽게 놓아주는 것이었다.

"정말 시원찮은 몸에 비해서 네 녀석의 입 하나는 정말 잘 움직이는구나. 하지만 익숙할 정도로 통증이 있다라… 음… 곤란한데……."

드래곤이 되려면 여러 가지 마법이 시행되어야 하고 마법을 전혀 사용하지 못하는 헤츨링 때를 대비해서 몇 가지 마법은 시술해야 하기 때문에 건강하지 못한 체력으로는 좀 힘든 일이었다. 그런데 이렇게 시원찮은 몸을 보니 스티아는 정말 걱정되었다.

아무리 생각해 봐도 방법은 그것밖에 없는 것 같았다. 어찌 보면 최악의 선택일 수도 있지만 이보다 더 나은 방법은 없으니 어쩔 수 없었다.

'그렇다면 방법은 그것 하나뿐인가? 하긴, 어차피 5년만 버티면 망가져도 되는 육체니까 아까울 게 없을지도.'

"지금 몸에는 미련이 없지?"

"에? 무슨 뜻으로 말하는지 모르겠지만 그다지 미련은 없네요. 아프기만 해서 속상한 몸이니까요? 근데 왜요?"

뜬금없이 몸에 미련이 없냐고 묻는 드래곤의 말에 나는 묻는 말에 솔직히 대답해 주었다.

나 역시도 이렇게 병에 찌들고 이쁘지도 않은 몸에 대해 불만이 없을 리가 없었다.

여자이기 때문에 좀 더 이뻐지고 싶고, 사람이기 때문에 더 건강해지고 싶었다. 언제나 그게 나의 가장 큰 소망이자 유일한 소망이었던 것이다.

"어차피 5년 정도만 사용하면 버릴 몸이니까 망가지더라도 마법을

걸려고 한다. 걱정하지는 마, 나쁜 마법이 아니라 네 몸에 통증을 억제
시키는 마법이야! 그래서 평소에 너는 통증을 못 느끼지. 다만 이 마법
은 네 몸의 통증은 없애주지만 오래 사용하면 육신이 망가져 버려. 자
신은 통증을 못 느끼니 그걸 알 순 없지만 신체의 부분이 하나둘씩 무
너져 내려가지."

"그럼 영 통증은 없는 건가요?"

나쁜 조건은 아니었다. 아니, 어찌 보면 이것 또한 엄청난 행운일지
도 몰랐다.

언제나 나를 괴롭히던 통증이 없어진다니, 꿈에서도 생각해 보지 못
한 일이었다.

이 통증은 당연히 있는 거라고 생각했기에 통증 없이 살아간다는 것
은 생각조차 할 수 없었다. 오죽했으면 죽었을 때도 통증이 있자 죽어
서도 통증이 이어진다는 사실에 한번 허탈하게 웃고 말았겠는가.

어차피 버릴 육신 따위는 망가져도 상관없었다. 아니, 그걸로 끝난
다면 아주 싼 대가였다.

"없어, 하지만……."

"또 대가가 있나보죠? 하긴, 그걸로 끝날 일은 아니겠죠. 그래요, 뭔
데요?"

꽤나 힘든 대가인지 말을 못하는 드래곤을 재촉하며 대답을 요구했
다.

마치 자신이 나에게 그걸 강요한 것처럼 미안해하는 드래곤의 모습
에 좀 두려웠지만 자신에게 오는 게 큰 만큼 대가도 큰 걸 거라는 건
대충 감으로 어느 정도 느낄 수 있었다.

"이 마법의 반작용으로 세 달에 약 3일 동안 통증이 한꺼번에 밀려와."

"간단한 거네요. 세 달 동안 아플 걸 3일 동안 받는다는 거죠? 생각보다 별것도 아니네요 뭐."

"간단한 건 아니야. 이 통증은 죽고 싶을 정도로 심해. 오죽했으면 이걸 건 사람들이 거의 다 자살을 선택했을까. 자신이 평소 아팠던 것의 몇 배가 되돌아온다고 하더군."

드래곤이 무겁게 말하자 왠지 섬뜩하기는 했지만 포기하자니 그 뒤에 오는 대가가 너무 큰지라 두려움 따위는 떨쳐 버리고 흔쾌히 승낙해 버리고 말았다.

왠지 안쓰러운 듯 걱정스러운 눈으로 바라보는 그에게 내가 괜찮다는 듯이 고개를 끄덕여 주자 그는 그다지 내키지 않는다는 표정으로 입을 열었다.

처음 보는 마법에 가슴이 두근대었지만 짧은 주문과 함께 마법이 실행되자 몸 전체에서 심한 고통이 느껴졌다. 그렇게 마법으로 생긴 불꽃이 내 몸을 감싸더니 곧 차가운 느낌이 온몸에 저릿저릿하게 퍼져가기 시작했다.

처음 손끝에서 시작한 통증이 팔로, 몸으로, 머리로 전해지기 시작하자 엄청난 통증에 또다시 하늘이 어두워지는 게 느껴졌다.

아무래도 세상이 까맣게 변해가는 것이 또다시 기절하는 것 같았다.

"연속 세 번 기절이라… 신기록이네……."

황당한 대사를 마지막으로 이젠 익숙한 포즈로 넘어가면서 제발 이번에도 저 드래곤이 무사히 잡아주기를 바랐다.

다시 눈 뜬 나는 정말 당장이라도 하늘을 날 것만 같은 기분이었다. 아마 날아보려면 날 수 있을 것 같았다. 여섯 살 이후로 이렇게 몸이 가벼운 적은 처음이었다.

마법이 시행된 후 내 몸은 겉보기엔 전혀 변화가 없었지만(외모도 바꿔줬으면 오죽 좋아) 지금까지 나를 괴롭히던 통증이 사라져 버렸다. 정말 믿을 수 없을 정도로 깨끗이, 말끔히 사라지자 신기했고 무척이나 기뻤다.

이렇게 행복한 기분을 계속 느낄 수만 있다면 세 달에 3일 정도 오는 고통 따위는 아무것도 아니었다. 정말 내가 그렇게도 바란 건강한 몸을 가진 듯해 이젠 누구든지 와도 두렵지 않았고 뭐든지 할 수 있을 것 같았다.

"아자비~용!! 앗싸!! 날아~라아!!"

"촐싹 떨지 말고 와서 앉아라. 우선 네 녀석의 오러 색깔부터 알아내야 하니까."

한참을 이곳저곳을 뛰어다니거나 날려고 노력(?)하는 내가 기가 막히고 웃긴지 한참 가만히 지켜보던 드래곤이 나를 자기 있는 쪽으로 부르는 것이었다.

손가락 까딱하는 식으로 부르는 거라 왠지 똥개 취급하는 것 같아 불끈했지만 그래도 생명(?)의 은인이기에 착한(?) 나는 성질 한번 부리지 않고 공손히 그 자리에 쪼르르 달려갔다.

내가 그의 곁에 도착하자마자 이 무신경한 드래곤은 다 큰 처녀(?)의 머리에 허락(?)도 받지 않고 손을 얹는 것이었다.

이런 무뢰한(!)이라고 화내고 싶었지만 곰곰이 생각하며 고개만 갸웃갸웃거리는 게 무슨 생각에 잠긴 것 같아 차마 화를 낼 수가 없었다.

아주 뭔가 심각한 고민에 빠진 듯 이쁜 이마를 구기고 연신 고개를 갸웃거리는 그의 모습에 덩달아 나도 고개를 갸웃거렸다.

"도대체 알 수가 없네. 다행히 마법의 성공으로 마나의 색깔은 확실히 블루 드래곤의 파란색이지만 그 뒤에 있는 이 정령의 오러 색깔은 뭐야? 검은색?"

"마나요? 정령의 오러요? 저한테 그런 게 있었어요? 생각도 못했는데……."

판타지에 자주 나오는 차원 이동한 주인공이 가지게 되는 능력들을 떠올리며 히죽히죽 웃었다.

이즈(?)에서 나오는 엄청난 힘의 마법검을 가지게 되는 것도 좋았고 정령왕의 아들(?)에 나오는 멋진 정령술이나 마법도 좋았다. 정말 미래의 내 모습에 엄청 기대되는 것이었다. 아마 아름다운 용모의 미소녀 마검사가 되어 세계를 구하는 용사가 되지 않을까 싶었다.

"다행히 마나와 정령 쪽 다 자질이 있어 보이는구나. 그런데… 검은 오러가 좀 걸리는데……."

"검은 오러라뇨? 정령은 거의 파란색이나 붉은색이 아닌가요?"

"그래, 4대 정령의 오러 색깔이 그러하지. 근데 이 오러의 색깔은 어느 것에도 속하지가 않아. 뭔가 다른데… 이게 어떤 정령의 오러인지 잘 기억이 안 나. 아무리 생각해도 모르겠어."

"제 차원에는 마법이 없어서 걱정했는데… 어쨌든 다 잡힌다니 다행이네요. 그리고 정령은 만약에 나쁜 것 같으면 사용하지 않으면 되잖아요."

아무리 생각해 봐도 모르겠다는 듯이 한참을 고민하던 드래곤은 아무것도 아닌 것 같다는 나의 말에 넘어가기로 했는지 다시 나를 빤히 쳐다보았다. 한참을 그렇게 쳐다보자 이상하게 생각돼 나도 바라보아 주었더니만 갑자기 이 드래곤이 피식 웃는 게 아니겠는가. 도대체 왜 그러는 거야?

"너, 내 이름이 뭔 줄 아냐?"

"엣? 이름요? 글쎄요?"

"모를 거다. 나도 너에게 말해 준 적 없는 것 같거든. 참 웃기네, 내 자식이 될 아이한테 6일이 지났는데도 이름조차 알려주지 않았다니. 이렇게 웃기게 시작하는 부녀 관계는 또 없을 것 같지?"

부서질 듯 슬퍼 보이는 모습에 좀 당혹스러운 마음이 들었다.

처음 자신을 불러들여서 자신을 그의 헤츨링으로 만든다는 이야기를 들었을 때 그가 말했던 대로 자식을 얻기 위한 방도라 생각하고 약간 가볍게 생각했었다. 뭐, 자식을 잃었다는 데에 안쓰러운 마음도 있었지만 드래곤과 인간의 자식 사랑은 차이가 있을 거라고 생각했었다.

하지만 시간이 지날수록 가끔씩 보여지는 쓸쓸하고 슬픈 그의 모습에 인간이 자식을 사랑하는 것이나 드래곤이 자식을 사랑하는 것이나 같다고 생각하게 되었다. 드래곤이라고 슬픔을 모르는 건 아닌 것 같았다.

"그래요, 웃기네요. 아버지라고 불러야 하나요? 엑! 왠지 이상할 것 같은데… 다르게 불러도 되죠?"

"나야 뭘로 부르든 상관은 없지. 너에게 강요하고 싶은 마음은 없거든. 내 이름은 블루 드래곤 족의 고룡인 칸 스타이프로다. 기니까 그냥 스타아라고 부르면 돼."

"스타아? 멋지네요. 제 이름은 한성연이구요. 대한민국 태생의 꽃다운 열여덟 살 꿈 많은 소녀랍니다. 슬프게도 그렇게 안 보여서 안타깝지만요."

어색하지만 막 시작하는 부녀의 관계가 꽤 마음에 들었다.

내 아빠가 될 드래곤(?)이 꿈에서나 볼 수 있을 정도로 엄청난 미남인 데다 엄청난 능력까지 있는데 왜 아니 기쁘지 않을쏘냐. 내가 봉 잡은 거지…….

"자, 그럼 다시 시작하자. 성연아, 음… 좀 어색하네. 자주 쓰면 익숙해지겠지. 우선 여기서 살 거야. 나중에 장소를 옮기긴 하겠지만 아직은 이곳이 나을 것 같거든. 그리고 네가 깨어난 방이 네 방이야. 남자 아이가 올 거라 생각해서 가구랑 대충 간단하게 맞춰놨는데… 여자 아이라니 이것참."

난감해하는 스티아의 표정을 보며 내 기분도 덩달아 난감해졌다.

아무리 양아버지라지만 어떻게 여성이 쓰는 물건(묻지 마, 다쳐!!)이라든지 속옷 같은 것을 구해달라고 할 수 있겠는가. 그렇다고 내가 손수 구할 수도 없는 일이고…….

난감해하는 스티아만큼 나도 난감해졌다.

"복잡한 일은 나중에 생각하자고. 우선 네가 헤츨링이 되려면 마법을 할 줄 알아야 하는데… 마법을 배우려면 마나에 대해서부터 알아야 해. 그런데 나더러 설명하라면 이것만큼은 설명할 자신이 없거든. 난 태어나서부터 마나를 느끼는 드래곤인지라 인간이 어떻게 해야 마나를 느끼는지 알 수가 없어. 그래서 꽤 유명하다고 하는 마법사의 마법 입문론을 구해왔으니 우선 먼저 읽어봐라."

커다란 마법서가 스티아의 손짓 하나에 갑자기 허공에서 펑 하고 나타나 깜짝 놀랐다. 제법 마법을 보긴 봤지만 마법 같은 마법은 이게 처음이어서 내가 진짜 드래곤의 옆에 있다는 것을 실감할 수 있었다.

그렇게 공중에서 나타난 마법서가 부드럽게 나에게 날아와 안착하자 나는 마법서를 받아 들고 난감한 표정으로 그를 바라보았다.

"전 이 나라 문자 모르는데요?"

"걱정 말고 읽어봐라. 어제 마법으로 대충 글자를 알아볼 수 있을 거니까. 보다가 모르는 게 있으면 물어보도록 해."

약간의 의구심을 담고 받았던 책을 펴보았더니 익숙지 못한 글자가 잔뜩 써 있는 것을 볼 수 있었다. 하지만 걱정과 달리 모르는 글자였지만 내 머리 속은 그 글자들을 술술술 빨아들이고 있는 것이었다.

눈에 익지도 않은 글자를 읽고 이해한다는 게 정말 신기했다. 이런 마법을 담은 물품을 전에 살던 차원에서 판다면 아마 수험생들이나 학부모들에게 불티나게 팔릴 게 분명했다.

이건 정말 엄청나고 훌륭한 마법이었다. 정말 돈이 되는 마법이 아닌가… 필히 이 마법을 마스터하고 말리라. 내가 이런 뛰어난(?) 마법을 할 수 있는 마법사가 된다면 나는 돈방석에 앉을 게 분명했다.

나도 곧 저런 능력을 가진 드래곤이 될 거라는 사실에 왠지 행복한 기분이 들어서 실실 웃으며 책을 집중해서 읽어 내려가기 시작했다. 하지만 읽으면 읽을수록 느껴지는 이 위화감은 무엇인지…….

"이거 마법서 맞아요? 어째 내가 이미 알고 있는 내용들인데요?"

"뭐? 알고 있어? 그 차원에는 마법이란 게 없잖아?!"

내가 마나에 대해 이해하는 게 스티아 딴에는 꽤나 걱정이었던지 내가 책을 펴자마자 그는 나를 걱정스럽다는 눈으로 빤히 쳐다보고 있었다. 그러다가 내가 좍좍 읽어 내려가자 얼굴에 당혹스러운 기색이 떠오르더니 아예 책 페이지를 획획 넘기며 뒤적거리자 아주 당황한 표정으로 바라보는 것이었다. 그리곤 나의 이런 모습에 꽤나 놀랐던지 나의 질문에는 목소리까지 높여가며 되묻는 것이었다.

내가 살던 차원은 그가 말했듯이 마술이나 약간의 초능력은 존재했지만 마법이란 전혀 존재하지 않는 곳이었다. 게다가 차원 이동 같은 것은 소설에서나 볼 수 있는 것이었다. 오죽하면 내가 이곳을 처음에는 저승으로 알고 있었을까!

"모두 제가 알고 있는 내용이에요. 제가 저쪽 차원에서 애독하던 판타지 물들에 거의 이런 내용이 나왔거든요. 차라리 소설에서 봤던 내용이 이해하기가 편하던데요. 이 책은 너무 빙빙 돌려 복잡하게 말을 꼬아놨어요."

"뭐… 판타지 물? 그게 무슨 책이지? 그것도 마법서인가?"

"아뇨, 뭐라고 해야 하나? 마법서는 아니고요, 이런 차원이 존재하겠다는 생각으로 만들어진 상상 소설이에요."

어째 서로 말을 하면 할수록 서로의 머리 속이 더 복잡해지는 기분이었다. 스티아도 황당하겠지만 이런 일을 당한 당사자인 나도 진짜 황당했다.

누가 생각이나 했을까. 자신이 평상시에 즐겨 읽던 판타지 책들이 마법서고 일반 마법서보다 더 조리있고 잘 설명되어 있다는 것을……

점점 생각하면 할수록 더 머리가 아파지는 느낌이 들었다.

아무리 인생이 아이러니투성이라고 해도 이건 좀 너무하지 않은가?

"소설에서 마나에 대한 것이 나왔다라는 말인가? 우연인가? 아니면… 그럼 마나의 이해 정도만 나와 있나?"

"마나의 이해는 물론이며 마나의 운용, 마나의 재배치 또한 제가 읽은 책에 자주 나오던 것들인데요. 정말 이게 무슨 일일까요?"

"하……? 그렇다면 그런 소설을 썼다는 작가의 이름은 알겠니?"

순간 뭔가 생각이 떠올랐는지 얼굴에 황당하다는 표정을 지으며 고개를 흔드는 스티아의 모습에 난 고개를 갸웃거렸다.

"예? 글쎄요, 거의 판타지 작가 분들은 필명을 쓰시는 분이 많아서요. 그리고 한두 작가 분이 그런 내용을 적은 게 아닌데요?"

"아무래도 되게 심심했던 고룡이 차원 이동을 해서 쓴 것 같아. 인간 마법사는 차원 이동이 불가능하거든. 정말 그 고룡 되게 심심했나 보구만. 차원 이동까지 해가며 유희를 즐기게."

기가 막힌다는 듯 말하는 스티아의 너무나 황당스런 대답에 덩달아 나도 기가 막혔다.

그럼 자신이 지금까지 읽어왔던 판타지들이 심심함에 못 이겨 차원까지 이동해서 유희 중인 드래곤들의 작품들이었단 말인가? 아니… 그게 중요한 게 아니지! 차원 이동이… 차원 이동이 그렇게 쉬운 거였나?

"그렇게 차원 이동이 쉽나요? 심심하다고 놀러 갈 정도로?"

"아냐, 드래곤도 힘든 게 차원 이동이야. 엄청난 마나를 요구하는 것은 물론이며 자기가 원하는 곳에 도달하려면 더 많은 마나와 마법 컨트롤도 필요해. 절대 장난 삼아서는 할 수 없는 게 차원 이동이야. 잘못했다가 아무것도 없는 차원으로 떨어져 봐, 끔찍하지. 우리 드래곤도 공기가 존재하지 않는 차원에 떨어진다면 그 자리에서 죽고 말걸."

"아… 예?"

"어찌 됐든 마나의 이론에 대한 기초는 뗐으니 마나 모아보는 것을 하기로 할까?"

"아… 예."

왠지 너무 빠르게 지나가는 사건의 흐름에 어지러운 기분이 들었다.

멀미를 하는 것까지는 봐줄 수 있지만 못 따라가서 나가떨어지는 것은 용납할 수 없었다.

나의 멋진 꿈(미소녀 용사~♡)을 위해서라도…….

"아직도 안 모이는 거냐?"

스티아는 시작한 지 두 달이 넘었지만 마나의 고리를 하나도 만들지 못하는 나를 기가 막히다는 듯이 바라보았다. 나도, 그도 내 몸에서 분명히 마나의 오러를 느낄 수 있었지만 도무지 마나의 고리가 생기지 않는 것이다.

그의 말에 따르면 최소한 고리가 1개라도 생겨야 1클래스의 마법이라도 배울 수 있다는데 도무지 그놈의 고리가 생기지 않는 것이었다. 그동안 이러저러한 포즈로 모아봤지만 모이기는커녕 아직도 처음과 똑같은 상황이었다.

처음 마나도 느끼고 정령 친화력도 있는 것에 대해 안심하던 스티아의 모습은 이제 찾아볼 수가 없었다. 날이 갈수록 초조해져 가고 구겨지는 그의 얼굴을 볼 때마다 나도 미안해져만 갔다. 하지만 나라고 별 수 있겠는가. 이놈의 마나들이 고리로 모여지기를 거부하는데…….

스티아의 말로 이곳은 마나가 풍부한 곳이라서 마나를 모으기 쉽다는 것이었다. 자신의 레어가 아닌 이런 추운 곳에 온 이유도 내가 마나를 쉽게 모으게 하기 위해서라는 것이었다.

이런 명당(?)인데도 마나가 잘 모이지 않자 마나가 가장 많다는 드래곤인 스티아가 내 옆에서 계속 마나를 쉽게 모을 수 있도록 마나를 보내주었다. 그런데 마법사들이 알면 기절할 정도로 부러워할 만큼의 최고의 상황에서도 나는 도무지 1클래스의 마나도 모으지 못하고 있는 것이었다.

농땡이 부린다는 말은 듣고 싶지 않았고 오기도 생겨서 꾸욱 참고 계속 버티다가 그만 쓰러져 버린 적도 있었다. 그렇게 쓰러진 나를 마법으로 치료해 준 스티아가 화를 내기는커녕 너무 무리하지 말라는 말까지 하자 더욱 미안해져 버렸다.

차라리 구박을 한다면 투정 부리며 땡깡 치고 할 텐데 그냥 걱정스런 표정으로 무리하지 말라고 하니 그게 더 마음에 부담이 되는 것이었다. 점점 시간이 지나갈수록 만들어지지 않는 마나의 고리 때문에 더욱 마음이 무거워지고 걱정만 더 커져 갔다.

도대체 마나는 확실히 모이는 것 같은데 왜 심장에 모이지 않는 건지… 이놈들아! 감히 반항하냐!!

화딱지나게도 주위에 있는 마나를 빨아들이는 것은 확실했다. 그것도 무진장… 이게 몸무게로 간다면 걱정될 정도로 말이다. 그런데 어째서 내 몸속에만 들어오면 감쪽같이 없어지는 것인지…….

마치 이놈의 마나가 나 잡아봐라~ 하는 식으로 나를 슬슬 약올리고 있는 듯했다. 그 덕에 이놈의 오기가 또다시 슬슬 기어나오고 있었다.

"상황을 보아하니 마나를 빨아들이기는 하는데 모인 마나는 네 체력으로 다 가버리는구나. 걱정이네. 어쨌든 서클이 생기지 않으면 마법을 실행할 수 없으니… 또, 정령은 내가 가지고 있는 정령이 아니라 나도 도울 수가 없고…….."

"어떻게 안 될까요?"

"글쎄… 모르겠다. 다만 체력 하나는 굉장히 좋아질 듯싶구나!"

웃음 섞인 목소리에 나도 그만 웃고 말았다.

그의 말마따나 체력 하나는 무식하게 좋아졌다. 얼마나 좋아졌냐 하면은, 처음 내 머리만한 바위는 들어볼 꿈도 못 꿨던―그 마법은 힘이 세지지는 않는다고 한다―내가 내 몸통만한 바위로 공기놀이를 할 정도였다. 정말 여자로는 볼 수—스티아가 남자도 그렇게 강한 사람은 별로 없다고 했다—없을 정도의 괴력이었다.

'흐윽… 마법을 못해서 마검사가 아니라 괴력 검사가 되는 건 아닌지… 이러면 계획이 차질이 생기잖아.'

아무리 생각해도 울퉁불퉁한 몸을 가지고 있는 미소녀 괴력 검사는 그다지 그림이 되지 않았다. 그림이 되기는커녕 추하지 않으면 다행일 것 같았다.

"어쩔 수 없구나. 마법을 하는 데 필요한 마력을 다른 아이템에서 빌려오는 수밖에. 하지만 마법사들이 만든 평범한 아이템으로는 불을 날리거나 약하게 바람을 일으키거나 하는 식이니 그다지 쓸모가 없으니까 내가 만들어야겠군. 뭐가 좋을까?"

스티아가 내게 묻는 듯 물어보자 나는 곰곰이 생각에 잠겼다.

하지만 불행히도 내가 알고 있는 마법은 거의 공격 마법밖에 없었다. 파이어 볼이나 아이스 애로우 등, 그런 것들은 사람들에게 고통을 주는 마법으로 내가 피하고 싶은 마법이었다.

나는 사람이 다치거나 피를 보거나 하는 것을 좋아하지 않는 편이었다.

내가 너무 오랜 시간을 아팠기 때문에 남의 고통도 보기가 힘들었던 것이다. 그래서 될 수 있으면 공격 마법은 배우고 싶은 마음이 없었다.

배운다면 치료 마법이나 랭귀지 마법 정도… 이유는? 돈이 되니까~♡ 돈, 돈, 돈, 돈~ 머니, 머니, 머니… 러브리~♡

"공격용은 그다지 필요없을 것 같은데요?"

"글쎄, 그렇지는 않아. 네가 아무리 드래곤이라 하더라도 헤츨링 때는 아무런 힘도 없어. 그냥 먹고 자고 할 뿐이야."

"아빠 드래곤이 있으면 덤비지 않잖아요. 드래곤들은 성인일 때 죽임을 당하면 그러는가 보다 하지만 헤츨링이 다치면 용서하지 않잖아요. 그런데 뭐가 무섭겠어요?"

내 말에 씁쓸히 웃는 스티아의 모습에 나는 순간 내 말실수를 깨달았다.

그렇게 어색한 침묵이 흐르고 있는 가운데 갑자기 스티아가 언제 그렇게 우중충했냐는 듯이 가슴을 쭉 펴며 자신만만하게 웃는 것이었다.

"그래, 그렇긴 하겠지만… 내 자식이 남에게 손 벌리고 살 수는 없는 거잖아! 고럼, 당연 안 되지. 그러니 내가 멋진 것을 만들어주마. 인간의 마법사와 비교도 안 되는 아주아주 훌륭하고 아주아주 멋진 마력 아이템을… 나하하하!"

양손을 허리에 얹고 잘난 듯 오버하며 웃는 스티아의 모습에 나는 그저 따라 웃어주었다.

그렇게 한참을 웃어 젖히던 스티아가 갑자기 웃는 얼굴을 멈추고 심각하게 나를 쳐다보는 것이었다. 갑작스런 변화에 놀란 내가 가만히 있자 한참을 고민하던 스티아는 드디어 결심했는지 힘겹게 입을 열었다.

"음… 그러려면 우선 재료가 필요한데… 음… 음… 미안하지만 암만 해도 너 혼자 있어야 할 것 같다. 너를 데리고 갈 수 있는 일이 아니거든. 좀 외롭더라도 혼자 있을 수 있겠냐?"

"누굴 어린애로 봅니까! 걱정 마세요! 오랫동안 혼자 있어서 이젠 아무렇지도 않아요!"

자신만만하게 대답은 했지만 아무래도 걱정스런 마음이 드는 건 어쩔 수가 없었다.

아무리 내가 오랜 시간을 혼자 있어서 외로움과는 익숙하다지만 그래도 그곳은 내가 거의 살다시피 한 병원이었다. 게다가 TV며 책들도 잔뜩 있는 데다가 간간이 회진 도는 간호사들과 의사도 있어서 그리 심심하지는 않았었다. 하지만 이곳은 아무것도 없이 나와 스티아 단 둘뿐이었다.

하지만 아무리 외롭다 해도 따라갈 수 없는 일이니 어쩔 수 없었다. 그냥 운명에 수긍하는 수밖에…….

"너를 걱정할 것 같으냐? 내 레어가 어디 부서질 것 같아서 그러지. 아마 열흘 정도는 혼자 있어야 할 것 같다."

"네… 네… 알겠습니다. 집 안 부숴먹을 테니 조심히 다녀오세요. 근데 먹을 것은 어떻게 해결하지요? 매일 잡아주셨잖아요. 근데 생선 말고 다른 건 없나요?"

지금까지 두 달 동안을 매일매일 먹어야 했던 생선은 이젠 지겨웠다. 아무리 생선의 생김새와 색깔(여기는 빨간색, 녹색 생선도 있었다)과 크기가 매일 바뀐다고 하지만 어쨌든 한결같이 생선들이었다.

지금까지 나 스스로도 미식가라고 자부하며 살았으므로 매일같이 이어지는 이름 모를 생선의 행렬은 이젠 지겨웠다.

처음 하루이틀 정도는 처음 보는 내 팔뚝보다 더 커다란 생선의 모양과 맛을 즐기며 먹었는데 그렇게 한 달이 지나면서부터는 생선의 '생' 자도 보기 싫어졌다. 게다가 양념이라고는 바닷물에서 얻을 수 있는 소금이 전부여서 할 수 있는 요리는 생선에 소금을 뿌려서 불에 굽는 게 전부이니 오죽하겠는가.

음식 투정을 하는 나를 위해서 스티아가 스티아 표 염전(바닷물을 마법으로 강제로 증발시켜 만들어주었다)을 통해 소금을 만들어주었지만 그것만으로 무슨 양념이 되겠는가.

최소한 된장, 고추장, 설탕, 후추 정도는 있어야지…….

게다가 이곳은 특이하게도 물은 우리 나라와 마찬가지로 푸른빛이 도는 투명한 물인데 거기서 나오는 소금은 주황색이라는 것이었다.

커다란 생선 위에 주황색의 소금… 으… 진짜 싫었다.

크윽, 정말 처절하고 슬플 정도로 빈곤한 식생활이었다.

과일… 과일이 먹고 싶었다.

딸기, 오렌지, 참외, 복숭아… 복숭아… 냉장고 안에 있던 그 많은 복숭아가 생각나자 그만 눈물이 핑 돌았다.

'이럴 줄 알았다면 몇 개라도 챙겨올걸. 으윽, 아까워라. 누가 그 많은 과일을 먹었으려나. 그냥 두면 썩을 텐데… 아까워서 우째나.'

냉장고 속에 가득 들었던 복숭아가 아깝긴 했지만 아까워도 이미 내게는 너무 먼 당신이었다.

다시 간다고 하더라도 이미 내 냉장고를 노리던 간호사 언니나 302호 꼬맹이들에게 털린 후일 게 분명했다. 크윽, 아까버… 아까버…….

"여긴 바닷가라서 생선 말고는 잡을 수가 없어. 게다가 너무 추워서 열매 같은 것은 보기도 힘들고. 과일이나 야채를 찾으려면 사람들이 사는 쪽으로 가야 하거든. 왜? 생선은 지겹냐? 처음에는 꽤 좋아했잖아."

"생선… 이젠 지겹습니다요. 게다가 양념이라고는 달랑 소금이나 소금물에 담그는 것뿐이잖아요. 뭐, 어디서 후추나 고춧가루를 구할 순 없을까요?"

빈곤한 음식에 대해 열변하는 내 모습이 꽤 우스웠는지 스티아는 실실 웃으며 내 부탁을 흔쾌히 들어주었다.

"고춧가루는 뭔지 모르겠지만 후추나 설탕 정도는 얻어다 주마. 게다가 빵이나 간단한 야채, 과일도 얻어다 줄 테니 그동안은 생선으로 참고 있거라."

생선이 아닌 다른 음식을 먹을 수 있다는 사실에 기쁘기는 했지만 그 음식을 먹으려면 열흘 정도는 생선으로 버텨야 한단 사실에 마냥 슬프기만 했다.

어쨌든 아무리 먹기 싫어도 살아가려면 생선을 먹어야 하기 때문에 스티아에게 생선을 잡아달라고 졸랐다. 이런 내 모습에 피식 웃으며 언제나처럼 생선 잡기에 돌입한 스티아의 모습은 매번 봐도 정말 신기했다.

강태공들이라면 절대 부러워할 그의 생선 낚는 능력은 아주아주아주 간단했다. 그냥 손가락을 한 번씩 까닥거릴 때마다 팔팔 뛰는 생선들이 펄쩍 뛰어서 레어 안으로 떨어지는 것이었다. 그것도 엄청나게 큰 것들만 말이다. 스티아는 자잘한 것은 손(?)도 안 댔다.

어찌어찌하게 낚인 파닥파닥 뛰는 생선들을 한쪽으로 그러모아 스티아가 만들어준 조그마한 웅덩이에 던져 넣었다. 미끄덩거리는 게 기분은 나빴지만 잡힌 숫자를 보니 열흘 정도는 거뜬히 버틸 수 있을 것 같았다.

"충분하겠지? 그러면 나 다녀올 테니 집 잘 보고 있어. 여긴 암초가 많아서 사람이나 몬스터들이 오지는 않을 테니 위험하진 않을 거야. 그래도 몸조심하고……."

정말 걱정된다는 듯이 몇 번이고 주의를 주던 스티아는 마지막으로 머리를 한 번 쓰다듬어 주고는 한 걸음 물러섰다.

"그럼 다녀오마. 조심히 있어라. 워프!"

스티아가 순식간에 사라져 버리자 꽤나 놀랐다.

'이게 워프라는 건가? 눈 깜짝할 사이에 사라지네.'

정말 보면 볼수록 신기하기 그지없는 게 마법이었다. 그리고 하나같이 돈이 되는 것들이었다. 행복해~ ♡

[그러니까 최상급으로 17개. 파편은 안 되고 순수한 결정체로… 꼭 순수한 결정이어야 한다. 다른 부유물은 섞이면 안 돼. 최대한 빨리 가지고 오도록 해라. 시간이 별로 없으니까.]

하이 엘프 레리아는 이런 무리한 요구를 대수롭지 않게 하는 이 불청객 때문에 한동안 잊고 지냈던 위통이 다시 재발하는 기분이었다.

그의 마음 같아서는 미친 X놈! 하고 내쫓아 버리고 싶었지만 이 불청객은 절대 자신의 힘으로는 쫓아낼 수도, 시도조차도 할 수 없는 상대였다.

오늘 아침 마을 광장에 갑자기 나타난 푸르딩딩한 몸의 거대한 블루 드래곤은 도착하자마자 다짜고짜 거대한 이빨을 내보이며 자신을 불러 마을의 수호석 17개의 결계석 조각을 내놓으라고 윽박질렀다. 그것도 자연적으로 떨어진 게 아닌 가장 순수한 마나가 가득한 결정체를 골라서 17개의 결계석마다 어른 주먹만큼씩을 요구했던 것이다.

그 요구에 하늘이 노랗고 땅이 흔들리는 충격을 받았지만 레리아는 차마 거절할 수 없었다.

드래곤의 요구를 거절했다가는 그 말이 떨어짐과 동시에 자신의 엘프 마을은 풍비박산날 게 분명했다. 물론 결계석의 안전 또한 보장할 수 없고 말이다.

그렇게 거부할 수 없는 종족인 드래곤인 데다가 이 드래곤은 드래곤

족들 중에서 악룡이라고 이름 날린 시대의 살인룡(?) 스타이프로아였기에 지금 그의 앞에 서 있는 것조차 공포스러워 반항은 꿈도 꾸지 못할 상황인 것이다.

그냥 그의 요구를 쉽게 들어주고 서둘러 보내는 게 장땡이었다. 하지만 이 악룡이 요구하고 있는 것이 자신들의 마을과 엘프들을 보호하는 결계석인 게 문제였던 것이다.

이 결계석은 총 17개로 되어 있어 자신의 마을을 빙 둘러싸고 외부의 침입을 막는 중요한 역할을 하고 있는 마을의 보물이었다. 그것을 떠나서도 엘프들의 오랜 유물이었기에 절대 함부로 할 수 있는 물건이 아니었던 것이다.

그러나 레리아는 마을을 지켜야 하는 의무가 있기에 오랜 유물을 파괴할 수밖에 없었다.

그의 슬픔을 알고 있기에 다른 엘프들도 군소리없이 족장의 명령에 조용히 따를 수밖에 없었다. 게다가 자신들을 노려보는 드래곤도 무서웠던 것이다.

이미 숲이나 땅으로 돌아갔을 전대 엘프들과 남아 있는 엘프들이 알면 슬퍼하며 분노할 일이지만 자신들과 마을이 살기 위해선 어쩔 수 없는 일이었다.

어느새 색색으로 빛나는 정령석을 가지고 17명의 엘프들이 레리아와 드래곤이 있는 마을 공터로 줄줄이 걸어왔다.

이 마을의 엘프들도 악룡으로 유명한 드래곤 스타이프로아의 악명을 알고 있었기에 덜덜 떨면서 자신들이 들고 온 결계석들을 드래곤 앞에 하나둘씩 내밀었다.

그 목숨같이 소중한 결계석 조각을 받은 저 저주받을 드래곤은 자신들이 보는 앞에서 엘프들이 하나씩 내미는 결계석을 품평하듯 꼼꼼히 이리저리 돌려보며 살펴보는 것이었다.

그 모습에 레리아는 억장이 무너지고 천불이 터지는 것 같았다. 저 재수없는 드래곤의 행동은 자신을 비롯해 엘프들 모두를 모욕하고 있는 것이었다.

진실만을 말하는 종족으로 알려져 있는 자신들 앞에서 자신들이 가져온 물건에 대해 품평하는 것은 그들의 자존심과 명예를 짓밟는 행위였다.

안 그래도 말도 안 되는 요구에 화병으로 넘어가게 생겼는데 이중 삼중으로 자신들의 프라이드를 쫙쫙 찢어발기자 레리아의 분노는 점점 거세져만 갔다.

"위대한 종족이신 드래곤이시여, 그 결계석을 무엇에 쓰시려는지요?"

드래곤에게 자신들의 소중한 결계석을 주었으니 그 사용처를 물어보는 것은 당연한 것이라 생각했던 레리아의 생각과 달리 뒤에 줄줄이 서서 품평을 기다리고(?) 있던 엘프들은 그만 새하얗게 질리고 말았다.

'위대한 종족이자 성격 드럽고 오만한 종족인 드래곤이 하는 일에 질문을 하다니……'

'족장님은 도대체 무슨 생각으로……'

'커억, 우린 다 죽었다.'

'흑, 오늘 세피아와 밤 산책 가기로 했는데… 이게 무슨 날벼락이야!'

'어머니, 이 불효자(?) 먼저 갑니다.'

드래곤이 하는 일에 감히 질문한다는 것은 죽음을 의미하는지라 족장의 행동에 17명 엘프들의 정신이 그만 이만 리 저편으로 날아가 버리고 말았다.

그러나 불행 중 다행이었는지 일반 드래곤들이라면 화를 내며 브레스 먼저 뿜을 일인데도 둔한 데다 만족스런 물건을 손에 넣어 기분이 업된 상태의 스티아는 상대의 무례를 전혀 눈치 채지 못했다. 심지어는 그 엘프의 질문에 대답까지 하는 친절함마저 보였던 것이었다.

[내 헤츨링(아직은 아니지만) 녀석 때문이야. 이 녀석은 어떻게 된 것인지 마나 모으는 걸 힘들어하더라구. 그래서 이 결계석처럼 돌 자체에 마나를 품고 있는 정령석이 필요해서 말이야. 이거 생각보다 좋은 물건이군… 꽤 마음에 들어.]

성룡이 되면 마나가 있다 못해 넘쳐흐르는 드래곤을 위해서 자신의 마을 결계석이 파손되어야 했다는 사실에 레리아와 그 뒤에 있던 엘프들은 기가 막혀 버렸다.

그리고 17명 엘프들은 아무래도 족장을 새로 뽑아야 할 것 같다는 불길한 생각이 들었다. 그도 그럴 것이, 지금 덜덜 떨고 있는 자신들의 족장을 보아하니 아무래도 곧 화병으로 쓰러질 것 같았던 것이다. 정말 여러모로 파란 돌 엘프 마을에 민폐를 끼치는 드래곤이었다.

모든 엘프들이 굳어 있든 말든 자신의 할 일을 다 마친 드래곤이 정령석이 든 마법 주머니를 두드리며 기쁘다는 듯 싱긋 웃자 레리아를 비롯한 17명의 엘프들은 방긋 웃고 있는 드래곤의 얼굴에 돌을 던지고 싶었다. 정말 가증스럽기 그지없는 얼굴이었다.

속으로 오만 욕설을 퍼붓던 엘프들은 떠날 채비를 하던 드래곤이 갑자기 자신들을 향해 돌아서자 그만 일제히 굳고 말았다. 그중 가장 심하게 욕설을 퍼붓던(물론 속으로) 17명의 엘프들을 향해서 손짓하자 그들은 잠시나마 잊었던 공포심이 다시 몰려오는 것을 느낄 수 있었다.

'설마 듣진 않았겠지?'

'설마……'

'난 죽었다!!'

차마 드래곤이 부르는 데 반항할 수는 없어서 죽을 듯한 표정으로 드래곤이 부르는 대로 한 발짝 한 발짝씩 걸어가던 17명의 엘프들은 드래곤이 미소를 짓자 그대로 뒤돌아 도망가고 싶은 심정이었다.

[아, 깜빡할 뻔했네. 너희들이 만든 빵이나 과일 있지? 향신료랑 같이 한 대여섯 자루 좀 가져와라.]

금방이라도 울음을 터뜨릴 것같이 질려 있던 엘프들은 너무나 간단한 드래곤의 부탁에 안도하며 순식간에 흩어져 버렸다. 그렇게 흩어진 지 채 3분이나 되었을까? 곳곳에서 뛰어오는 엘프들의 손마다 커다란 자루들이 들려 있었다.

이렇게 해서 모인 게 어느덧 빵만 여섯 자루에 과일이 열한 자루였다. 그리고 조그마한 주머니에 담긴 여러 향신료까지 해서 그 양은 엄청나게 많았다.

[큼… 생각보다 많이 주는군. 이거 보존 주문을 걸어놔야겠는걸. 그래, 잘 쓰고 잘 먹으마.]

그렇게 뻔뻔스런 말을 마지막으로 드래곤은 서둘러 자신이 준비한 음식 주머니들을 마법 주머니에 챙기고는 올 때처럼 갑자기 휙 떠나 버렸다.

한동안은 또다시 돌아올지 모른다는 공포심에 조용했던 엘프 마을은 누군가의 헛기침 소리와 동시에 엘프들의 환호에 찬 고함 소리가 터져 나왔다.

기쁨에 들떠 춤마저 추고 있는 그들에게는 드래곤이 강탈해 간 것이 마을의 모든 엘프들의 점심 식사라는 건 아무런 문제도 되지 않았다. 그저 저 공포스런 드래곤이 갔다는 사실에 환호할 뿐 이었다.

온 마을 사람들이 환호에 찬 비명을 지르며 서로 얼싸안고 춤출 때 유일하게 그 일에 동참하지 못한 엘프가 있었는데, 그 엘프는 마치 풍에 걸린 것처럼 덜덜 떨고 있는 파란 돌 엘프 마을의 족장 레리아였다.

지금 동쪽 하늘을 실프들에게 의지하여 떠 있는 드래곤의 모습에는 처음 엘프 마을에 나타났을 때처럼 당당했던 모습은 찾아볼 수 없었다.

안 그래도 블루 드래곤인지라 다른 드래곤들보다 더 파란 피부를 자랑하건만 그 피부색보다 더 퍼런 멍들이 그의 몸 이곳저곳을 장식하고 있었다. 더불어 이곳저곳에 붉은색으로 치장(?)한 이 드래곤은 이젠 날 갯짓조차도 힘든지 정령들에게 붙들려 떠 있는 것이었다.

만약에 정령을 볼 수 있는 자가 이 장면을 본다면 폭소를 터뜨리며 한동안 굴러다닐 정도로 웃긴 장면이었다. 조그마한 하급 정령인 실프들에게 날개를 붙잡게 해 날고 있는 이 드래곤의 모습은 어찌 보면 조그마한 여성들에게 날개를 붙잡혀 끌려가고 있는 모습 같았던 것이다. 게다가 이곳저곳 얻어터진 흔적마저 있어 그 상상을 더욱 부채질하고 있었다.

"정말 그놈의 드래곤 성격하곤. 정말 괜히 까만 게 아니었어. 그 까만 피부는 까만 성격에 물들어서 까만 게 분명해!"

퉁퉁 부운 상태로 날고(?) 있는 스티아는 마지막으로 자신이 찾았던 블랙 드래곤을 생각하며 이를 갈아댔다.

정말 무식하기 그지없는 드래곤이었다. 고룡인 자신의 부탁에 브레스 먼저 날리는 무식한 성격이라니… 도대체 어떤 드래곤의 자식인지 궁금하기까지 했다. 정말 드래곤도 조기 교육과 가정교육이 중요하다는 것을 다시금 깨달은 스티아였다.

그렇게 어찌어찌해서 무식하게 덤볐던 블랙 드래곤을 간신히 이기기는 했지만 그 덕에 안 그래도 꽤 많이 있던 멍들이 더 많아져 이제는 몸에서 성한 곳을 찾아볼 수 없을 정도로 멍으로 새파랗게 뒤덮여 버렸다.

처음부터 쉬운 일이 아닐 거라고 생각하긴 했지만 이런 꼴이 될 거라고도 생각하지 못한 스티아였다.

그도 그럴 것이, 자신이 블루 족치고는 강하고 능력있는 편이라 아무리 전투족인 블랙 족이라 할지라도 이길 수 있을 거라 자신만만했던 스티아였기 때문이다.

물론 그 예상대로 자신이 이기기는 했지만 그 대가로 엄청난 상처를 입게 되었던 것이다.

역시 전투족은 전투족이었다. 그만큼 강하기도 강했지만 피를 보며 싸우는 것을 좋아하는 종족이라 처음 날린 브레스를 제외하고는 마법으로 공격하기보다 육탄전으로 덤볐던 것이었다. 단순한 그 성격 덕에 온몸이 피투성이에 멍투성이가 되었지만 그래도 이길 수 있었던 것이다.

마법이 봉인된 자신에게 마법으로 공격했다면 아마 반항 한번 제대로 못하고 꼼짝없이 당했을 거였다.

처음 엘프 족이나 드래곤 족인 그린 족과 화이트 족이 순순히(?) 자신의 요구에 동의(?)해 물건들을 내놓자 생각보다 쉬울 것이라 생각해 마음을 놓고 있었던 게 화근이었다.

운이 없으려는지 세 번째로 만나게 된 레드 족부터 일이 엉키기 시작했다. 다행히 전투적이긴 해도 그때는 마법을 쓸 수 있었고 상대방이 그다지 강하지 않아서 쉽게 이길 수 있었다. 하지만 이겼다는 마음에 들떠서 찾아간 골드 족의 레어에서 스티아는 방심했던 만큼 보다 더 크게 당하고 말았다.

처음 자신의 요구에 기가 막히다는 표정을 하고 잠시 굳어 있더니만 곧 이어 그 특유의 화려한 말발로 자신을 정신 나간 드래곤으로 몰아붙이는 것이었다. 자신이 설명할 틈도 없이 언어로 공격하는 드래곤 때문에 정신도 없었고 시간도 없었던 스티아는 나불대는 주둥이에 주먹을 날려 버렸다.

진짜 입만 살았는지 주먹 한 방(파워 업을 걸긴 했지만)에 나가떨어져 버린 드래곤 때문에 스티아는 기가 찼다. 이처럼 약골(?) 드래곤의 모습에 스티아는 진짜 드래곤 족의 앞날이 걱정됐던 것이다.

하지만 걱정은 나중에도 할 수 있고 시간도 없기에 서둘러 물건을 챙긴 후 떠나려는데 막판에 죽은 듯이 쓰러져 있던 골드가 자신에게 용언으로 안티 매직을 걸어버렸던 것이다. 그 덕에 이 모양 이 꼴로 치료도 못한 채 실프들에게 붙들려 마지막 드래곤을 향해 날아갔던 것이다.

다행히 블랙 족이 단순해서 주먹으로 한 대 맞자 주먹 쥐고 달려들었기에 망정이었지 정말 마법을 썼다면 절대 자신은 이기지 못했을 것이다.

이젠 마지막으로 실버 족만 남게 됐지만 지금 자신의 몸 상태에 실버 족마저 손 걷어붙이고 달려든다면 꼼짝없이 당할 수밖에 없었다. 그렇다고 다 모으지 못했는데 꽁무니 뺄 수도 없는 일이었다.

자신이 원하는 것을 만들려면 꼭 실버 족의 것도 필요했기 때문이다.

솔직히 6개만 갖다 줘도 알지 못하는 성연이 따질 리는 없었지만 그래도 드래곤 종족의 숫자에 맞게, 그리고 그 드래곤이 가지고 있는 고유의 특성이 담긴 마법 아이템을 만들어주고 싶었던 것이다.

그렇게 생각하니 절대 꽁무니를 뺄 수 없는 스티아였다. 자식에게 아비로서의 자존심을 지키고 싶었던 것이다.

왠지 이상한 결론이 내려졌지만 그래도 스티아는 잠시 흔들리던 마음을 굳게 다잡았다.

흔들리는 마음을 더욱 흔들리게 하는 망가진 몸 상태였지만 그래도 스티아는 자신의 앞 발톱에 걸린 마법 주머니에 들어 있는 물건을 생각하자 자신도 모르게 히죽 웃고 말았다.

그렇게 웃자 맞은 상처가 땡기기는 했지만 생각보다 꽤 마음에 드는 물건들이 모여 스티아 스스로도 만족스러웠던 것이다.

어느덧 익숙한 레어의 모습이 보이자 스티아는 큰 한숨을 내쉬었다. 그는 이번에는 조용히 넘어가 주기를 진심으로 바라고 있었다.

자신의 몸 상태로도 상대가 공격을 한다면 견딜 수 없기도 했지만 그전처럼 무력으로 빼앗아오고 싶은 상대도 아니었다. 그러니 제발 이 실버 드래곤은 자신의 요구를 현명하게 받아줬으면 하는 바람이었다.

이 수집행(?)의 마지막인 실버 드래곤 칸 네이피아의 레어 앞에서 스티아는 차마 들어가지 못하고 주위를 배회하고 있었다.

다른 드래곤의 레어처럼 그냥 무작정 쳐들어가기도 뭐하고, 내놓으라고 협박하기도 뭐해서 어떤 방법으로 설명하면 좋을까 한참을 고민하고 또 했다. 아무리 생각해도 다른 방도가 있다면 그녀를 피해가고 싶은 스티아의 마음과 달리 도무지 다른 방도가 떠오르지 않았다.

총 4명 있는 실버 드래곤 중 1명은 헤츨링이고, 또 다른 1명은 이제 곧 약속의 날이 다가오는 고룡이었으며, 1명은 헤츨링을 키우고 있는 어미였기 때문에 조건이 맞는 다른 드래곤은 없었다.

고룡이면서 강한 힘을 가지고 있는 데다 헤츨링을 키우지 않는 실버 드래곤은 칸 네이피아밖에 없는 것이다. 아무리 자신의 요구가 급한 거라고 해도 헤츨링을 키우고 있는 어미를 공격할 순 없는 일이었다. 더군다나 헤츨링은… 절대로 안 되는 일이었다.

드래곤들의 사회에서는 어떤 일이 있어도 헤츨링과 헤츨링을 키우고 있는 어미를 공격해선 안 된다는 것이 불문율이었다. 하지만 그걸 떠나서 스티아가 헤츨링과 그의 어미를 공격할 수 없는 이유는 또 있었다.

꿈에서라도 다시 보고 싶지 않은 슬픈 기억이…

조금이나마 떠오른 그 기억하고 싶지 않은 기억을 지우려는 듯 머리를 세차게 흔들던 스티아는 작은 목소리로 중얼거렸다.

[그래, 내 욕심 때문에 나와 똑같은 일을 당하게 할 수 없지… 그렇다면 그 녀석밖에 없는 건가?]

아무리 생각해도 좋은 생각이 떠오르지 않는지 한참을 레어 주위를 빙빙 선회하고 있는 스티아였다.

[오랜만이지?]

갑자기 들리는 목소리에 오른쪽으로 고개를 홱 돌려보니 아름다운 은빛의 날개를 지닌 실버 드래곤 칸 네이피아가 날고 있는 게 보였다. 하긴, 불청객이 왔는 데도 모르고 있을 그녀가 아니었기에 순간 놀란 자신이 좀 멋쩍어졌다.

[그렇지. 몇천 년 전 보고 안 봤으니까.]

[후… 자기, 요새 꽤 황당한 일을 저지르고 다닌다며? 그것 때문에 지금 종족회의가 열린다고 하더라구~ ♡]

[종족회의까지 열릴 일은 아니었다구!!]

화를 내는 스티아의 모습에 재밌다는 듯 네이피아가 쿡쿡 웃자 스티아의 얼굴은 더 빨개지기 시작했다. 아무래도 이 드래곤이 언제나처럼 자신을 놀리기에 돌입한 것 같았다.

[후… 찔리는 게 있는가 본데… 훗… 자기, 누가 보면 레드인 줄 알겠어. 정말 화나면 얼굴뿐 아니라 몸 전체가 빨개지는 것 좀 고치라구.]

[누, 누가 빨개졌다고 그러는 거야?]

[자기가~ ♡]

자신을 가리키며 너무 당연하다는 듯 말하는 네이피아의 모습에 순간 할 말을 잊어버린 스티아였다.

[근데 자기, 도대체 왜 그러고 다녀? 자기 아버지가 자기 잡는다고 난리 치던데, 드래곤 족의 망신은 다 시킨다고. 그리고 왜 드래곤들은 두들겨 패고 그래? 욕구불만이야, 자기? 그리고 그것들을 왜 훔쳐 간 거야? 뭐에 쓰려고? 그건 그렇고 자기, 완전 망가졌잖아? 누가 블루 드래곤 아니라고 할까 봐 더 파랗게 칠하고 다녀? 새로운 패션이야, 자기?]

한꺼번에 질문을 쏟아대며 자신을 갈구고 있는 오랜 악우를 노려보며 스티아는 이를 갈았다.

종족회의까지 열릴 뻔했다는 것을 알고 있는 걸 보면 자신의 일을 알고 있을 게 뻔한데 모르는 척하며 이리저리 놀리는 게 여간 알미운 게 아니었다.

[자기… 이젠 내 드래곤 하트와 드래곤 본이 필요한가 보지? 왜? 드래곤 슬레이어가 되고 싶은 거야?]

[드래곤 슬레이어? 내가 그렇게 할 일이 없는 줄 알아? 그리고 죽은 드래곤은 없었다 뭐! 쳇, 알면 쉽겠네… 내가 온 이유를 알고 있으니……. 긴 설명은 필요없겠지. 자… 줄 거야, 말 거야?]

어설픈 협박에 네이피아는 피식피식 웃음이 새어 나왔다. 어떻게 협박꾼이 협박하는 사람한테 쫄아서야 어찌 위엄이 생길까! 바보 같은 스티아 같으니라고…….

[자기가 하는 일이야 언제나처럼 황당하고 유치한 일이겠지만… 그렇게라도 하고 싶어하는 것을 보니까 반대할 수가 없겠는걸~♡]

미리 준비했다는 듯이 자신 앞에 조그만 주머니를 흔드는 네이피아를 스티아는 멍하니 바라보았다. 이 실버 드래곤은 도대체 무슨 생각을 가지고 사는지 정말 궁금한 드래곤이었다.

[엑… 진짜… 아무 조건 없이…….]

처음 앞 말에 좀 열받기는 했지만 생각보다 쉽게 요구를 들어주는 네이피아에게 스티아는 당황한 기색이 역력한 투로 말했다. 그녀가 또 놀리는 게 아닌가 하는 생각이 들었기 때문이다.

하지만 언제나처럼 특유의 장난기 어린 미소를 짓고 있긴 했지만 자신을 놀리는 것 같아 보이지는 않았다.

[왜 그러지? 왜 그렇게 쉽게 들어주는 거야? 꽤나 어려운 요구인데…….]

[훗, 자기, 알고 있으면서 그렇게 드래곤들에게 돌아다니며 요구했던 거야? 자기… 그렇게 노려보지 마. 놀리려는 게 아니라 사실이잖아. 난 자기와 싸우고 싶은 마음이 없어. 내가 덤벼봐야 전투 종족이 아닌 내

가 전투족도 이긴 자기를 이길 리 없잖아? 난 다치고 싶은 마음이 없다구. 하지만 조건이 한 가지 있어. 들어줄 거지?]

[어떤 조건인데……?]

좀 걱정스럽다는 듯이 대꾸하는 스티아에게 씨익 웃어 보이며 네이피아는 자신이 들고 있던 주머니를 건넸다.

건넨 주머니를 받아 든 스티아는 드디어 모든 일이 끝났다는 사실에 안도했다. 그리고 이야기가 길어질 것 같아 힘겹게 정령으로 지탱하고 있던 몸을 레어 근처의 공터에 내려놓았다.

꽤 오랜 시간을 날고(?) 있어서 잡혀(?) 있던 날갯죽지가 아파왔기 때문이었다.

스티아가 땅에 내려앉음과 동시에 아름다운 실버 블론드의 미인으로 폴리모프한 네이피아가 그의 곁에 나타났다.

"아직은 생각해 본 적 없거든. 그건 그렇고 자기, 왜 상처를 치유하지 않는 거지? 설마 훈장으로 삼으려고 그러는 거야, 자기?"

[나도 치료하고 싶다고… 하지만 골드에게 안티 매직에 걸려서 마법을 사용할 수 없단 말야! 그 자식, 나중에 몸이 회복되기만 해봐라. 반죽도록 밟아준다.]

또다시 생각하고 싶지 않은 일이 떠오른 스티아는 이를 박박 갈며 굳게 다짐했다.

언제 시간이 나기만 하면 날아가서 반 죽여놓기로…….

자신이 한 일은 생각도 안 하고 자신이 당한 일만 생각하는 어린애 같은 스티아를 보며 네이피아는 피식 웃고는 용의 권능을 행사했다.

하얀 불꽃이 순간적으로 지나가자 몸에 다시 차가운 느낌의 마나와 함께 자신의 용언 기운이 돌아오는 것을 느낄 수 있었다.

[아… 이제 좀 살 것 같네… 고마워, 네이피아.]

퍼렇게 멍들었던 몸을 치유하고 만족스러운 듯 방긋방긋 웃고 있는 블루 드래곤을 보며 네이피아는 미소 지었다. 언제나 느끼는 거지만 스티아의 가장 큰 매력은 그의 단순함에 있는 것 같았다.

"그런 꼴로 전투족인 블랙 족을 이겼네… 어떻게 이긴 거야?"

[뭐, 별거 아니야. 전투족이라 그런지 머리를 잘 안 쓰더라고. 한 대 맞자 브레스를 날리는 것도 잊은 채 몸으로 덤비던데. 그래서 간신히 이겼지 뭐. 정말 단순해서 다행이야.]

온몸을 퍼렇게 만들고 정령들에게 의지해서 겨우 온 주제에 자신의 승리를 자랑하고 있는 스티아의 모습은 그가 말한 블랙 족보다 단순하면 단순했지 영리해 보이지는 않았다.

"그래, 이제 다 모았어, 자기? 정말 무슨 일을 저지르려는지 모르겠지만 이젠 만족해?"

[응, 만족해. 미안하지만 시간이 없어서 그만 가봐야겠어. 나중에 또 보자.]

"응? 잠깐 들어갔다 가지 뭘 그리 급히 가는 거야?"

[집에 누가 기다리고 있어서… 그리고 약속한 물건도 전해줘야 하고. 그럼 나중에 또 봐, 네이피아.]

자신에게 커다랗게 손을 흔들어주고는 순식간에 워프해 버린 스티아 때문에 약간 서운한 네이피아였다. 그리고 꽤나 오랜만에 만났는데도 급하게 가버린 무정한 친구에게 약간의 화도 났다.

"집에 누가 기다리고 있다고? 약속한 물건을 줘야 한다고? 그렇다면 살아 있는 거네? 애완 동물이라도 키우는 건가? 이거 슬슬 궁금해지는데 나도 한번 가볼까?"

은밀한 미소를 지으며 네이피아는 자신의 레어로 발걸음을 옮겼다. 어디든지 잠시 놀러 가더라도 준비를 철저히 하는 타입인 네이피아는 자신의 레어를 둘러보며 천천히 무얼 싸가지고 갈까 고민에 빠졌다.

"아무래도 대충 먹을 것은 싸가지고 가는 게 낫겠지? 대충대충하고 마는 스티아 성격으로 봐서 저쪽에서 먹을 수 있는 거라고 해봤자 생선일 테니까."

오랜 시간을 같이 살아서(?)인지 스티아의 생활을 정확하게 맞히는 네이피아였다.

"여~ 성연아, 나 왔다."

올 때와 마찬가지로 갑자기 나타난 스티아의 모습에 또다시 놀라고 말았다. 놀란 내 모습도 눈치 채지 못한 채 둔한 그는 자랑스럽게 내게 조그마한 주머니를 내보이는 것이었다.

"그게 뭐예요? 근데 빵은요! 과일은요!"

그 딴 주머니보다 빵과 과일이 중요했던 나는 조그만 주머니 하나만 달랑 가지고 온 스티아의 모습에 분노가 스멀스멀 피어오르고 있었다.

"응? 가지고 왔어. 생각보다 많이 주던데."

"그 쪼그만 주머니에 달랑 가지고 와놓고서 뭐가 많아욧!!"

그의 천연덕스러운 모습에 분노가 폭발하여 소리를 지르자 깜짝 놀랐다는 듯 스티아의 눈이 커졌다. 그리고는 열이 올라 씩씩대는 나를 보고 크게 웃음을 터뜨리는 것이었다.

"하하하하! 넌 먹는 거 하나에 목숨 거냐? 그리고 이건 마법 주머니라서 작을 뿐이지 3층집 한 채까지 넣을 수 있다고. 많이 가져왔으니 화 풀어라! 쿡쿡쿡……."

'씨이, 좀 일찍 말하지. 쪽팔리게스리. 와서 조그만 주머니 하나 달랑 내보이면 내가 어떻게 아냐구.'

민망함에 벌그죽죽한 얼굴로 노려보자 스티아는 피식피식 웃으며 마법 주머니에서 자신이 가져온 물건들을 꺼내놓기 시작했다. 내 손바닥만한 조그마한 주머니에 어떻게 저렇게 많이 들어가는지 계속해서 커다란 자루들이 쏟아져 나오는 것이었다.

내 주먹보다 두 배 정도 큰 빵이 잔뜩 든 자루하며 처음 보지만 상큼하고 달콤한 냄새를 풍기는 과일이 잔뜩 든 자루가 꺼내져 나올 때마다 나는 행복감에 빠져들었다.

한눈에 딱 보기에도 최소 두 달 정도는 거뜬히 버틸 수 있는 양이어서 두 달 동안은 생선 꼴을 안 봐도 된다는 사실이 나를 들뜨게 만들었다.

"우와~ 장난 아니게 나오네요?"

"크기에 비해 많이 넣고 뺄 수 있거든. 한두 달은 버틸 수 있을 것 같지? 어때, 만족하냐?"

놀리는 듯한 말투에 약간 쪽팔리기도 했지만 잔뜩 쌓여져 있는 음식들을 보니 마냥 행복해졌다. 정말 어떤 것을 먼저 먹어야 할지 고민되는 것이었다.

"받는 즉시 보존 마법을 걸어놔서 상하지 않을 거다."

빵 자루를 열 때마다 말랑말랑하고 맛있어 보이는 갓 구워낸 빵들이 가득 있었고, 과일 자루를 열 때마다 색색의 아름다운 색깔과 달콤한 향을 자랑하는 과일들이 가득했다. 그런데 그런 달콤한 냄새하고 행복한(?) 냄새가 가득한 자루들 속에서 아주 고약한 냄새가 나는 자루 하나를 발견할 수가 있었다.

그 자루는 다른 자루들에 비해 확실히 표시나게 작은 데다가 초록색에 진득한 덩어리들이 잔뜩 있는 것이었다.

"케~엑! 이건 뭐예요?! 몬스터인가요?"

나는 지독한 악취가 풍기는 끈적끈적거리는 초록색의 해괴한 진창 덩어리를 들어 올렸다. 흐물흐물하게 만져지는 촉감이 진짜 최악이었다. 윽… 괜히 만졌네…….

"어? 헤브리넛이 있었네. 그거 희귀한 과일인데… 꽤 많이 줬잖아? 먹어봐, 맛있는 거야."

도무지 믿을 수 없는 말에 인상을 찌푸리며 들고 있던 헤브리넛이라고 하는 해괴한 음식을 집어 던졌다. 이미 그 과일에서 손을 뗐는데도 손에는 그 진득한 초록색의 액체와 해괴한 냄새가 남아 있어 한마디로 기분이 더러웠다.

"이걸 어떻게 먹어요~오!!"

땅에 떨어져 있는 과일을 징그럽다는 듯이 쳐다보자 피식 웃던 스티아는 떨어져 있는 과일 쪽으로 조그마한 파이어 볼을 날렸다. 불이 닿자마자 확 하고 붙는 게 꼭 석유에 불을 던진 것 같았다.

어찌 된 게 불이 붙자 그 열매에서 나는 악취가 점점 더 심해지는 것이었다. 게다가 하필이면 있는 곳이 동굴이라서 환기 또한 잘 되지 않아 점점 심해지는 악취 때문에 금방이라도 질식할 것만 같았다.

새파랗게 질려 넘어가려는 나를 보고 스티아는 서둘러 마법으로 악취를 걷어내 버렸다. 악취가 사라지고 깨끗한 공기가 폐 속에 들어오고 나서야 나는 정신을 차릴 수가 있었다.

정말 최루탄을 방불케 하는 악취였다. 이제 그 악취들은 스티아의 마법으로 인해 작은 끈 모양으로 변해 모두 빠져나갔다.

어느 정도 시간이 지나자 푸른색의 연기와 함께 불꽃이 꺼져 버렸고, 꺼진 자리에는 매끈매끈하게 동그란 초록색 열매가 덩그러니 남아 있었다.

처음에는 내 주먹 두 개만했던 게 이제는 한 개 주먹보다 약간 클 정도로 변하고, 타고 나니 끈적거리던 것들과 악취는 사라졌지만 도무지 먹어야겠다는 마음은 들지 않았다. 그만큼 처음의 임팩트가 너무 강렬했던 것이었다.

내가 멍하니 바라보고만 있자 성큼성큼 다가가더니 막 불이 꺼져서 뜨거울 텐데도 아무렇지도 않은 듯 초록색의 동그란 열매를 잡아 손에 힘을 주는 것이었다. 빠각 하는 소리와 함께 열매가 갈라지더니만 거기에서 내 주먹보다 약간 작은 정도의 하얀 속 열매가 나왔다.

스티아가 건네준 열매를 떨떠름한 표정으로 받아보니 처음 끈적거리던 느낌은 사라지고 폭신폭신하고 부드러운 느낌에 제법 맛있는 향까지 나는 것이었다.

"정말 먹기 힘든 열매네요. 이렇게 귀찮아서 누가 먹으려고 할까요."

"한번 먹어보고나 말하려무나."

싱글싱글 웃는 얼굴로 권하는 스티아의 권유에 못 이긴 난 떨떠름한 얼굴로 조그맣게 한 입 베어 물었다.

한 입 베어 물자마자 팍 하고 과육이 터지는데 진짜 달콤하고 시원한 맛이 장난이 아니었다. 새콤한 게 파인애플 같기도 하고 달콤한 게 꼭 망고 열매 같기도 한 이 열매는 온갖 과일의 맛있는 맛만 모아놓은 듯했다. 뒷끝마저 상쾌한 게 지금까지 먹어왔던 어떤 과일보다 더 맛있었다.

게다가 한 입 베어 물자 흘러나오는 과육 또한 장난이 아니었다. 작게 한 입 베어 물었는데도 턱까지 과육이 흘러내릴 정도이니 과일 자체에 수분이 진짜 많았다.

"우와, 귀찮은 값을 하네요. 이렇게 맛있는 과일은 처음 먹어봐요. 꽤나 비싸겠죠?"

"많이 비싸. 구하기도 힘들고. 보다시피 미관상 보기 좋지 않아 재배하기도 꺼려하는 데다가 재배법도 여간 까다로운 게 아냐. 그래서 자연에 친숙한 엘프 말고는 키우지 못해. 오죽 비싸면 그 열매는 부르는 게 값이라는 말도 있다고. 그런데 그 마을 엘프들이 예의(?)가 있는지 그것도 챙겨주었구만."

어느새 다 먹고 아쉬운 마음에 손을 핥으며 아직도 남아 있는 헤브리넛을 잘 챙겼다. 하지만 아직 손질(?)하지 않은 과일들의 악취는 여전했다. 이대로 내 방에 옮겨놓는다면 자다가 악취에 질식해 사망할 수 있을 것 같았다.

정말 자다가 죽으면 얼마나 쪽팔릴까? 그것도 방에 놓은 과일의 꼬랑내 때문에……

"이거 다 구워놓으면 안 될까요? 악취가 너무 심해서요. 구워놓고 깨지만 않으면 될 것 같은데……"

"그게 낫겠다. 정말 악취가 장난이 아니니까. 그럼 열매를 다 꺼내봐… 아니, 그대로 둬라. 그 자루 다시 쓰고픈 마음은 없으니까."

둔한 스티아도 이 냄새가 꽤나 고역스러웠는지 레어 입구 가까운 곳으로 자루를 들고 갔다. 활활 타오르는 불꽃을 보며 나는 서둘러 먹을 음식들을 내 방으로 옮기기 시작했다.

손질(?)된 헤브리넛들을 마지막으로 내 방 가득 쌓인 음식을 보니 한

동안은 대충 먹을 수 있을 것 같았다. 꽤나 많은 음식 자루 덕에 컸던 방에 비해 가구가 없어 썰렁했던 방 안이 가득 찬 느낌이었다. 가득 찬 방 안만큼 내 가슴도 뿌듯했다.

"미안하지만 또 잠시 혼자 있어야겠구나. 마력석을 얻어왔긴 했는데… 아직 네가 그대로 사용할 수는 없을 것 같으니 가공 좀 해야겠거든."

스티아는 주머니를 가리키며 나에게 양해를 구했다. 그도 오자마자 또다시 나를 혼자 두기는 미안했던 모양이었다.

"서재든지 보석 창고든지 어디든지 가봐도 좋은데 연구실만 들어가지 마라. 위험하니까."

"앗! 잠시만요. 저 옷이 필요해요. 옷도 좀 구해줘요."

내가 지금까지 입고 있던 옷은 올 때 입고 온 병원복과 더플 코트가 전부였다. 한마디로 나는 단벌 신사(?), 아니, 단벌 숙녀였던 것이다.

가지고 있는 옷이라곤 이게 전부여서 잘 때는 그냥 더플 코트를 벗고 자고 평상시에는 더플 코트를 걸치는 식으로 생활해 왔던 것이었다. 하지만 더 이상은 이대로 버틸 수 없었다.

옷이라곤 이것밖에 없어서 입고 있긴 했지만 옷의 꼬질꼬질함은 이루 말할 수가 없었다. 몇 번이나 넘어지고 물에 빠지고 해서 이곳저곳에 얼룩이 지고 찢긴 더플 코트와 그보다는 양호하지만 얇디얇은 여름 병원복은 이 추운 곳에서 버티기가 힘들었다. 게다가 이미 두 옷들은 때꼬장물이 질질 흐르고 있는 상태여서 민망하기 그지없었다.

그런 처절한 꼴인 나에 비해 스티아는 언제나 번쩍번쩍 화려한 의상들을 바꿔 입어서 누가 보면 귀족과 거렁뱅이라고 생각할 것만 같았다.

으윽, 소녀의 자존심이······.

"옷? 그냥 내 옷 입으면 되잖아. 한 몇 벌 정도는 여분 옷이 있으니까."

"웃! 너무하네요. 다 큰 처녀(?)한테 남자의 옷을 입으라고 하다니. 허리도 안 맞을 텐데요."

"그럼 드레스라도 원했냐! 거추장스러운 옷보다는 편한 옷이 나아!"

솔직히 말하자면 드레스를 가지고 싶기도 했지만 그걸 떠나서 깨끗한 옷이 필요했다. 그러나 남자 옷이라니··· 정말 너무한 듯싶었다.

딱 보기에도 180이 넘는 스티아의 옷을 150을 간신히 넘는 내가 깔끔하게 소화해 내기에는 무리가 있었다.

"엑, 너무해요. 드레스까지는 아니어도 이쁜 옷은 갖고 싶은데."

스티아가 꺼내다 준 옷을 보며 나는 기가 막혔다. 내가 이 옷을 입는다면 내 몰골이 꽤나 웃길 것 같았다.

아무리 스티아가 평균 남자에 비해 야리야리한 몸을 가지고 있다곤 해도 남자였기에 허리며 어깨가 무진장 컸다. 그 덕에 내가 그의 옷을 입게 되면 아마 그 꼴이 광대 꼴이나 다름없을 것 같아 심히 걱정됐다.

아무리 보는 사람이 없다고 해도 깨지기 쉬운(?) 소녀의 마음은 그게 아니었다.

최악의 사이즈였지만 옷들이 하나같이 고급이고 예쁜 수나 장식이 달려 있어 그나마 마음의 위안은 되었다. 내가 이럴 때 아니면 금 자수에 보석 단추까지 달린 실크 셔츠를 언제 입어보겠는가.

너무해요, 너무해요라는 심정을 눈빛에 담아 열혈 광선으로 보내자 스티아는 귀찮다는 듯이 손을 흔들었다.

"나중에, 나중에. 또 나가게 되면 그때 얻어오지. 지금은 바쁘니까 대충 챙겨 입고 있어."

"언제 가져다 줄 건데요?"

"나. 중. 에."

지겹다는 듯이 손을 흔들곤 또다시 붙잡을까 봐 바삐 자신의 연구실로 들어가 버리는 스티아였다.

"으이씨, 달랑 둘만 사니까 스티아가 바쁘면 나랑 놀아줄 사람이 없다니까. 씨, 재미없어."

스티아가 오자마자 또다시 혼자 남게 되어 약간 서운한 마음이 들었다. 하지만 나를 위해서 그런 거니까 대놓고 불평이나 불만을 토로할 수가 없었다.

"쳇, 이번에는 또 얼마나 걸리려나?"

어느덧 잠깐이라며 스티아가 연구실을 들어간 지 벌써 14일이나 지났다.

식사를 하거나 잠을 자러 나오지 않는 것을 보면 먹지도, 자지도 않고 마법에 매달리고 있는 것 같았다.

도대체 무얼 하는지 보고 싶은 마음이 들었지만 스티아가 들어오지 말라고 당부하고 갔기 때문에 어떤 핑계를 대고도 가볼 수가 없었던 것이었다.

기껏 생각해 낸 핑계라는 게 길(나는 방향치입니다)을 헤매다가 들어갔다는 건데… 그건 좀 무리가 있었다. 아무리 방향치라 해도 두 달하고 24일을 더 지낸 레어 안을 길을 헤매다가 들어갔다고 하면 누가 믿겠는가……. 게다가 복잡하지도 않은 간단한 레어라 그 변명은 더욱 신빙성이 없을 게 분명했다.

처음에는 곧 끝날 거라 생각하고 버텼지만 하루, 이틀, 삼 일, 오 일이 지나자 밀려오는 지루함과 외로움에 몸부림치며 굴러다니고 있었다. 데굴데굴…….

정말 최악으로 이곳에는 플스도, TV도, 컴퓨터도 없다. 다만 엄청난 책들만 있었다.

정말 스티아가 말했듯이 그의 서재에는 엄청나게 책이 많이 있었다. 하지만 그의 서재에 있는 것은 거의 마법서나 철학책 같은 머리 아픈 책들만 잔뜩 있는 것이었다. 그 흔한 소설책은 단 한 권도 없었다…….

우워!! 그래, 너 잘났다. 그래, 너 드래곤이야!! 하지만 이건 너무하지 않은가… 방 전체를 둘러싸고 있는 책들 중에서 그 흔한 소설책이 한 권도 없다니…….

처음이야 제법 신기한 마음에 이것저것 뒤져 봤지만 매번 복잡하기 이루 말할 수가 없어 다시 덮곤 했다. 이런 책들을 시간 때우기 위해 보기에는 무지하게 힘들었다. 아마 수면제로는 최고의 효과일 듯하지만.

데굴데굴 굴러다니는 게 지루하면 레어 밖으로 나가 눈 내리는 바닷가를 쳐다보거나 쌓여 있는 맛있는 빵이나 꿀차를 마시거나 하면서 시간을 보내는 거 말고는 다른 게 없었다.

"으아~ 지루해! 지루해!! 정말 미치겠다. 미치겠어……!! 아아악!! 지루해~에!!"

13일마저 지나 14일째가 되자 거의 미칠 지경이 되었다. 도저히 지루함을 이기지 못한 나는 스티아에게 걸려서 혼이 나더라도 그의 연구실을 훔쳐보기로 마음먹었다. 요는 안 들키면 되는 것이었다.

깨금발로 조심조심 동굴의 입구 쪽으로 다가간 나는 고개만 빼꼼이 내밀어 연구실 안을 들여다 보았다.

안을 보자마자 보인 것은 무지하게 큰 마법진이었다. 그리고 가운데에 머리를 싸매고 마법진을 그리고 있는 스티아의 모습이 보였다. 마치 그 모습이 고3 학생들 수능 시험 보기 전날 공부하는 모습 같아 터져 나오는 웃음을 참기 위해 무던히 노력해야 했다.

그도 그럴 것이, 잠이 부족해서 푸석푸석하게 된 얼굴에 안 그래도 빨간 눈인데 핏발까지 서서 하얀 눈자위가 이제 보이지 않게 되어 약간 무섭기도 했고, 그만큼 처절하게 보이기도 했던 것이다.

게다가 깔끔하게 묶었던 게 분명한 머리는 이제 헝클어질 대로 헝클어져 한마디로 미친 X 산발 머리인 상태였다. 푸하하하! 평소 이쁘고 깔끔한 모습만 보다가 이런 모습을 보니 차이가 너무 커 코믹스러웠다.

그런 몰골의 스티아가 그리고 있는 마법진은 정말 보기에도 엄청나게 복잡하고, 또한 엄청나게 큰 마법진이었다.

이 레어에서 가장 큰 동굴이자 방인 이곳 연구실을 거의 다 차지한 커다란 마법진은 정말 보기에도 머리가 어지러울 정도로 복잡했다. 금색과 파란색, 붉은색의 여러 가지 도형과 문자들이 커다란 원을 그리며 빽빽이 들어차 있었고, 그 마법진 가장자리마다 17개 다양한 색깔의 이쁜 돌들이 놓여 있었다. 그리고 가장 중앙에는 커다란 하얀 알이 있었는데 이 알을 중심으로 동그란 원의 가장자리마다 7개 다양한 색깔의 화려한 돌들과 이상한, 마치 뼈 조각 같은 것들이 놓여 있었다.

'마력석은 알겠는데… 뼈는 왜? 곰탕 끓이는 것도 아닌데… 왜 그러지?'

그렇게 엄청난 마법진을 그리고도 완성은 멀었는지 스티아는 한참 동안 마법진을 그리는 데 매달리고 있었다. 시간이 지나도 계속 그리는 모습에 이제는 보는 내가 지겨워지고 있었다.

더 이상 마법진 그리는 걸 보고 있는 것도 지루했던 내가 갈까 하고 마음먹자 내가 떠나는 걸 차마 볼(?) 수 없었는지 마침내 마법진이 완성된 듯했다.

오랜 시간 쪼그리고 있어서 후들후들거리는 다리를 펴며 일어서는 스티아의 폼이 꽤 불쌍해 보였다. 하지만 이 중요한 시간에 스티아에게 들켜서 보지 못한다면 그동안 기다린 시간이 억울했으니 좀 풀어졌던 자세를 잘 가다듬었다.

이리저리 휘청휘청이며 마법진 가운데로 걸어간 스티아는 잠시 동안 커다란 하얀 알을 물끄러미 바라보았다. 이 자리에서는 얼굴이 보이지 않지만 왠지 슬퍼 보이는 뒷모습이었다.

하지만 그는 곧 감상을 떨쳐 버렸는지 피곤한 얼굴을 쓰다듬으며 중얼거리는 거였다.

"정말 내가 하는 일이 옳은 일인지 알 수가 없군. 태어나지 못하고 죽었던 나의 헤츨링에게도… 성연에게도… 하지만 이젠 되돌릴 수 없으니……."

자신없는 작은 목소리지만 이제나저제나 하는 심정으로 귀를 기울이고 있던 나의 귀에는 똑똑히 들렸다. 그제야 저 알을 바라보는 스티아의 뒷모습이 왜 그리 슬퍼 보였는지 이해가 갔다.

'태어나지도 못하고 죽었다던 스티아의 헤츨링이 저거구나. 아직 알인 상태에서 죽었으니 스티아가 안아보지도, 만져 보지도 못했겠네.'

태어나지도 못하고 죽게 된 자신의 헤츨링을 보며 굉장히 아파했을 스티아의 모습이 생각나자 지금 저 차원에서 자신 때문에 괴로워하고 있을 엄마의 얼굴이 떠올랐다.

'엄마도 분명 나를 찾아 헤매고 계실 텐데… 빨리 나를 잊어서 더 이상 슬퍼하시지 않았으면……'

나도 스티아도 나쁜 생각을 떨쳐 버리려는 듯 고개를 흔들었다. 이미 지나간 일을 가지고 후회한다면 더 이상 앞으로 나갈 수 없다. 그러니 모든 걸 잊고 빨리 앞으로 나가서 다시는 그런 일이 없도록 하는 게 가장 옳은 선택이고 가장 좋은 치유 방법인 것이다.

마지막으로 진짜 자신의 자식을 아비의 얼굴로 한 번 쓰다듬어 준 스티아는 서서히 본체로 돌아가기 시작했다. 드디어 시작하는 모양이었다.

푸른 빛과 함께 본체로 돌아간 스티아는 고개를 돌린 채 알을 향해 주먹을 내질렀다. 순간 나는 커다란 소리와 함께 금이 가고 있는 알의 모습에 소리를 지를 뻔했다. 그렇게 사랑하던 자신의 알을 왜!! 무엇 때문에 파손시키는 건지 그의 행동이 이해가 가질 않았다.

그렇게 알이 점점 금이 감과 동시에 스티아의 주문 소리가 넓게 울려 퍼지기 시작했다. 전과 달리 긴 주문의 소리가 커져 갈수록 커다란 소리와 함께 알의 금도 커져 갔다.

마침내 스티아의 주문이 완성되자 금이 간 곳에서 파란 빛이 새어 나오기 시작했다.

곧 이어 쾅 하는 커다란 소리와 함께 부서진 알에서 새파란 파란색의 빛이 터져 나오더니 주위에 있던 돌들을 향해 날아가기 시작했다.

날아온 빛이 닿자마자 돌들은 각각의 색깔의 불을 내뿜으며 공중에 떠오르기 시작했다. 24개의 돌에서 화려한 불들이 켜져 공중에 떠오르자 이제는 마법진에서 황금빛과 붉은빛의 마법진들이 공중에 떠올라 24개의 돌들을 감싸기 시작했다. 모든 마법진이 공중에서 떠 있는 돌들에 흡수되자 굉음과 함께 커다란 빛이 터져 나왔다.

빛의 폭발과 동시에 나는 누군가가 심장을 움켜잡는 통증에 또다시 하늘이 까맣게 변해 버렸다.

이제는 익숙해져 버린 기절을 하면서까지 내 시선을 잡고 있던 것은 환한 빛 사이에서 무표정한 얼굴로 눈물만 흘리고 있는 스티아의 모습이었다.

'차라리 울어요. 그게 나에게도, 당신에게도 좋을 테니까요.'

"이제 일어났냐?"

오랜만에 듣는 띠꺼운 목소리에 반사적으로 고개를 돌렸다.

고개를 돌리자 못 말리겠다는 표정을 한가득 띤 채 팔짱을 끼고 있는 스티아의 모습이 보이는 것이었다. 보는 사람도 울게 만들 것 같은 표정으로 책망하듯 바라보는 그 모습에 나는 그만 당황하고 말았다.

아무래도 시간이 어느 정도 지난 것 같았다. 그리고 자신이 그 장면이 봤다는 것도 뽀룩난 것 같았다.

하필이면 그곳에서 기절해 버려 발뺌을 하기도, 모른 척하기도 불가능한 상태였다.

"뭐 하냐? 머리에 문제 생겼냐? 이게 몇 개로 보이냐?"

"네 개요! 머리는 멀쩡해요!!"

심각하게 묻는 말에 울컥해 버럭 소리 질러 버렸다. 하지만 팅 소리와 함께 머리가 울리자 괜히 소리 지른 것 같았다.

내가 머리를 감싸 안고 누워 있자 성격 드러운(?) 스티아는 킥킥 웃기 시작했다. 마치 나의 불행이 자신의 행복인 양 행동하는 그의 태도에 정말 한 대 쥐어박아 주고 싶었다.

"그러냐? 어리버리하게 있어서 머리에 충격이 간 줄 알았지. 너, 어제 하루 종일 잠들었었다. 어때, 배고프지 않냐?"

스티아의 말이 끝나자마자 배 속에서 콰콰콱 하는 운명의 교향곡 소리가 들리는 것이었다. 너무 적절한 타이밍에 울리자 쪽팔림에 그만 얼굴이 뻘겋게 달아올랐다.

그런 내 모습을 보며 웃던 스티아는 언제 들고 있었는지 모를 커다란 밥상(?)을 건네주는 것이었다. 서둘러 일어나 밥상(?)을 받은 나는 고맙다고 웅얼거리며 황급히 수저를 집어 들었다.

왠지 이렇게 그 일이 얼렁뚱땅 넘어가게 될 것 같았다. 나야 얼렁뚱땅 넘어가서 다행이었지만 스티아 역시 그 일을 묻어두고 싶은 모양이었다.

오랜만에 받은 밥상(?)은 꽤 괜찮은 음식들로 차려져 있었다. 아무래도 둔한 스티아가 신경을 쓴 듯했다. 보존 마법을 해서인지 아직도 따끈따끈한 빵과 두 가지의 과일, 따뜻한 꿀차가 밥상(?)에는 담겨져 있었다. 과일들은 전에도 한번 먹어본 거봉같이 생긴 빨간 과일과 수박같이 생긴 푸른 과일이었다. 그 과일들에서 풍기는 달콤한 향기가 밥 달라고 아우성치는 내 배 속을 더 자극했다.

더 이상 구경(?)만 했다간 내 배 속의 거렁뱅이들이 데모를 할 것 같아 서둘러 빵에 손을 뻗었다.

손으로 빵을 찢어 입에 가져가자 고소한 빵의 맛이 입 안에 팍 퍼지는 게 그렇게 한 입 먹으니 더 배고픔이 느껴졌다. 이제는 스티아가 쳐다보든 말든 허겁지겁 배를 채우기에 급급했다. 어차피 매일 보여주는데 더 이상 빼고 자실 것도 없었다.

마지막 입가심으로 과일과 함께 꿀차를 마신 나는 저쪽 책상에 앉아 꿀차를 마시고 있는 스티아를 가만히 바라보았다.

아무래도 그냥 넘어가는 게 좋을 듯싶었다. 은근히 사람을 갈구거나 따지길 좋아하는 스티아가 거기에 왜 쓰러져 있었는지 물어보지도, 갈구지도 않는 것을 보면 그도 말하고 싶지 않은 듯했다.

'모르는 척하자. 그래, 내가 말해 봤자 좋을 일도 없으니까.'

모른 척하기로 마음먹은 나는 다 먹은 밥상을 들고 일어서다가 내가 입고 있는 옷이 바뀌었다는 것을 깨달았다. 분명 잠들기 전에 입었던 옷은 푸른색 남방에 큰 바지에 기다란 끈으로 둘러매고 있는, 어찌 보면 광대 같아 보이는 옷차림이었는데 지금 입고 있는 것은 하얀색의 커다란 남방이었다.

순간 상황 파악이 된 나는 얼굴에 열이 뻘겋게 올라오는 느낌이었다.

내가 밥상(?)을 든 채 뻘겋게 달아오르자 그 모습이 꽤 이상했는지 스티아는 조심스럽게 묻는 것이었다.

"왜 그러냐? 벌써 아픈 거야? 아직 시간이 남았는데… 왜, 문제가 있니?"

"스… 스… 스티아, 설마 내… 옷을… 스티… 아가 갈아 입혔… 나요?"

충격으로 버벅거리는 내가 걱정스럽다는 듯 이마를 만져 보던 스티아는 내 질문에 담담하게 대꾸해 주는 것이었다.

"응, 너무 땀을 많이 흘려서 갈아 입혔는데 왜?"

"이… 이… 차라리 죽어버렷!!"

정말 아무렇지도 않다는 듯이 대답하는 스티아의 모습에 나는 쪽팔리기도 하고 열이 뻗기도 해 옆에 있던 베개와 쿠션을 그를 향해 던지기 시작했다. 처음 내가 던진 베개가 정통으로 맞아서 꽤 아팠는지 낑낑대는 스티아의 모습이 불쌍해 보이기는커녕 내 화를 더 돋우는 것이었다.

그렇게 베개를 맞고 화를 내려던 스티아는 날아오는 물건들이 이젠 장난이 아니자 비명을 지르며 서둘러 방 밖으로 뛰쳐나가는 것이었다. 나가면서 왜 그러냐고 소리치는 스티아의 모습에 정말 여자로서의 자존심이며 프라이드가 산산조각나는 느낌이었다.

"흐윽, 저 인간, 아니, 저 드래곤이 정말 미워! 아아앙~"

한참이 지나 어느 정도 소란이 가라앉은 후 조심스럽게 방 안으로 들어오는 스티아에게 절대 엄수해야 할 규칙을 알려주었다.

"첫째로 절대, 절대 내 옷은 갈아입히지 마세욧!"

"여긴 춥다고(!) 땀 흘린 채로 자면 감기 걸릴 수도 있어."

"그래도 절대 갈아입히지 말아욧! 감기 걸려도 내가 걸리니까요!"

이 둔한 드래곤은 내가 왜 화를 내는지도 이해 못하는 것이었다. 알 수 없다는 듯이 내 요구에 고개만 젓는 꼴을 보니 말이다. 으~ 속 터져!! 속 터져!!

"알았다, 알았어. 그리고 또 뭐냐?"

"둘째는 옷 갈아입거나 씻을 때 갑자기 워프해서 오지 마세요."

전에 몇 번 그런 황당한 경험을 당했던지라 이것은 꼭 주의해야 할 사항이었다.

전에 세수하다가 갑자기 물 위로 튀어나온 스티아 때문에 기절할 뻔한 적도 있었다. 그때 새파랗게 질린 나를 보며 하는 말이 '밥 먹어라'라니…….

"알았다. 그거면 되냐?"

"글쎄요, 우선 생각이 나지 않으니까 나중에 생각해 보고 알려 드릴게요. 정말 그건 꼭 지켜주셔야 돼요."

귀찮아하는 스티아에게 몇 번 다짐을 받고 나서야 그제야 안심할 수 있었다.

스티아는 무신경하긴 했지만 약속한 것은 꼭 지키는 타입이었다. 그게 아무리 황당한 것이라 할지라도 말이다.

"자, 그럼 어서 씻고 와라. 참, 오늘부터 좀 조심하는 게 좋을 거다."

"아니, 왜요?"

"오늘이 벌써 마법을 건 지 25일째 되는 날이야. 아마 이번 주 내로 통증이 올 거야. 예방 차원에서 조심하라는 거지."

스티아의 걱정스런 표정에 나도 슬슬 걱정되기 시작했다. 그동안이야 몸에 통증이 없어서 행복하긴 했지만 이제 곧 통증에 시달릴 걱정을 하니 슬슬 두렵기도 했다. 게다가 스티아가 저렇게 정색을 하고 당부할 정도면 꽤나 심하게 아플 것만 같았다.

"조심할게요."

"한 이삼 일 후에는 침대에 있는 게 좋을 거야. 갑자기 쓰러지다가 다치면 안 되니까. 마법은 통증이 지나가면 그때부터 배우기로 하고……."

"네……."

"참! 네 마법 도구들은 거의 완성됐으니 걱정하지 마라. 이젠 다듬기만 하면 되거든. 너무 커서 좀 다듬어서 보여줄게. 기다리고 있어라."

대답 잘하는 내 모습을 보고 귀엽다는 듯 스티아는 머리를 쓰다듬어 주었다. 그의 손길에 머리를 맡긴 채 나는 가만히 미소를 지었다.

정말 매번 느끼는 거지만 이 드래곤의 손은 정말 따뜻한 것 같았다.

오늘따라 평소보다 더 무거운 눈을 떠보니 언제나와 같이 침대의 천장이 보였다.

무슨 끔찍한 악몽을 꾸다가 깬 것 같았는데 도무지 무슨 악몽을 꾸었는지는 기억나지 않았다.

그냥 왠지 오늘은 좋지 않은 일이 생길 것 같은 느낌이 들었다. 기억나지 않는 악몽 때문인지 몸에 식은땀이 나기 시작했다. 이미 꿈에서 깨어 악몽은 지워졌지만 그때의 충격 때문인지 몸도 약간씩은 부들부들 떨리는 게 이상한 위화감마저 들었다.

어째 몸이 떨리는 게 시간이 지남에 따라 작아지는 게 아니라 강도가 심해지는 것이었다. 더불어 조금씩 나던 식은땀에 어느새 입고 있던 옷과 침대 시트가 축축하게 젖어들어 느낌이 좋지 않았다.

점점 몸이 추워지는 듯한 느낌이 들더니 갑작스레 온몸에 통증이 몰려왔다. 미처 대비하지 못했던 나는 갑자기 몰아닥친 고통에 비명조차 지를 수가 없었다.

비명은커녕 몸이 갈가리 찢기고 폐가 조각나는 듯해 숨조차 제대로 쉴 수가 없었다.

"혁… 허… 억, 혁… 혁, 혁… 혁……."

지금 내가 할 수 있는 것은 가쁜 숨을 내쉬는 게 고작이었다.

"뜨… 뜨거워… 아하, 아하, 아하……."

처음에는 동상에 걸릴 듯한 추위와 오한이 들었지만 이젠 몸에서 갑자기 열이 올라 숨을 쉬기가 더욱 힘들었다. 게다가 너무 높은 열에 머리가 미쳐 버렸는지 제대로 생각조차 하기도 힘들었다.

더위 때문에 그동안 덮고 있던 이불을 걷어차 버리고 열을 식히려 했지만 도무지 오른 열은 내려갈 기미를 보이지 않았다. 열과 함께 찾아온 통증을 차마 이기지 못하고 미친 듯이 나는 몸부림을 쳐댔다. 내 몸부림에 시트며 이불은 구겨지다 못해 찢겨져 나갔지만 그 딴 것에 신경 쓸 여유는 나에게 없었다.

"무… 물, 물, 물… 스… 티아… 나… 무… 울… 좀……."

힘들게 말을 내뱉었지만 내 스스로도 들리지 않을 정도로 작은 목소리라 스티아가 들었을지 장담할 수가 없었다. 나는 누군가가 내 몸을 번쩍 들고는 두 손으로 기름을 짜듯 꽉 짜는 듯한 통증에 비명을 질렀다.

"하악… 아… 아파… 무… 물……."

열 때문에 바짝 말라 버린 나의 입과 목구멍에서는 비명조차 제대로 나오지 않고 있었다.

차라리 비명이라도 나오면 그 소리를 듣고 스티아가 와줄 수도 있는데 내가 내뱉은 소리는 내가 듣기조차 힘들 정도인 것이다.

"괜찮니, 성연아?!"

어떻게 내 소리를 들었는지 달려온 듯한 스티아는 아픈 나보다 더 새하얗게 질린 채 어찌할 바를 모르고 서 있는 것이었다. 하지만 그도 이 고통을 덜어줄 순 없는 것이었다. 이건 그 마법의 반작용이었으니까.

"무… 무울… 뜨… 뜨거워……."

"물? 갖다 주마. 운디네. 이런, 열이 높잖아!"

스티아는 운디네를 불러내 내 입가에 물을 흘려주며 뜨겁게 열이 오른 내 이마에 자신의 차가운 손이 얹어주었다. 차가운 손이 닿자 순간 시원한 느낌이 들었지만 그 손도 곧 나의 열이 옮아가 마찬가지로 뜨거워져 버렸다.

"이런 열이 장난이 아니네. 그류페인! 그류페인……!"

스티아의 부름에 불려 나온 하얀 얼음덩이처럼 빛나는 얼음의 정령들이 내 침대 모서리마다 자리를 잡고 앉았다. 그 얼음의 정령들에게서 나오는 냉기 때문에 나는 뜨거운 열이 좀 가라앉는 느낌이 들었지만 여전히 몸을 쥐어뜯는 듯한 통증이나 신경을 바늘로 찍어대는 듯한 통증은 여전했다.

내가 통증에 못 이겨 비명을 질러대며 몸부림칠 때마다 스티아는 소용이 없다는 것을 알면서도 계속해 치유 마법을 걸어주었다.

이렇게 금방이라도 미쳐 버릴 것 같은 하루가 지나자 나도, 스티아도 그만 지쳐 버리고 말았다.

그렇게 끔찍한 하루를 보내고 눈을 뜬 나는 손가락 하나도 움직이지 못할 정도로 지쳐 버리자 그냥 죽어버릴까 하는 생각이 들었다. 정말 너무 심한 통증에 이대로 살고 싶은 마음도 없었던 것이다.

그 덕에 나보다 더 아픈 표정으로 조금만 버티면 된다고 나를 위로하는 스티아의 모습도 이제는 보기 싫어졌다.

나를 이곳에 데리고 온 것은 스티아였기 때문에 이 고통도 그가 준 것 같았다. 계속 밀려오는 고통의 시간 사이사이마다 나는 스티아에게 욕설을 퍼부어댔다. 그의 잘못이 아니었는데도, 내가 원해서 마법을 걸었던 것임에도 불구하고 나는 누군가 원망할 상대가 필요했다. 그러지 않으면 정말 미쳐 버릴 것만 같았다.

나의 이런 욕설과 비난 속에서도 스티아는 화를 내기는커녕 나보다 더 새하얗게 질린 채로 나의 곁에서 자리를 지키고 있었다. 더군다나 내가 금방이라도 숨이 넘어갈 것 같으면 잠시라도 쉬라며 샌드맨을 불러 잠을 재우는 것이었다.

아주 잠깐 잠드는 것에 불과했지만 독한 수면 가루 속에서 잠들면 조금이나마 통증을 잊을 수가 있었다. 하지만 이것도 몇 번 반복되자 샌드맨의 수면 가루에도 면역성이 생겼는지 자루를 통째로 부어도 잠이 들지 않는 것이었다.

나중에는 고통에 몸부림치는 내가 이것저것을 잡아 뜯고 비트느라 손에서는 손톱이 빠져 피가 흐르기 시작했다. 그럴 때마다 스티아가 마법을 걸어주어 손은 치료가 됐지만 주원인인 통증이 사라지지 않아 그 악순환은 계속해서 반복되었다.

그렇게 반복되자 더 이상은 도저히 못 보겠는지 스티아는 내 왼쪽 손을 침대 모서리에 실크 천으로 묶어두고 나머지 오른손은 자신의 손으로 꽉 잡고 놓지 않았다.

아무리 부드러운 실크 천으로 묶었다지만 심한 몸부림 때문에 왼손에서는 피가 터져 흐르고 있었다. 하지만 내가 흘리는 피 못지않게 스티아도 피를 흘리고 있었다. 원인은 제정신이 아닌 내가 스티아가 잡아준 손을 손톱으로 누르거나 쥐어뜯고 있었기 때문이다.

자신의 손에서 피가 흘러 넘치는데도 그는 계속해서 나에게만 치유 마법을 걸어주었다.

밑 빠진 독에 물 붓기나 다름없는데도 피가 흐르는 자신의 손은 신경조차 쓰지 않고 계속해서 나에게 마법을 걸어주는 것이었다.

바보같이…….

"아?"

오랜만에 제정신이 드는 느낌이었다.

지금까지 몸을 쥐어짜는 듯한 통증이 깨끗이 사라져 버린 게 믿어지지가 않았다. 마치 그 고통의 시간이 다시 돌아올 것만 같아 한참 동안 일어나지도 못하고 그대로 누워 있었다.

하지만 시간이 지나도 통증이 다시 느껴지지 않는 걸 보니 아무래도 지옥 같던 3일이 다 지난 것 같았다. 그렇게 통증은 사라졌지만 오랜 시간을 아파서인지 몸에 힘이 들어가지 않는 것이었다. 지금 상태로는 손가락 하나조차도 움직일 수가 없을 것 같았다.

이렇게 무기력한 상태에서도 배에서 꼬르륵 신호가 오자 웃음이 새어 나왔다. 손가락 하나도 못 움직이겠는데 이놈의 배에서는 밥 달라고 아우성을 치니 정말 먹고살기 힘들다는 생각이 들었다.

'이놈의 속창아리없는 배때기야, 넌 배 속에 그지만 가득 찼냐? 왜 시도 때도 없이 밥 달라고 그러냐. 좀 기운을 차리면 스티아에게 밥 달라고 할 테니 쬐끔만 기다려라.'

배 속에서 데모(?)하는 소리를 들으며 그 심한 통증에서 살아남은 내 자신이 신기하고 대견했다.

'하긴, 그 정도의 고통이었으니 자살을 하려고 했겠지. 나도 스티아가 옆에서 말려주거나 마법을 걸어주지 않았더라면 그대로 혀 깨물고 자살했을지도 모르는데… 참, 그러고 보니 스티아는 어디에 있는 거야?'

그 고통 내내 계속 자신의 곁에서 자신을 위로하고 응원(?)하며 치료해 주던 스티아가 보이지 않자 이상했다.

'자러 갔나? 그럴 리는 없는데… 웃차! 어쨌든 일어나고 보자고… 근데 내가 일어날 수나 있을까?'

손가락 하나 까딱할 수 없을 정도로 심한 무기력감에 나 스스로도 장담할 수가 없었다.

'아자아자… 가위 눌렀다고 생각하자구. 그러면 가위에서 일어날 때처럼 우선 오른쪽 검지손가락에 힘을 주고 손가락을… 움직인다… 움직인다… 움직엿!! 왜 안 움직이냐고~오!!'

내 몸에 남아 있는 힘을 모조리 모아 오른쪽 손가락에 보냈지만 어찌 된 일인지 이 손은 무언가에 눌려 있는 것처럼 말 그대로 손가락 하나 까딱하지 않는 것이었다.

'으잇… 왜 안 움직이는 거야? 힘이 모자라나? 그럼 다시 한 번 배에 힘을 주고… 으영차!'

"일어났니? 아직 힘이 없는가 보구나. 힐링! 스트렝스!"

부드러운 스티아의 목소리가 들리고, 이제 낯익은 하얀색 불빛과 황금색 불빛이 터지자 몸에 기력이 돌아오기 시작했다. 기력이 돌아온 나는 목소리가 들린 쪽으로 고개를 돌렸다가 눈에 들어오는 광경에 그만 깜짝 놀라 몸을 일으켰다.

"어… 일어나지 말고 누워 있어. 아직 기력도 없을 텐데……."

"손은 왜 그래요?"

일어나려는 나를 부드럽게 누르며 다시 눕히는 스티아의 손을 내가 가리키자 스티아는 멋쩍은 듯이 머리를 긁적였다.

"아… 쪼금… 네가 몸부림치는 걸 막다가 다쳤어. 걱정 마, 치료하면 되니까. 힐링! 자, 봐. 아무렇지 않지?"

다 나은 손을 흔들어 보이며 웃는 스티아의 모습에 가슴이 뭉클했다.

내가 고개를 돌리고 처음 본 것은 여전히 나의 오른손을 굳건히 잡고 있는 스티아의 손이었다. 거의 찢어지고 상처가 터져서 피가 아직 흐르는데도 그걸 느끼지 못할 정도로 피곤했는지 곤히 잠들어 있던 스티아였다. 게다가 깨고 나서도 자신의 상처는 신경조차 쓰지 않고 나부터 치료를 해준 것이었다.

침대가 스티아가 흘린 피로 흥건할 정도였는데 그는 아무렇지도 않은 듯 미소 짓는 것이었다.

그 정도 다쳤으면 통증도 상당했을 텐데… 라는 생각이 들자 눈물이 핑 돌았다.

"어? 괜찮아? 왜 우는 거야? 어디 아파? 아직도 통증이 있는 거야?"

"아니에요, 괜찮……."

콰콰콰쾅! 콰콰쾅! 쿠르르르륵…….

이런 감동적인 상황에서도 주책맞게 울리는 내 배에서 나는 소리에 얼굴에서 불이 나는 것 같았다.

"킥… 배고픈가 보구나. 하긴, 식충이가 어디 가겠어. 내가 수프 끓여올 테니 잠시만 기다리렴. 근데 몸은 괜찮니?"

민망함에 차마 고개를 들지 못하는 나를 보고 웃더니 스티아는 음식 준비를 하기 위해 방을 나서는 것이었다.

"으윽… 진짜 이놈의 배는……."

정말 쪽팔리고 민망한 마음에 주책맞은 배를 찰싹 때렸다. 바보같이 때려봤자 나만 아팠지만 그만큼 이 푼수 같은 배가 원망스러웠다.

천천히 몸을 일으켜 주위를 살펴보니 정말 장난이 아니었다. 여기저기 찢어진 시트하며… 이젠 쿠션이라고 할 수 없을 정도로 찢겨지고 터진 채 덩그러니 내던져 있는 폼이 정말 가관이었다.

특히나 침대의 모습은 정말 뭐라고 할 수 없을 정도였다. 구겨질 대

로 구겨지고 찢겨질 대로 찢겨진 시트하며 베개는 어디 갔는지 없어졌
고, 게다가 찢겨진 시트는 내 피와 스티아의 피로 검게 얼룩져 있었다.

"난리, 난리, 생난리가 따로 없구만."

"내 말이 그 말이지. 자, 밥 먹고 시트 갈아줄게. 옷은 네가 갈아입
어라. 또 갈아입혔다가 맞아 죽을까 봐 두렵다. 그건 그렇고, 너. 장난
아니더라. 뭐, 어린 여자가 무슨 욕을 그렇게 많이 알고 있어! 용병들
못지않던데… 심지어 나도 못 들어본 욕도 있더라."

어느새 음식을 가지고 온 스티아가 웃으며 말하자 나는 얼굴이 빨개
졌다. 비몽사몽간에 스티아에게 욕을 퍼부었던 게 생각났던 것이다.

스티아는 가져온 쟁반은 침대 옆 협탁에 올려놓고는 그나마 멀쩡한
쿠션들로 내 등 뒤를 받쳐 주고는 음식을 건네주었다. 단출하게 수프
와 꿀차였지만 지금의 나에게 이보다 더한 진수성찬은 또 없었다.

구수한 수프의 냄새를 맡자 안 그래도 밥 달라고 졸라대던 배 속의
거지들이 아예 발작을 하기 시작했다. 그 거지들을 먹여 살리기 위해
서 어쩔 수 없이(?) 나는 서둘러 수프를 입으로 나르기 시작했다. 한 입
먹자 뜨거울 거라 생각했던 수프가 따뜻할 정도여서 먹기가 쉬워 놀랐
다.

"네가 그렇게 허겁지겁 먹을까 봐 약간 식혀왔어. 어때, 그리 뜨겁지
는 않지?"

정말 여러모로 자상한 성격이었다. 이런 아빠를 만났다면 그 헤즐링
도 좋았을 텐데… 하는 생각이 들자 그 녀석이 받아야 할 사랑을 내가
다 독차지하는 듯해 미안했다.

"좀 모자라더라도 그 정도만 먹는 게 좋을 거야. 너무 오래 굶고 아
파서 네 위가 황폐해져 있을 테니까. 시간 좀 지난 후에 또 먹도록 해."

다 먹은 수프를 아쉬운 눈으로 바라보자 스티아는 안됐다는 표정으로 쟁반을 치웠다.

"곧 시트 가지고 올 테니 잠시만 자지 말고 기다리고 있어. 아니, 자고 있는 게 낫겠다. 밥 먹었으니까 좀 쉬어. 내가 너 자고 있을 때 시트 갈아놓을 테니까. 그리고 여기 옷."

깨끗한 하얀 셔츠를 건네고 스티아는 쟁반을 들고 방을 나섰다.

어느 정도 회복되긴 했지만 완전히 낫지는 않았는지 약간 떨리는 손으로 겨우 단추를 푼 나는 새로운 셔츠에 팔을 끼워 넣었다. 끈적거리는 옷을 벗고 나자 기분도 상쾌해진 듯했다. 몸이 생각보다 끈적거리지 않는 것을 보면 아마 스티아가 운데로 씻겨준 듯했다.

옷을 갈아입자 지친 나는 침대에 다시 몸을 누이며 천천히 눈을 감았다.

그렇게 잠깐 눈을 감는다는 것이 잠이 들었던 모양이다. 그래도 쪼금이라도 잔 덕인지 몸에 체력이 많이 돌아와 있어 조금만 힘을 준다면 일어날 수 있을 것 같았다.

하지만 아직은 움직이는 게 무리였던지 천천히 몸을 일으켰는데도 현기증이 도는 것이었다.

그렇게 꽤 오랜만에 느껴지는 무기력증에 약간 웃음이 났다.

"개구리가 올챙이 적 모른다더니만 정말이구만. 세 달 가까이 편했다고 이렇게 조금 몸을 움직이기 힘든 게 불편하다고 느끼는 것을 보면……."

몸이 예전(?) 같지는 않지만 그래도 계속 누워 있고 싶은 마음은 들지 않았다.

최대한 무리하지 않고 천천히 발걸음을 옮기며 방에서 나오자 식탁에 앉아 차를 마시며 뭔가 적고 있는 스티아의 모습이 보였다.

"웬일로 바쁘시네요. 무슨 일이 있나요?"

"벌써 일어났느냐? 그렇게 휘청거리면서 꼭 무리할 필요가 있었니?"

휘청휘청 걸어오는 내 모습을 보고는 스티아가 인상을 찌푸리더니만 들고 있던 펜을 내려놓고 내 쪽으로 걸어오기 시작했다. 내가 걷고 있는 게 영 못미더웠는지 그는 나를 번쩍 들더니 다시 내가 있던 방으로 들어갔다. 그리고는 다시 침대에 앉혀주고 등 뒤에 쿠션을 대주었다.

"밖에 나오면 추워서 안 돼. 이곳이 가장 따뜻하니까 지루하더라도 체력이 돌아올 때까지는 여기 있어라."

"누워만 있으면 지루해서요. 게다가 배까지 고프고……."

"그럼 그냥 부르지 그랬냐. 하긴… 평소 네가 먹는 양에 비해 엄청 조금이긴 했지."

"누굴 식충이로 알아욧!!"

내가 불만스럽게 말하자 스티아는 피식 웃고는 아직도 신기한 생선 낚는 법으로 생선을 건져 올렸다.

손가락 한 번 퉁기자 날아온 참치 같은 생선을 공중에 떠올려 불에 굽기 시작했다.

생선이 구워짐에 따라 배 속에서 또다시 거지들이 밥 달라고 요동치며 꼬르륵거리기 시작했다. 매번 먹어서 질리던 생선이지만 오늘따라 입 안에서 침까지 고일 정도로 맛있어 보이는 것이었다.

"침 떨어지겠다. 생선 구워질 동안 차나 한 잔 마실래?"

또다시 손짓 하나로 날아온 찻주전자에 찻잎과 꿀을 넣고는 뜨거운 물을 부어 나에게 따라주었다. 매번 보는 것이지만 스티아가 요리하는 것은 정말 신기했다.

"자, 옛다! 따뜻할 때 마시렴."

스티아가 건네준 차를 마시며 어서 생선이 빨리 구워지기를 정말 눈 빠지게 기다렸다.

이런 나의 처절한 눈빛이 안쓰러웠는지 스티아는 커다란 쟁반에 빵과 과일을 담아 내 무릎에 올려주는 것이었다.

"하하하… 잘 먹을게요."

여전히 따뜻한 빵을 먹기 좋게 찢으며 내가 멋쩍게 말했다. 내 스스로 생각해도 너무 먹을 것을 밝히는 것 같아 민망스러웠다.

"어서 먹어라. 빨리 먹고 건강해져야지."

부드러운 스티아의 말에 우렁차게 대답을 한 나는 빵과 노르스름하게 구워진 생선 조각에 포크를 댔다. 이젠 지겹다고 줘도 안 먹을 거라 생각했던 생선도 오랜만(?)에 먹으니 굉장히 맛있게 느껴졌다.

차마 먹을 수 없었던 생선 대가리와 뼈를 제외한 모든 음식을 먹어 치우자 어느 정도 기력이 돌아오는 것 같았다. 내가 대충 먹은 음식으로는 내 팔뚝 두 개보다 큰 커다란 생선 하나에 내 주먹만한 빵 두 개와 버찌같이 생긴 달콤하고 신맛이 나는 스위디 한 접시와 총 네 잔을 마신 꿀차였다. 내가 보기에도 먹은 양이 정말 엄청났다. 정말 그의 말대로 식충이가 따로 없는 것 같았다.

내가 먹은 양을 바라보며 질린 표정을 짓자 꿀차를 마시고 있던 스티아가 조용히 입을 열었다.

"뭐, 신기할 건 없어. 오늘따라 좀 많이 먹기는 했지만 기본적으로 언제나 그 정도는 먹었으니까. 아마 마법이 시작돼서 네가 알에 있을 때를 대비해 지방을 모아두는 걸 거야. 지금의 너로서는 아무리 먹어도 변하지 않을 테니 살찔 걱정하지 말고 먹어."

"알에 있을 때의 대비요?"

"웅? 아! 내가 말을 안 했구나. 넌 바로 헤츨링이 되는 게 아니라 네 육체가 사라진 후 알로 다시 태어나거든. 다른 드래곤이 어미의 배 속 에서 어느 정도 자라 알로 태어나는 것과 달리 넌 조그만 알에서 천천 히 커지는 것으로 변해. 그런 데다가 모체인 드래곤이 없기 때문에 너 에게 영양분을 줄 드래곤이 없어서 그때를 대비해 네 스스로 미리미리 저축해 두는 거지. 지금은 최대한 많이 먹어두는 게 좋을 거야."

좀 충격적인 말에 난 놀라고 말았다.

내가 헤츨링으로 태어날 거라는 것은 몇 번이나 스티아를 통해 들어 서 알고 있었지만 어떻게 헤츨링이 될지는 자세하게 생각해 보지 않아 서 지금 스티아의 설명에 꽤 놀라고 말았다.

"걱정하지 않아도 돼. 네가 알 속에서 아사하게 만들지는 않을 테니 까."

스티아는 고민에 잠긴 내 머리를 툭툭 치고는 쟁반과 남은 음식 찌 꺼기를 치워 버렸다. 치운다고는 하지만 달랑 손가락 하나 까딱하는 것으로 치우니 별로 힘든 일은 아니었다.

"참!! 너, 오크 고기 좋아하니?"

"엑?!"

'오크라고요? 오크라면 판타지에 가장 많이 나오는 몬스터로 돼지 얼굴에 인간형의 몬스터를 말하는 겁니까요~오? 주로 인간들을 습격 해서 물건을 털거나 하다가 위대한 기사나 주인공들에게 걸려 장렬히 죽게 되는 하급 몬스터를 말하는 겁니까? 그런데 그 오크 고기를 제가 왜 좋아해야 하는데요? 그런 고기는 아무도 안 먹잖아요!!'

내가 새하얗게 질린 채 고개를 좌우로 열심히 흔들자 그가 이상하다는 듯이 갸우뚱거리며 중얼거렸다.

"어, 싫어해? 하긴, 인간들은 오크 고기 안 먹지. 근데 우리 드래곤에게는 주식량이나 다름없는데……."

"뭐… 뭐라구욧!! 오크 고기가 드래곤들의 주식량이라고욧!!"

끄덕이는 스티아의 모습에 하늘이 노래지는 것 같았다. 아무리 돼지같이 생겼다지만(물론 본 적은 없고 소설로 읽었지만) 절대 먹고 싶지 않은 몬스터였다. 말도 할 수 있는데… 어떻게 먹으란 말이야~아!!

"오크만큼 지방이 많고 배를 채울 만한 고기는 없어. 그리고 몬스터들 중에서 제법 맛있는 축에 속한다고."

몬스터 중 제법 맛있는 것에 속한다는 말에 또다시 충격을 받고 말았다. 하긴, 판타지에서도 헤츨링 때의 드래곤들은 식량으로 거의 몬스터들을 잡아먹는 것으로 나와 있고 인간의 상체에 뱀의 다리를 가지고 있는 라미아나 메두사, 맨디코어 같은 것에 비하면 오크는 먹을 수 있는 몬스터라고 생각할 수도 있었다. 이유는 돼지같이 생겼으니까!

그래서 그다지 부담없이 먹었던 건지도 몰랐다. 그러면 소 대가리인 미노타우로스도 먹을 수 있다는 건가? 우윽…….

"다른 건 먹을 게 없나요?"

비장한 나의 목소리에 스티아는 고개를 갸웃거렸다. 아무래도 드래곤인 스티아는 나의 이런 처절한 마음을 모르는 게 분명했다. 이미 그도 그런 것들을 먹으며 드래곤으로 자라왔을 테니까 말이다.

"다른 것도 가능해. 니가 좋아하는 빵이나 이런 인간적인 음식도 가능하고… 다만 엄청나게 많은 양이 있어야 할걸."

다른 것도 가능하다는 말에 나는 안도하고 말았다. 빵이랑 다른 음식을 먹어도 된다니 그런 것들은 손대지 않아도 되는 것이다. 하지만 스티아의 이어지는 말에 걱정이 되었다.

"그래, 상관없지만 어떻게 장만할래? 넌 지금도 니가 먹는 양에 놀라는데 헤츨링 때는 그에 비교도 되지 않을 정도로 엄청나게 먹어. 한 끼에 오크 한두 마리는 거뜬하다고. 너, 헤츨링 때 충분히 영양 공급을 못하면 잘 자라지도 못하고 건강체도 아니게 된다."

"만들면 되죠. 한 5년간 음식을 시간나는 대로 짬짬이 만들어두고서 보존 마법을 걸어두면 돼요. 필요 영양소를 다 따져서 잔뜩 만들어놓으면 뭐, 오크 고기 하나만 먹는 헤츨링보다야 제가 나을 거예요."

정말 길은 이것밖에 없었다. 만드는 것… 요리를 해본 적은 없지만 오크를 먹지 않아도 된다면 뭐든지 할 수 있을 것 같았다. 오늘부터 요리 만들기에 돌입해야겠다고 다짐하며 나는 마음을 굳게 먹었다.

정말 아무리 배가 고프더라도 오크 고기는 먹을 수도, 먹고 싶지도 않았다.

"그것도 나쁘지는 않겠지만… 그냥 오크 고기가 편할 텐데……."

비장한 표정으로 맹렬히 고개를 흔드는 내 모습에 스티아는 어쩔 수 없다는 듯 의견을 굽혀주었다.

'그래, 어차피 할 일도 없었겠다, 오늘부터 요리 수업이다. 안 그래도 지루한 시간 때문에 고민이었는데 이런 식으로 잘 활용해야지.'

나는 굳게 다짐을 하고는 자리에서 벌떡 일어났다.

갑자기 일어나자 이상하게 바라보던 스티아는 나의 채근에 기가 막히다는 표정을 하면서도 순응해 주었다. 생사가 달린 일이라 그만큼 비장했던 내 모습이 세상만사가 다 귀찮고 게으른 그를 움직이는 데 큰 역할을 한 것 같았다.

"그럼 자, 오늘부터 요리 수업입니다!"

"그래, 근데 너 어떤 요리 할 줄 아니? 참고로 말하지만 나는 못한다! 물어볼 생각 하지도 마!"

정색을 하며 덤벼드는 내 모습에 스티아가 퉁명스레 대꾸했고 나는 그만 적잖게 당황하고 말았다.

스티아가 모를 거라고는 생각해 본 적이 없었는데 알고 보니 스티아는 수프 말곤 만들 줄 아는 게 없다는 거였다. 그것도 생선 수프… 고작 그거 하나만 만들 줄 안다는 것이었다. 게다가 그게 수픈지… 생선을 통째로 넣고 끓이는 게 생선 죽이지 누가 수프라고 생각하겠는가. 나니까 먹어주지…….

하지만 지금 그게 중요한 게 아니었다.

정말 믿었는데… 믿었었는데… 믿는 도끼에 발등을 꾸욱 찍히다니…

그랬다! 여자로서 밝히기 민망하지만 나는 전혀 요리를 할 줄 몰랐다.

그도 그럴 것이, 나같이 병원에만 있었던 인간이 무슨 요리를 해봤겠는가. 그냥 병원 영양사와 식당 아줌마가 해준 밥이나 먹었지 내가 해서 먹어본 적은 한 번도 없었다. 심지어 라면이나 계란 후라이 한번 해본 적 없는 나였다.

그래도 그나마 다행이었는지 미식가이자 음식 먹는 걸 즐겨 하던 나였기에 요리 프로나 요리 책 보는 걸 제법 좋아했었다. 후라이 하나 만들지도 못하면서 왜 이리 요리 책 보는 걸 좋아하냐며 구박했던 오빠들의 갈굼 속에서도 꿋꿋이 요리 책들을 봤던 것은 아마 이 일을 대비한 나의 선견지명이었을 듯싶다.

"요리! 해본 적은 없지만 하는 법은 알죠. 책으로 많이 봤으니까요!!"

어느덧 기운을 찾고 자신만만해진 내 모습에도 여전히 못 미더운지 표정을 펴지 않는 스티아였다.

"자! 그럼 우선 재료는… 허걱!"

"주재료는 생선이지. 부재로도 생선이고… 자, 생선들로 뭘 할 거냐?"

스티아의 재미있어하는 말에 나는 그만 울고 싶어졌다. 나는 그만 깜빡했던 것이었다. 이곳에서는 오로지 생선만 있다는 것을……

이곳에서도 모자라 헤츨링 때마저도 생선만 먹어야 한다는 사실에 눈물이 핑 돌았다.

지금이야 대충 빵과 과일이라도 있지만 그때는 아마 빵도, 과일도 전멸한 상태일 것이 분명했다. 안 그래도 이제 거의 바닥을 보이는 빵과 과일 자루를 볼 때마다 한숨만 나오는데 정말 걱정이었다.

정말 내 요리 솜씨가 아무리 좋다고(?) 해도 생선이 고기나 빵으로 변하는 건 아니니 한숨만 나오는 것이었다.

나는 그렇게 한숨을 내쉬며 현실에 수긍할 수밖에 없었다. 달리 다른 방도가 없는 것이었다.

뭐, 굶는 것다야 배를 채우는 게 훨씬 낫고 생선이 오크 고기보다 훨씬, 몇 배는 나으니까 말이다.

"아!! 그래도 조미료가 있으니 다른 여러 가지 음식을 만들 수 있겠어요."

그나마 앞길에 서광이 보이는 듯했다. 그래도 이번에는 전처럼 조미료가 없어 대충 소금을 뿌려 굽거나 그것도 귀찮아―스티아가 그것도 귀찮다고 만들어주는 걸 싫어했다. 으이그——소금물에 담갔다 빼서 굽는 식이 아니라는 것에 안도감이 들었던 것이다.

즐거운 마음에 한구석에 처박아두었던 조미료 주머니들을 챙겨 가지고 나왔다. 콧노래마저 부르며 여러 조미료 주머니를 풀던 나는 또다시 뜨악하고 말았다.

"내… 내가 알던 조미료가 아니잖아!"

엎친 데 덮친 격이었다. 조미료들마저도 내가 알던 조미료하고는 차원이 다른 것이었다.

빨강, 노랑, 파랑, 초록, 회색, 검정색을 비롯해 심지어 꽃자주색과 보라색의 조미료도 있는 것이었다.

그래도 맛을 보면 어느 정도 알 것 같아 맛을 봤더니 저 차원의 시대와 맞는 조미료는 하나도 없었다.

어떻게 된 게 고춧가루같이 빨간 가루는 시고, 또한 파랑색 조미료는 엄청 매웠다.

정말 제멋대로인 조미료 때문에 그대로 주저앉아 울고 싶었다. 나보고 우짜라고오오오……

"이것들은 도대체 무엇에 쓰는 물건인고……"

완전 뒤죽박죽 섞인 조미료 때문에 눈물이 흐를 것 같았다.

정말 이 세상은 나의 장대한 꿈(?)에 도움을 주는 것 같지 않았다. 더불어 저기서 이죽거리는 스티아도……

'흑… 그래도 대충 맛을 아는 게 어디야. 만들 수 있을 거야. 이런 역경을 넘어서 나는 저 빛나는 꿈을 향해 한 발자국씩 내딛는 거야. 저 스티아가 도와주지 않는다고 하더라도 나는 할 수 있어!! 아자, 아자!! 의지의 한국인!! 의지의 한성연!!'

흔들리는 마음을 다잡은 나는 우선 재료 준비를 먼저 시작했다.

이곳의 유일한 재료이자 주재료인 생선들을 스티아를 재촉해 바구니에 잔뜩 담아놓았다. 그리고 생선을 제외한 다른 바다에 사는 것을 잡아달라고 요구해 바구니 세 개 가득 조개 등을 잡을 수 있었다. 게다가 아주 뜻밖에 잔뜩 잡힌 대하 크기의 새우—이곳의 명칭은 카조—에 기분이 들뜨는 것 같았다. 정말 뜻밖의 행운이었다.

잘하면 내가 좋아하는 새우 튀김을 먹을 수도 있을 것 같았다. 뭐, 식용유가 없어 튀김은 못하더라도 새우 소금 구이 또한 별미이니 그건 그거대로 기대되는 요리였다.

내가 카조를 들고 기뻐하자 스티아가 피식 웃는 것이었다. 아마 그는 내가 단순하다 생각하고 있는 게 분명했다. 약간 화나긴 했지만 내가 생각해도 음식 하나에 울고 웃고 하는 게 단순해 보이니 뭐라고 반박할 수가 없었다.

이렇게 그럭저럭 잔뜩 모인 요리 재료를 나는 만족스럽게 쳐다보았다.

밀가루나 쌀이 없는 관계로 빵이나 과자를 못 만들어 먹는 게 무진장 아쉽기는 했지만 그래도 이런 식으로 요리를 해둔다면 오크 고기는 안 먹어도 굶어 죽지는 않을 것 같았다.

이제는 두 주머니밖에 안 남은 과일이 아깝기는 했지만 맛있는 요리를 위해서 희생하기로 굳게 마음을 먹었다. 뭐, 정 모자라면 다시 한 번 스티아를 보내 엘프들의 빵(?)을 뜯으면 되는 거니 큰 걱정은 없었다.

많이 모인 재료에 만족스럽기는 했지만 역시 생선이 아닌 육질있는 고기가 없으니 아쉬운 마음이 들었다. 그래서 돼지고기나 소고기 같은 것은 구할 수 없더라도 잘하면 레어 위 창공을 날아다니는 새고기는 구할 수 있을 것 같아 저만치서 구경하고 있던 스티아를 졸라 사냥을 부탁했다.

약간 귀찮다는 표정이었지만 나의 부탁에 예의 그 사냥법—일명 손가락 까딱하기—으로 비둘기나 참새 비슷하게 생긴 작은 새들을 잔뜩 잡아주었다.

도대체 어떤 마법에 걸렸는지 알 수는 없지만 살아 있는 게 분명한데도 날지 못하고 땅 위를 기어다니는 새들의 모습이 좀 안쓰럽기는 했지만 내가 살기 위해선 어쩔 수 없는 일이었다. 하지만 그래도 차마 내 손으로 죽일 수는 없었다.

생선 같은 거야 물 위에 올라오면 죽는 거라 좀 있으면 죽곤 해서 내가 따로 죽일 필요가 없었지만 새들은 땅 위에 떨어졌는데도 멀쩡하게 움직이는 것이었다. 날개와 다리만 못 쓸 뿐이지 제법 꼼질꼼질 움직이는 게 불쌍하기까지 했다.

도와달라는 나의 시선에 가지가지 한다는 표정의 스티아는 실프를 불러 새들의 목을 순식간에 따버렸다.

수십 마리의 새가 거의 동시에 목이 잘려 나가자 픽 하는 소리와 함께 이곳저곳에 피가 튀었다. 그 피의 분수를 미처 피하지 못했던 나는 그만 온몸 전체에 튄 피에 젖고 말았다.

말 그대로 유혈 낭자한 상태의 레어를 보며 나는 쓰러지고 싶었다.

'난 피가 싫단 말이다!! 흑, 누가 저 둔한 드래곤에게 내가 여린 소녀라는 것 좀 알려줘요…….'

유혈이 낭자한 데다가 공포스럽게도 너무 순식간의 일이라 새들도 차마 죽을 마음(?)을 하지 못했는지 떼어진 머리는 아직도 눈을 움직이거나 꼼질꼼질 움직이는 것이었다.

"우와악! 나이트 메어다… 허어어엉… 피 봐! 피 봐! 이 피 봐아!!"

호러 영화 저리 가라 하는 장면에 내가 울음을 터뜨리자 놀란 스티아가 아직도 움직이는 새들을 실프를 이용해 기절(?)시켜 버렸다. 하지만 아직도 여기저기에는 새들의 머리와 피가 널려 있는 상태여서 쇼크 상태에서 벗어날 수가 없었다.

내가 피들과 잘려 있는 목들을 가리키며 금방이라도 숨이 넘어갈 듯 컥컥대자 스티아는 서둘러 실프와 운디네를 불러 잘려진 목들과 핏자국들을 모조리 지워 버렸다. 모든 것이 깨끗해지고서야 제정신을 차릴 수 있었던 나는 요리도 끔찍한 것이라는 걸 깨닫게 되었다.

"스티아, 미안하지만 새들의 깃털 좀 제거해 줄 수 있나요?"

아직도 피가 묻어 있는 새의 깃털을 차마 뽑을 수가 없어 나는 스티아에게 부탁했다. 만약에 뽑다가 아직 죽지 않아 움직인다면 그대로 기절할 것만 같았다. 그 생각만으로도 끔찍했던 나는 새의 깃털 제거에 도전할 수가 없었다.

"가지가지 한다, 정말. 실프."

스티아는 기가 차다는 표정으로 여러 마리의 실프를 불러내 깃털 다듬기(?)를 시작했다. 그 깃털 다듬기는 한 마리의 실프가 새를 잡고 있고 다른 실프들이 날카로운 칼날처럼 변해서 깃털들을 면도시키는 거였다.

"저기요, 면도(?)하면 털이 남을 것 같아서 좀 꺼끄러울 것 같은데요. 뽑아주면 안 될까요?"

나의 부탁에 이젠 가관이라는 표정을 지으며 스티아는 털 미는 작업을 한창 하고 있는 실프들에게 뽑으라고 명령을 바꾸었다. 그러자 아름다운 소녀 모습의 실프들이 한 손 가득 깃털을 잡고 무작정 뽑아내기 시작했다.

바보같이 털을 뽑을 때는 뜨거운 물에 담갔다가 뽑아야 한다는 사실을 잊고 그냥 뽑는 바람에 안 그래도 죽은 지 얼마 안 돼 싱싱한(?) 고기에서 핏방울들이 새어 나오기 시작했다.

귀엽게 생긴 소녀들이 조잘대며 새의 몸통에서 피가 새어 나올 정도로 깃털을 뽑아대는 모습은 공포였지만 차마 다시 요구할 수는 없었다. 그나마 많은 실프들이 나와서 빨리 처리한 결과 오랫동안 그 살벌한 광경을 보지 않아서 정말 다행이었다.

여러 우여곡절 끝에 손질한 새들을 보며 나는 어떤 요리를 할지 고심했다. 조미료의 맛의 여부를 알 수 없기 때문에 화려한 요리를 도전해 볼 생각은 이미 일찌감치 접어둔 상태였다.

"음, 밀가루나 식용유가 없으니 튀김은 안 되겠고, 그럼 그냥 꼬챙이에 꿰어 불에 구울까? 그 방법도 괜찮을 것 같은데……."

전에 어느 모 요리 프로에서 보았던 새 구이를 생각하며 그 요리를 하기로 마음먹었다. 그때 TV에서 보기에도 노릇노릇하게 구워져 있는 새 요리가 정말 맛있어 보였던 것이다.

맛을 봐서 후추와 소금, 설탕으로 추정되는 조미료를 한쪽으로 골라 추려놓았다. 아무래도 이 세 가지는 색깔을 외워둬야 할 것 같다. 주로 사용하는 조미료니까 말이다.

만반의 준비를 마친 나는 커다랗게 숨을 몰아쉬고는 칼을 잡아 새의 배를 갈랐다. 배를 가르자 아직 뜨뜻한 붉은 피와 함께 뜨거운 김이 나는 내장이 쏟아져 나오는 것이었다.

그 모습에 또다시 현기증이 일기는 했지만 맛있는 음식을 위해서는 어쩔 수 없다고 생각한 끝에 눈 딱 감고 내장을 긁어내고는 받아논 물에 던져 넣었다.

몇 번 그런 식으로 내가 죽을상을 하고 새 다듬는 걸 지켜보고 있던 스티아는 투덜투덜 중얼거렸다.

"바보 아니냐? 다듬을 거면 미리 말하지, 바보 같으니라고. 내장을 빼서 저 물통에 넣어두면 되지? 실프, 저것들의 내장을 제거해서 저 통에 넣어두어라. 그리고 다 끝나면 이번에는 가지 말고 대기하고 있어라. 또 불러야 할지도 모르니까."

순식간에 일을 해치워 버린 실프들의 모습에 오랜 시간에 걸쳐 기껏 세 마리 다듬은 내가 바보 같았다. 그리고 정령들을 이용해서 요리를 하면 정말 편하다는 것을 깨달았다. 또한 일을 시킨 후에는 절대 구경하지 말아야겠다고 다짐했다.

깜찍하고 귀여운 모습의 소녀들이 한 번에 새의 배를 따고 그 튀는 피를 뒤집어 쓴 상태에서 내장을 긁어내는 모습은 정말 무서웠던 것이다.

곧 일을 끝낸 그들은 자신에게 묻은 피를 흔들어 털어버리고는 공손한 표정으로 스티아 뒤에 차례로 섰다. 하지만 그 모습이 더 공포스러운 이유는 무엇일까?

나는 무서웠던 기억을 털쳐 버리려 고개를 흔들고는 이제 다 손질이 되어버린 새를 잡고 후추와 소금을 바르기 시작했다.

"그거 구울 거냐? 그러면 거기 녹색의 가루를 넣어라. 바질 가루로 고기의 노린내를 없애주니까 고기 구울 때 발라두면 좋을 거야. 그리고 저 생선들도 다듬을 거지?"

어느새 죽어버린 생선들을 보고 내가 고개를 끄덕이자 다시 실프들이 생선들 쪽으로 날아갔다.

나는 되도록 그쪽 방향을 보지 않으려 노력하고 양념을 바른 새들을 스티아가 준 쇠 꼬챙이에 꿰었다. 23마리나 되는 새들을 다 꿰자 스티아가 한쪽 구석에다 불을 몇 개 피워주었다.

그 불 가장자리마다 새를 끼워놓은 꼬챙이를 박아두고 어느새 정리된 생선 쪽으로 시선을 돌렸다.

깨끗하게 내장과 머리가 떼어진 생선들을 보며 이 생선들은 어떤 요리를 할까 고민했다.

더 이상 구이는 싫어서 튀기거나 매운탕으로 해먹고 싶었지만 아직은 조미료에 자신이 없어서 익숙해지면 하기로 마음먹고 새와 마찬가지로 불에 굽기로 결정했다.

오랜 고민 끝에 생선마저 꼬챙이에 꿰자 스티아의 목소리가 들려왔다.

"그게 요리냐? 하도 거창하게 말하길래 뭘 만드는가 했더니 기껏 구이냐? 그럼 평소와 뭐가 다른데? 쬐금 양념이 더 첨가되는 것뿐이잖아."

스티아의 비웃는 말에 얼굴이 좀 뻘게지긴 했지만 초심자가 처음부터 무리하지 않는 게 좋은 거라며 스스로를 위로했다.

좀 시간이 지나자 얼음 동굴 안에는 고기와 생선을 굽는 연기로 가득 차버렸다. 그 바람에 내가 숨을 못 쉬고 콜록대자 스티아는 뭐라고 궁시렁거리며 마법으로 연기를 걷어내 밖으로 빠져나가게 해주었다. 연기가 빠져나가고 깨끗한 공기가 폐에 들어오자 그제야 기침을 멈춘 나는 연기로 인해 빨개진 눈으로 스티아에게 고맙다는 인사를 했다.

한 5마리 정도 남은 생선은 연기에 질려서인지 더 이상 굽고 싶은 마음이 들지 않았다. 그리고 고작 요리라고 구이가 전부냐는 말에 다른 요리도 하고 싶은 마음이 들었다. 하지만 달리 할 게 없던 나는 또

다시 스티아를 졸라 물과 생선이 들어갈 만한 마법구를 만들어달라고 부탁했다.

나는 스티아가 만들어준 각각의 물의 구 안에 토막 낸 생선과 바질가루, 후추와 몇 가지 맛을 알아낸 양념과 단맛나는 과일인 호파야를 넣고 그대로 불 위에 던져 놓았다. 마법으로 만들어진 물의 구는 불 위에 올라가도 불을 꺼뜨리거나 하지 않았다.

뜨거운 김을 뿜어내며 익어가는 생선을 바라보며 나는 익은 새 구이와 생선 등을 깨끗한 자루에 담아 넣기 시작했다. 새 구이 두 마리만 제외하고 모두 자루에 담자 네 자루에 가득 음식이 채워졌다.

꽤 많이 만들어진 음식에 만족하며 남아 있던 불씨를 더 키운 나는 스티아에게 부탁해 얇게 자른 돌판을 불 위에 올려놓고, 소금을 깔은 후 그 위에다 카조(새우)와 조개를 놓고 굽기(일명 짝퉁 소금구이라고 하죠) 시작했다. 소금 위에 얹힌 카조가 타닥타닥 익어가는 소리와 퍽퍽 소리를 내며 입을 여는 조개를 보자 침이 꼴딱꼴딱 넘어가는 것이었다.

이것 역시 스티아와 내가 먹을 몇 개를 남기고는 모조리 자루에 담았다. 마지막으로 다 익은 물의 구에 생선을 물의 구째로 주머니에 담았다.

이로써 여섯 자루나 되는 오늘의 요리가 끝을 맺었다.

스티아를 재촉해 서둘러 보존 마법을 걸고 자루를 꼭 여민 나는 내 방으로 음식을 가져다 날랐다. 뭐, 내가 날랐다는 게 아니라 스티아가 부른 실프들이 나르고 나는 지시만 했을 뿐이었지만 말이다.

방 한구석에 차곡차곡 쌓인 요리를 보며 나는 오늘의 성과에 만족했다.

다만 맛을 볼 수 없을 정도로 공포스런 요리가 몇 가지 있기는 했지만 어쨌든 오크 고기보다는 나을 것 같았다. 그렇게 오늘의 요리 중에 성공한 축에 낀 새 구이와 조개, 카조 구이와 빵을 먹으며 오늘의 요리 성공을 자축을 했다.

생각대로 조개와 카조 구이는 맛있었고, 뭐… 새 구이는 좀 싱겁기도 하고 비린내도 났지만 먹을 만했다. 그래도 꽤 맛있게 먹어준 스티아의 모습에 만족한 나는 스스로도 내 자신이 대견스러웠다. 그다지 맛은 없었지만 내 스스로 내 앞길을 개척했다는 데에 오늘의 요리는 만족스러웠던 것이다.

그러나 절실히 깨달은 게 있었는데… 역시 약은 약사에게, 요리는 요리사에게 맡겨야 한다는 것이었다.

요리를 절대 가볍게 봐서는 안 된다는 것을 정말 처절하게 깨달았다. 잘못하면 공포 영화보다 더 무서운 장면을 볼 수 있기 때문에 말이다.

침대에 누워서 제발 내일은 스티아의 서재에서 요리 책이 발견되기를 진심으로 빌며 다사다난했던 오늘 하루를 접었다. 하지만 나의 이러한 희망을 무참히 깨고 스티아의 서재에서 요리 책은 발견되지 않았다. 정말 옴팡지게 쓰잘데기없는 책만 많고, 도대체 필요한 건 전혀 없는 스티아의 서재였다.

3

추가된 동거인(?)

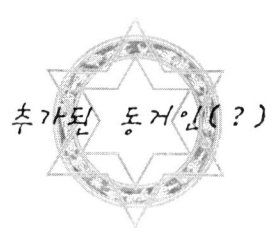

추가된 동거인(?)

스티아의 재촉에 내키지는 않았지만 세수를 하기 위해 얼음 동굴 쪽으로 걸어갔다. 이 레어에서 유일하게 물이 흐르는 곳은 얼음 동굴 밖에 없어 정말 세수하는 게 내키지 않았다.

물론 내가 게으르거나 깨끗한 것을 참지 못하는 이상한 체질인 건 절대 아니다. 하지만 전 시대(?)에서는 더러운 것을 참지 못했던 내가 이곳에 와서는 더 이상 꼬질꼬질해질 수 없을 정도로 망가져 버리고 말았다.

속까지 비쳐 보일 정도로 파란 호수에 둥둥 떠다니는 얼음들의 모습이라니… 한숨밖에 나오지 않았다. 이곳은 겨울… 게다가 얼음 동굴인 것이다. 그런 데다가 얼음 동동 뜬 호수라니… 정말 눈물이 나올 지경이었다.

정말 매일매일 하는 일이지만 이때가 제일 힘겨운 것 같았다. 하지만 씻지 않고는 버틸 수가 없었기에 크게 숨을 한 번 몰아쉬고는 물에 손을 넣었다. 넣자마자 찌잉 퍼지는 냉기에 온몸에 소름이 쫘악 퍼져 나가는 게 장난이 아니었다. 그래도 이 처음 고비만 넘기면 대충 씻을 수는 있다.

"아우, 얼굴이 쩍쩍 갈라지네에~ 로션도 없는데… 으~극!"

차마 머리는 감지 못하고 대충 얼굴만 고양이 세수를 한 나는 옆에 놓아두었던 수건으로 서둘러 물기를 닦아냈다. 이곳은 공기조차 차서 그런지 물에 젖은 채로 오래 있으면 물에 젖은 부분이 얼어버리는 것이었다. 조금만 늑장을 부리면 동상이 걸릴 정도로 이곳의 추위는 정말 끔찍할 정도였다.

꽤 오랫동안 못 감은 머리가 떡진 채로 엉켜 있는 게 호수에 비치자 안 그래도 가려웠던 머리가 더 가려운 느낌이었다. 벅벅 하니 시원하게 긁는 건 좋았는데 긁고 나니 손가락 사이의 보기에도 찜찜한 이물질이 잔뜩 끼어 기분이 영 아니었다.

"정말 보는 사람이 없어서 다행이지 안 그랬다면 웬 쪽이야."

스스로도 쪽팔리고 민망한 모습에 고개를 절레절레 흔들며 자리에서 일어선 나는 그나마 이곳에서 제일 따뜻한 내 방으로 들어가려고 돌아서려 했다. 그런데 갑자기 뒤통수에 왠지 모를 차가운 시선이 느껴지는 것이었다.

익숙지 않은 시선에 고개를 돌려보니 아까만 해도 아무도 없었던 곳에 갑자기 나타난 묘령의 여인이 자신을 얼음같이 차가운 눈초리로 노려보고 있는 것이었다.

'으윽… 아무도 없는 줄 알았는데… 흑, 쪽팔리게……'

나를 노려보고 있는 아름다운 여인의 모습과 기름이 떡진 채로 고양이 세수만 달랑 한 내 모습을 비교하자 얼굴에서 열이 오르는 느낌이었다.

"누구지, 넌? 딱 보기에는 인간 같은데 왜 스티아의 레어에 네가 있는 거냐?"

'우~와! 목소리도 예술이잖아? 미인인 데다 목소리까지 죽이다니, 이거 정말 비참하네. 근데 왜 저렇게 차갑게 노려보는 거야?'

갑자기 들이닥친 주제에 적반하장으로 나를 불청객 취급 하자 기분이 좀 언짢아졌지만 무턱대고 화를 낼 수는 없었다. 이곳이 스티아의 레어인 것을 아는 걸 보니 아무래도 스티아의 손님인 것 같았기 때문이다.

"그러는 분은 누구신가요?"

아름답고 차가운 모습에 왠지 쫄아서 주저주저하며 묻자 상대는 대답도 해주지 않은 채 나를 빤히 쳐다보는 것이었다. 무례하게시리…….

빤히 쳐다보는 눈매에 기분이 좀 쑥스럽고, 민망스럽고, 이상하긴 했지만 죄 지은 것도(꼴은 말이 아니지만) 없으니 나도 같이 뚫어져라 노려보아(?) 주었다. 그렇게 한참 지났을까, 묘령의 미녀 쪽에서 눈을 먼저 돌리는 것이었다.

'앗싸! 이겼다!'

눈싸움 이겼다는 것에 기뻐했던 것도 잠시, 아무래도 피식 웃는 것을 보니 나를 비웃는 것 같았다. 으씨!!

잠시 웃음을 흘리던 미녀는 처음보다 많이 수그러진 눈매로 나를 다시 한 번 바라보는 것이었다. 내 몸을 다시 한 번 훑듯이 쳐다보는 그녀의 시선에 제발 눈 좀 치워줬으면 하는 바람이었다.

안 그래도 쪽팔리는 내 모습을 같은 여자에게, 그것도 엄청난 미녀에게 보여주려니 자존심이 무진장 상하는 것 같았다. 누구는 정말 안 이쁘고 싶어서 안 이쁘고, 누구는 정말 안 깨끗하고 싶어서 안 깨끗한지……

'민망해 죽겠는데 언제까지 쳐다보려고 저러는 거야! 빨리 저 붉은 눈을 좀 치워줬으면 좋겠… 네? 붉은 눈? 그러면 설마 저 미녀도 드래곤?'

그제야 나는 나를 빤히 바라보는 눈이 붉은색이라는 것을 깨달았다. 아무래도 저 눈동자가 붉은색인 것을 보면 저 미인도 드래곤인 것 같았다.

하긴, 스티아가 드래곤인데 스티아의 친구 역시 드래곤일 게 당연한 일이겠지만…….

"드디어 일을 벌이셨구만. 그럼 너는 미래 스티아의 헤츨링?"

"맞아, 내 헤츨링이 될 아이지. 근데… 갑자기 웬일이야?"

언제 왔는지 내 옆에 불쑥 나타난 스티아는 부드럽게 미소 짓더니 은발의 미녀를 덥석 껴안는 것이었다. 너무나 자연스러운 그 모습에 꽤 놀라고 말았다.

'아~주 쑥맥은 아니었나 보네? 하긴, 알도 있었으니까 당연한 일이겠지만… 그럼 저 미인이 부인?'

그 두 드래곤은 자신을 면전에 두고 서로에게 연신 질문하고 대답하며 웃고 떠들고 있었다. 그 덕에 나는 한마디로 완벽하게 따당하고 말았다. 흑…….

'아무리 오랜만에 부인(?)을 만났다고 하더라도 나를 이렇게 버려두다니… 흑… 너무해!! 아무리 사랑이 좋아도!! 나 좀 봐줘요~오!'

"저 좀 봐줄래요?"

즐거워하는 이 부부 사이에 끼어들기는 미안했지만—솔직히 심통났지만—마냥 그냥 두었다가는 언제까지 이러고 있을지 몰라서 앞에 있던 스티아의 허리를 감정을 실어 꾹 찔렀다.

윽! 하는 낮은 비명과 함께 돌아본 스티아는 내가 오만상을 쓰고 쳐다보고 있자 그제야 나를 혼자 두었다는 걸 깨닫고 미안했는지 멋쩍게 웃으며 나를 그 미녀에게 소개시켜 주었다.

"아, 미안미안! 그러고 보니 소개를 안 했구나?"

"참 빨리도 물어보시네요. 안녕하세요? 처음 뵙겠습니다. 저는 한성연이라고 합니다."

꾸벅 인사를 하자 그녀는 처음 봤을 때 느껴졌던 냉기는 완전히 지운 채 부드럽게 인사를 받아주는 것이었다. 미소마저 띠자 안 그래도 눈부시게 아름다운 얼굴이었는데 이제는 그 미모에서 광채까지 나는 것 같았다. 부러버…….

역시 첫인상으로는 사람—드래곤도—의 성격을 판단할 수 없는 것 같았다.

처음 스티아도 틱틱거리는 게 성격 더러울 것만 같았는데 알고 보니 무진장 단순하고 쬐끔은 자상한 성격의 드래곤이었으니까 말이다. 후후.

"그래, 안녕. 아까 미안하게 됐구나. 너무 차갑게 말했지? 난 또 보물 헌터들인 줄 알았거든. 난 실버 드래곤인 칸 네이피아라고 한단다. 그냥 네이피아라고 부르면 되니 편하게 부르렴."

서로 인사한 후 그녀는 자신이 나이가 좀(?) 많아도 그냥 이름으로 불러달라는 것이었다.

누가 감히 드래곤의 이름을 함부로 부를 수 있겠는가. 같은 드래곤이 아니고서야 언감생심 꿈도 꿔보지 못할 일이었다. 그런데 종족을 떠나서 처음 만난 사람에게 웃으며 자신의 이름을 불러달라고 하는 것을 보아 처음 이미지와 달리 화통한 성격인 것 같았다. 아무래도 나와 꽤 잘 맞을 것 같은 드래곤이었다.

"네. 근데 네이피아는 스티아의 부인이에요?"

"응? 아니야! 부인이 아니라 내 가장 영리하고 친한 친구이자 가족 같은 드래곤이지."

자랑스럽게 소개하는 스티아의 말에 아름다운 네이피아의 얼굴에 어두운 기색이 잠깐 스쳐 지나갔다.

아무래도 이 바보같이 단순한 드래곤은 이 아름다운 드래곤의 사랑을 그냥 친한 우애로 알고 있는 것 같았다.

'으~ 역시 단순하고 무식한 건 죄라니까!! 여자의 맘도 모르고… 바보 같으니……'

"참, 여기는 왜 온 거야?"

아무래도 저 둔한 드래곤은 언어 공부를 다시 해야 할 것 같았다. 정말 말을 해도 어떻게 기분 나쁠 수 있는 말만 골라 하는지… 절대 말발로 빚 갚기는 힘든 드래곤이었다.

맞아 죽지나 않으면 다행이지…….

"내 조건 하나 들어주기로 했잖아. 잊었어, 자기? 그 조건 받으러 피부 미용에 좋은 잠까지 포기하고 날아왔는데 그렇게 대하면 나 속상하다구."

"미안해, 불청객 취급 하려는 마음은 없었어. 그래, 무슨 조건인데, 네이피아?"

"별거 아냐! 나 한동안 여기에 남아 있을 거야."

"뭐라구?"

"엑?"

말 그대로 마른하늘에 날벼락식인 네이피아의 요구에 나와 스티아는 서로 걱정스런 표정으로 바라보았다.

스티아를 제외하고 다른 드래곤은 만나본 적 없던 나는 그녀가 나를 인간이라고 무시할까 봐 걱정이 되었고, 스티아 역시도 네이피아가 나에게 거부감을 느낄까 봐 걱정스러운 것 같았다.

"뭘 그리 놀라고 그래? 내 조건 하나 들어주기로 했잖아. 그 조건으로 여기에 있을래. 여기에 있으면 한동안 심심하지 않을 것 같아. 그리고 내가 필요도 할 것 같은데?"

나를 가리키며 하는 말에 나는 얼굴이 뻘게지고 말았다. 무슨 뜻으로 말하는 건지 너무나 잘 알고 있기에 나는 뭐라고 할 말이 없었다.

하지만 이 단순한 드래곤은 눈치를 채지 못했는지 푹 숙이고 있는 나를 바라보며 고개만 갸웃거리고 있는 것이었다. 으이그, 둔탱이…….

"자기, 정말 둔하긴. 여자에게는 여자가 꼭 필요한 거라고. 봐! 자기, 성연이를 한 번이라도 목욕시켜 준 적 있어? 아니, 그걸 떠나서 머리라도 감을 수 있게 물이라도 데워준 적 있냐고. 봐, 없지? 정말 남자는 그런 것 하나 세세히 챙길 줄도 모른다니까. 그러고서도 아이를 키운다고 하다니… 정말 자기는 너무 둔해."

너무나 공감되는 네이피아의 말에 나도 모르게 고개를 끄덕였다. 정말 스티아의 둔함은 너무 심각할 정도였다.

어떻게 열여덟 살이나 된 아가씨가 목욕을 하고 싶으니 물 데워달라는 말이나 머리에 기름이 끼어서 감아야겠으니 데워달라고 어떻게 말하겠는가. 그것도 엄청나게 잘생긴 미남한테…….

미리미리 알아서 챙겨줘야 하는데 챙겨주기는커녕 내가 제대로 씻지 못하는 상황이라는 것을 그는 전혀 눈치 채지 못하고 있는 것이었다.

정말 어떻게 네 달이 넘었는데도 내가 목욕을 못하고 있다는 것조차 눈치 채지 못하는지 스티아의 둔함은 정말 미스터리할 정도였다.

전에 아팠을 때 스티아가 실프로 열을 내리기 위해 전신을 감싸고 있었을 때를 제외하고는 물에 들어가 본 적이 없었다. 어떻게 얼굴조차 씻기 힘든 차가운 물에다가 목욕을 할 수 있겠는가. 아마 그대로 들어갔다간 그 자리에서 얼음덩어리로 변하고 말 게 분명했다. 아니면 심장 마비 걸리거나…….

"봐, 없지? 정말 자기는 너무 둔해. 게다가 여자는 약간의 멋도 부리고 해야 하는 거야. 성연아, 이제부터 내가 챙겨줄게. 저 둔한 드래곤보다는 나을 테니까."

약간 벙쪄 있는 스티아를 무시한 채 네이피아는 스티아의 보석 창고를 자신의 방으로 정하고는 자신이 가지고 온 엄청난 짐들을 옮기기 시작했다. 열 명이 넘을 정도로 많이 나온 실프들이 세 번 정도 돌아서 다 옮긴 짐들은 웬만한 이삿짐 수준이었다. 아무래도 엄청난 짐을 보자니 거의 살러 온 것 같았다.

본의 아니게 자신의 보석 창고를 빼앗기게 된 스티아는 궁시렁대면서 그 보석 창고에서도 가장 아끼는 애장품들을 자신의 방으로 쓰고 있는 서재로 옮기기 시작했다.

정말 드래곤은 보석을 좋아하는 것 같았다. 보석에 담담할 줄 알았던 스티아의 보석 창고를 처음 갔을 때 나는 그 자리에 쓰러지는 줄 알았다. 그만큼 엄청난 충격을 받았다는 것이다.

거의 운동장만한 공간에 금화와 주먹만한 보석들이 가득 깔려 있는데 그게 걸을 때마다 발에 툭툭 걸릴 정도였다. 그렇게 넘쳐 나는 금화와 주먹만한 사파이어를 보면서 입을 다물지 못했던 나는 스티아가 보여줬던 그의 애장품을 보고 끝내는 쓰러지고 말았다.

눈물 방울만한 다이아는 아무것도 아니었다. 그렇게 보기도 힘들고 귀한 핑크 다이아, 블루 다이아 등이 상자 안에 가득 넣어져 있는 게 아닌가. 그것도 엄청 큰 사이즈로 말이다.

이 보물 창고에서 가장 흔한 것은 금화였고 그 다음으로는 진주였다. 진주는 스티아가 심심할 때마다 바닷가에서 예의 그 낚시법으로 건지면 되는 것이기 때문에 금화와 마찬가지로 돌처럼 굴러다녔다.

나로서는 너무 귀한 물건들이라 감히 만져 보지도 못하는 것들을 두 드래곤은 마치 돌이나 자갈인 양 밟고 다니거나 차고 다니는 것이었다. 허걱…….

그렇게 보석을 아무렇지 않게 밟고 다니는 것도 놀랐지만 마술을 하는 것처럼—드래곤은 마법 종족이니 그 정도는 아무것도 아니었지만 나는 그때 무진장 놀랐다—손 주머니에서 커다란 대형 침대를 꺼내 던지는 것이었다.

그 모습에 입을 떡 벌리고 지켜보던 나는 계속해서 꺼내지는 화려하고 커다란 가구들에 머리가 혼미해짐을 느꼈다. 어떻게 그 가구들이 가방에 들어갈 수 있었는지… 또 어떻게 그것들을 아무렇지 않게 꺼내는지 정말 불가사의했다.

그렇게 나중에 모든 물건이 꺼내진 주머니를 내가 열어봤지만 아무것도 잡혀지는 것이 없었다. 그런 내 모습에 웃음을 터뜨린 네이피아는 재미있다는 얼굴로 그 마법 주머니에 대한 설명을 해주는 것이었다.

그러나 마법이라고는 전혀 알 수 없던 나로서는 자신의 레어와 연결된 거라느니… 게이트니 하는 것은 도무지 이해하기가 불가능했다. 아이고, 머리야.

그렇게 이해할 수 없는 상황에 내 머리에 쥐가 나든 말든 네이피아는 보석이 이곳저곳에 쌓여 있는 바람에 가구들이 반듯하게 정리되지 않자 마법을 사용해서 보석들을 강제로 찌부러뜨리기 시작했다.

'허걱… 저게 얼마짜린데…….'

마지막으로 주먹만한 다이아가 평평하게 찌부러들자 그만 눈물이 나올 뻔했다. 지금 찌부러든 다이아 정도라면 강남에 빌딩 하나 사고도 남을 정도의 어마어마한 재산적 가치가 있는 것이었다. 그런데… 그걸… 흐윽…….

내 마음이 찢어지는 것을 아는지 모르는지 바닥이 평평해진 것에 만족한 네이피아였다.

"이제 제법 살 만하게 되었네… 어때, 멋지지, 성연아?"

잡지에서나 가끔 볼 수 있을 정도로 화려한 고급 가구들로 가득 찬 방은 바닥에 깔린 황금과 보석 장판(?)에 힘입어 엄청나게 화려한 방이 되어버렸다. 어느 나라 왕도 꿈꿔보지 못할 정도로 화려한 방이었다. 어떤 나라 왕이 보석으로 바닥을 장식하겠는가… 드래곤이 아니고서야 절대 꿈도 못 꿀 일이었다.

"머… 멋지네요…….."

뭉개져 버린 보석―그때 나는 이미 그 보석들을 내 것이라고 생각하고 있었다―때문에 피눈물이 날 것 같았지만 방 자체가 멋지긴 멋졌기 때문에 네이피아의 질문에 더듬더듬 대답해 줄 수 있었다. 속으로는 피눈물을 흘리더라도…….

자신 스스로 봐도 멋진 방 모양에 만족스럽다는 듯이 미소 짓던 네이피아는 자신의 또 다른 가방에서 화려한 드레스와 보석들을 꺼내 들기 시작했다. 가방에서 나오자마자 커다란 옷장에 자동적으로 걸리는 드레스들을 보며 눈이 휘둥그레지는 것 같았다. 정말 머리털 나고 처음 보는 아름다운 옷들의 행렬이었다.

자동적으로 걸리는 드레스들을 바라보던 네이피아는 날아가는 드레스 몇 벌을 따로 챙기더니만 편해 보이는 옷과 치마들을 넋 나간 듯이 바라보고 있던 나에게 건네주는 것이었다.

마음은 당혹스럽기도 하고 어리둥절하기도 했지만 어느새 몸은 쏜살같이 달려가 옷들을 챙기고 있었다.

'으이그… 이놈의 주책덩어리야! 한 번쯤은 튕길 줄도 알아야지!'

스스로 생각해도 민망스러운 행동이었지만 그래도 엄청나게 많은 여.자. 옷들을 받아서 정말 행복한 기분이었다. 하지만 기쁜 마음에 표정 관리 못한 나를 보며 웃는 네이피아 때문에 그만 얼굴이 빨개지고 말았다.

"쿡쿡… 그렇게도 좋니? 제법 잘 관리하던 얼굴 표정이 무너지게… 하긴, 네 옷을 보니… 정말 고생했겠구나."

그녀의 말에 다시금 내 꼴이 떠올랐다.

커다란 스티아의 푸른색 셔츠에 갈색 바지 차림의 내 모습은 꽤나 웃긴 꼴일 것 같았다. 옷 자체야 잘못된 건 없지만 무지하게 커서 스티아의 실크 스카프로 바지와 티를 같이 묶어버린 내 꼴은 그렇게 좋게 봐줄 만한 꼴이 아니었다.

뻘게진 내 얼굴에 이젠 아예 웃음을 터뜨린 네이피아는 실프들에게 내가 들고 있던 많은 옷들을 내 방으로 옮겨놓으라고 명령했다.

간편하게 갈아입을 한 벌만 제외하고 몽땅 내 방으로 옮긴 네이피아는 자신이 가져온 욕조에 운디네를 불러 물을 받기 시작했다. 욕조 가득 받은 물에 불의 정령 카사를 불러 뜨겁게 데우고서 나에게 목욕을 하라고 권하는 것이었다.

뜻밖의 뜨거운 목욕에 기쁘기는 했지만 언제 갑자기 스티아가 들어올지 몰라 내가 망설이자 네이피아는 피식 웃으며 자신의 또 다른 가방에서 커다란 칸막이를 꺼내 욕조 주위에 쳐주는 것이었다.

"이제 됐지? 씻고 나서 옆에 놓은 옷을 입고 나오렴. 나오면 맛있는 음식 만들어줄 테니까."

방긋방긋 웃으며 권하는 네이피아의 몸에서 광채가 빛나는 것 같았다.

오오… 그녀는 하늘이 나를 불쌍히 여기셔서 보낸 천사 같았다. 정말 이보다 고마운 말이 또 있을까!

갈아입을 깨끗한 옷을 들고 욕조로 다가간 나는 욕조 옆에 놓여 있는 작은 협탁 위에 옷을 올려놓았다. 지금까지 입고 있던 옷을 벗어 던지고는 장장 네 달 넘도록 못했던 목욕을 하기 시작했다.

내가 들어가자마자 바닥이 보일 정도로 투명했던 물에 시꺼먼 때들이 둥둥 떠다니고 색깔마저 불투명한 색으로 칙칙하게 변하자 정말 민망함을 감출 수가 없었다. 으윽, 민망하지만 이런 때구정 물 속에서 목욕이 될 것 같지 않았다.

'어떻게 들어가자마자 물이 더러워질 수가… 흑… 내가 너무 안 씻었나?

"물 갈아줄까?"

"옙!!"

구세주의 말에 나는 목청껏 소리쳤다. 그러자 낮게 웃는 웃음소리와 함께 내가 몸 담고 있던 더러운 물이 갑자기 하늘로 증발해 올라가 버리더니 따뜻한 물이 내 머리 위로 쏟아지기 시작했다.

내 몸을 지나자 깨끗한 물이라고는 볼 수 없게 됐지만 아까의 물보다 나은 상태에 만족한 나는 옆에 놓여 있던 부드러운 목욕 타월과 비누로 몸에 거품을 내기 시작했다.

묵은 때 때문에 거품이 잘 나지 않는 몸에 힘들어 거품 칠을 하며 오랜 시간에 걸쳐 그동안 몸을 감싸고 있던 때 보호막을 벅벅 벗겨냈다. 그렇게 벅벅 문대서 모든 걸 깨끗이 벗어던진 나는 시원한 마음으로 욕조에서 일어날 수 있었다.

내가 일어나자 기다렸다는 듯이 또다시 거품투성이에다 더러웠던 물이 증발해 버리고 또다시 깨끗한 물이 내 머리 위로 쏟아지는 것이었다. 정말 굿 타이밍이었다. 헤죽.

오랜만에 시원한 목욕과 깨끗한 여.자. 옷을 입으니 정말 살 것 같았다.

"다시 살아난 사람 같네. 어때, 기분 좋아?"

머리를 털며 나오는 나를 보며 네이피아는 기분 좋게 웃곤 나에게 따뜻한 김이 나는 잔을 건네주는 것이었다.

"이제 사람다워진 것 같네요. 잘 마실게… 요. 이거 우유 아니에요?"

예의 꿀차라 생각하고 받은 나는 그녀가 건네준 게 우유라는 데서 깜짝 놀랐다.

우유란 무엇인가… 우유는 땅에 사는 젖소의 젖으로 바다에서는 절대 볼 수 없는 희귀한 음식이었다.

흰 우유는 예전이라면 비린내난다고 먹지도 않았겠지만 지금 나에게는 무엇보다 소중한 보물이었다.

감격에 겨운 표정으로 한 모금씩 아껴 마시는 성연의 모습에서 네이피아는 자신이 오길 진심으로 잘했다는 생각이 들었다. 이대로 두었다가는 영양실조로 쓰러졌을 게 분명해 보였던 것이다.

"자, 성연아, 밥 먹으러 가자."

네이피아는 자신의 말에 다 마신 컵을 슬프게(?) 바라보던 성연의 얼굴이 활짝 피는 것을 보고 자신의 생각을 다시금 확신했다.

네이피아, 그녀는 처음 인상과 달리 참 성격 좋고 부드러운 드래곤이었다.

정말 언니가 온 뒤로 바뀐 게 참 많았다. 여러 가지 소소한 일들이 많이 바뀌었지만 가장 크게 바뀐 게 있다면 세 가지를 들 수 있다.

첫 번째는 여자와 인간다운 생활, 사치를 즐길 수 있다는 점이었다.

우선 이틀에 한 번씩은 꼭 목욕을 할 수 있다는 점과 나에게 이쁜 옷, 예쁜 장신구가 많이 생겼다는 것이다. 이건 여자로서의 허영심을 채워줄 수 있는 멋진 변화였다.

놀릴 게 분명한 스티아 때문에 차마 입고는 나오지 못했지만—솔직히 주제 파악을 해서—내 방에서 그녀가 준 많은 드레스를 입어보며 혼자 춤추고 쇼하는 게 지금 나의 유일한 취미이자 스트레스 해소법이 되었다. 정말 나로서는 매번 그녀가 주는 선물에 눈이 휘둥그레질 수밖에 없었다.

그냥 간편하게 입으라고 준 옷들은 예쁜 레이스가 잔뜩 달린 실크 옷이었고, 조금 기른 머리를 묶을 때 사용하라며 건네준 끈이나 핀 등에는 화려한 보석들이 달려 있어 만지기도 두려울 정도였다.

대충 가격대를 말하자면 이 보석이 달린 핀을 하나만 판다면 아마 못해도 조그마한 집 한 채는 살 정도였다(정확한 시세는 모르겠지만 나에겐 그렇게 보였다). 그렇게 비싸고 화려한 핀을 감히 꽂고 다닐 용기가 소시민이었던 나에겐 없었다.

그래서 그녀가 선물로 준 화려한 보석 상자에 담아놓고 시간 나는 대로 구경하는 것이 고작이었다. 하지만 그것만으로도 나는 무척이나 만족스러웠다.

두 번째로는 각 방마다 문이 생기게 됐다는 것이다.

그동안은 내 방과 보석 창고, 서재(스티아 방)와 마법 연구하는 방들이 모두 얼음 동굴을 중심으로 뻥뻥 뚫린 채여서 옷을 갈아입거나 할 때 아무도 보지 않는데도 괜히 신경이 쓰였었다. 그렇게 뻥뻥 뚫린 구멍으로 이 방 저 방을 돌아다녔었는데 이 뻥뻥 뚫린 구멍마다 커다란 나무 문짝이 달리게 된 것이었다.

이건 숙녀들의 사생활 침해 문제라며 기가 막혀하는 스티아를 닦달해 네이피아 언니가 이뤄낸 성과였다. 그 덕에 한동안 네이피아 언니의 마음에 맞는 나무를 찾아다니느라 스티아가 꽤나 고생하긴 했지만 나에게는 너무나 좋은 일이었다.

그 후에 사생활 침해 방지는 물론이며 장식스러움도 간직한 아름다운 문이 탄생하게 되었다.

나는 새로 생긴 문에 기분이 좋았다.

이제는 옷을 갈아입거나 할 때 신경 쓰지 않고 당당히 갈아입을 수 있게 됐으니까 말이다. 그리고 나의 새로운 취미도 들킬까 봐 걱정하지 않아도 돼서 일석이조였다.

세 번째로는 화려하게 바뀐 식단이었다.

단 둘이 살았을 때에도 처음 두 달을 제외하고 생선이 아닌 다른 음식들도 올라오기는 했지만 먹는 데 그다지 관심이 없는 스티아 때문에 주요리는 언제나 생선 요리에서 벗어나지 못하고 있었다.

하지만 네이피아 언니는 스티아와는 생각이 달랐는지—언니는 미식가였다—식사 때마다 언제나 화려하고 아름다우며 맛있는 음식들이 끊임없이 올라오는 것이었다.

하루라도 겹쳐지는 음식이 없었으며 매일매일 과일과 후식으로 달콤한 과자와 우유가 올라온 것이다. 정말 처음 그 식단을 보고 눈물을 참지 못한 나는 그만 울고 말았었다. 그 정도로 감격스러운 식단이었던 것이다.

그렇게 바삭바삭한 과자에 눈물을 터뜨리고 달콤하기 그지없는 초콜릿 앞에서는 무릎을 꿇고 말았다.

오랜만에 먹는 과자의 사치에 내 입과 혀는 풍요로워져만 갔다.

게다가 네이피아 언니는 나의 요리 수업에 동참을 선언했던 것이다.

그때 내가 얼마나 기뻤는지 아무도 몰랐을 것이다. 분명 기뻐하면 질투 부릴 스티아가 옆에 있어서 밖으로 표시는 못했지만 정말 너무너무너무 행복했다.

정말 네이피아 언니는 나에게 하늘이 내려준 선물이자 은인이었다.

그리고… 아플 때도 곁에 있어주는 사람이 한 명에서 두 명으로 늘어나니 더 안심이 되기도 했다. 뭐, 스티아가 안심이 안 된다는 건 아니었지만 그래도 지켜주는 사람이 많으면 더 안심이 되는 법이다.

그 뒤 스티아는 네이피아 언니만 졸졸 따라다니는 내가 못마땅했는지 언니 곁에 오래 있기만 하면 괜히 틱틱거렸다. 한마디로 질투하는 것이었다. 아이도 아니고…….

그런 그의 모습이 너무나 귀여워서 우리들은 괜스레 더 붙어 있곤 했다. 그런 줄도 모르고 눈치 둔한 스티아는 매번 질투만 해댔다.

바보 같은 질투쟁이 같으니라고…….

나는 천재가 아니었던 것이야… 흑흑

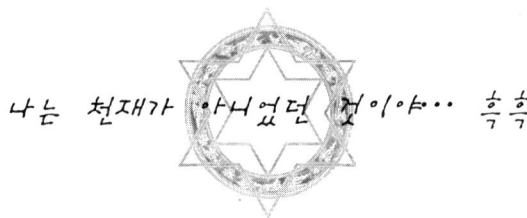

나는 천재가 아니었던 것이야… 흑흑

드디어 오늘이 그렇게 기다리던(?) 마법 수업에 들어가는 날이다.

처음 시작하는 거라 흥분이 되기도 했지만 처음 마나를 모을 때처럼 계속 실수 연발일까 봐 은근히 걱정되었다.

선물에 후한 드래곤답게 처음으로 마법 배우는 기념이라며 스티아는 내게 커다란 백과사전 두께만한 노트를 건네주었다. 마치 모양은 일기장 같았지만 크기는 일기장에 비해 무식하게 큰 노트였다. 무기로 활용할 수 있을 정도로 무거운 데다가 만약 책이 떨어져 머리에 찍히면 그대로 세상을 하직할 정도로 날카롭고 두꺼운 하드 커버의 노트였다.

"이게 뭔가요? 노트? 근데 크기가 거의 무기 수준이네요."

"그래? 하긴 이따금씩 마나를 다 쓴 마법사가 무기로 휘두르는 것을 보기도 했으니 무기로도 가능하긴 할 거다. 다만 크게 파괴력은 내지 못하지, 거기에 징을 박지 않는 한."

커다란 로브를 입은 근엄하게 생긴 마법사가 몬스터들에게 마법을 날리는 게 아니라 자신의 마법서를 휘두르며 공격하는 모습이 떠오르자 그만 웃음이 터져 나왔다.

"자기, 그게 중요한 게 아니잖아. 으이그, 정말… 성연아, 그건 네가 배우는 마법을 적어두기 위해 필요한 거야."

이런 그들의 모습을 내가 살던 세계로 비교해 보자면 스티아는 학급에서 가장 정신 산만하고 장난치기 좋아하는 문제아 같고 네이피아는 똑똑하고 유능한 반장 같아 보였다.

'좀 얼빵한 면도 있지만 두 드래곤을 마법의 스승으로 삼은 나는 정말 행운아겠지.'

우여곡절 끝에 드디어 마법을 배우기로 한 나는 스티아가 준 납작한 마력석을 손에 쥐었다.

지금도 여전히 매일같이 마나를 모으긴 했지만 모으는 족족 몸으로 흡수되는 것은 여전했다. 하지만 그 덕에 전보다 몇 배로 몸은 움직이기 쉬웠다. 마법으로 인해 통증은 없어졌지만 체력은 그렇지 좋지 못했던 그전과 달리 마나 모으기를 한 뒤부터는 체력이 넘치다 못해 괴력의 소녀가 되어버렸다. 으이그…….

마력석을 잡자 따뜻한 느낌의 마나가 몸속으로 들어오는 것이 느껴졌다. 이렇게 준비를 마친 내게 스티아는 배우기 쉬운 초급 마법을 가르쳐 주었다. 마법 주문은 따로 외울 필요가 없었다. 그냥 스티아가 자신의 머리 속에 있는 마법을 내 머리 속에다 옮겨주면 끝인 것이다.

정말 나이 들어서도 공부하는 마법사들이 알면 질투할 행운을 나는 계속해서 당연하다는 듯이 받고 있었다. 에헴…….

제일 먼저 배운 것은 이칭이라는 마법으로 상대방을 미치도록 가렵게 만드는 마법이었다. 이 마법은 장난칠 때도 가능하지만 다수 공격용으로도 가능하다는 스티아의 말에 내가 그에게 마법을 배우는 게 잘하는 짓인가 하는 생각이 들었다.

왜 하필이면 장난 마법이냐는 나의 말에 재미있게 배울 수 있고, 또써먹을 데도 많다고 말하는데 뭐라고 말하겠는가. 하지만 그 마법 선택에 불만인 자가 나 말고도 있었는데, 그녀는 실버 드래곤인 네이피아로 이마에 힘줄이 하나 솟아 있는 것을 보니 그 마법에 당한 상대들 중한 명인 듯싶었다.

네이피아의 말에 의하면 초급 마법이긴 하나 잘 배우지 않는 마법이라는데 정말 마법 선택마저도 스티아답다는 생각이 들었다.

그런데… 스티아와 네이피아가 쉽다, 아주 쉽다고 말을 해서 정말쉬울 줄 알았는데 이놈의 마법이 도무지 발동되지 않는 것이었다. 정말 사람 무시하나! 내가 못생겼다고 무시하는 거야? 너, 뭐야!!

여러 번 주문을 외어보기도 하고 한 개의 마력석으로는 안 될 것 같아서 두 개의 마력석을 잡고 해보기도 하고, 심지어는 드래곤 하트로만들었다는 최강의 마력석을 잡고 주문(?)을 외어보기도 했다.

하지만 들고 주문을 외는 족족 마력을 보내주기는 하나 그렇게 모인마력은 내 몸으로 또다시 흡수되어 버리는 것이었다. 덕분에 힘은 괴물급에 초인급으로 가질 수 있게 됐지만 이 황당한 현실에 나도 두 드래곤도 기가 막혀 버렸다.

'무식하게 힘만 세지면 어쩌냐고요오~ 그리고 어떻게 된 게 드래곤의 마력도 몸이 다 빨아들이냐… 내 몸이 무슨 블랙홀이냐~아!'

또다시 내 몸이 마나를 모조리 다 흡수해 버리자 두 드래곤들은 머리를 싸매고 고민하기 시작했다. 두 드래곤이 의논하는 곳에 나는 끼어들 수가 없어서—아는 게 없어서 끼어들어도 이해가 안 되었다—조용히(?) 갑자기 생긴 힘을 시험해 보았다.

주위에 있던 커다란 바위를 주먹으로 한 방에 돌 가루로 만들어 버린다거나 제법 커다란 호수를 날아갈 듯 뛰어 이동한다거나 하며 갑자기 얻은 엄청난 힘에 나는 심취에 있었다.

"조용히 해! 시끄러워서 정리가 안 되잖아!"

"신기해서겠지. 나도 신기한데… 아! 그럴 바에 차라리 검술을 가르치는 게 어때?"

네이피아의 말에 순간 내 머리 속에는 전에 봤던 '바람의 검심'에 나오는 멋진 검술이 떠올랐다.

멋진 일본도를 휘두르며 악당들을 물리치는 미녀라… 마법을 연사하며 상대방을 무찌르는 것도 멋있지만 검은 망토 휘날리며 검을 휘두르는 모습도 멋질 것 같았다.

'만약에 검술을 배운다면 아오시처럼 소태도 이도류로 만들어달라고 해야지. 시시오 검도 멋지긴 하지만 그건 살인검이니까. 소태도가 딱이야, 딱!! 아! 정말 그럼 된다, 그럼……'

황홀했던 내 망상은 틱틱거리는 스티아의 말에 산산조각으로 깨져버리고 말았다.

"뭐? 저 녀석이 검술을 한다고? 웃기네. 안 돼! 왜냐구? 내 자식이 마법을 해야지 검 쪼가리나 휘두르며 검사 흉내 내는 건 못봐줘!"

아주아주 말도 안 되는 이유로 반대를 하자 나와 네이피아는 벙찐 얼굴로 스티아를 노려보았다. 하지만 만만치 않게 자신을 노려보는 스티아의 모습에선 그의 굳은 다짐이 보였다.

도대체 쓸데없는 데서 왜 이렇게 고집이 강한 건지, 정말 알 수 없는 스티아였다.

'흐윽, 미소녀 검사는 날아갔단 말인가?'

"그럼 어떻게 할 건데, 마법을 할 수 없잖아. 모으는 족족 다 체력으로 흡수되어 버리니……."

"그렇다고 검술을 배우는 것에도 문제가 있어. 저 녀석이 검술을 배워둔다 치자, 헤츨링 때는 어떻게 하라구? 그리고 헤츨링 때를 무사히 넘긴다 치자, 그동안 검을 놓은 시간이 오래되잖아. 그랬다가는 모조리 검술을 다 잊어버릴걸. 어차피 다 잊어버릴 바에야 배우기 힘들어도 안 잊어버리는 마법을 배우는 게 낫지."

틱틱거리는 말투였지만 제법 논리있는 말에 나와 네이피아는 반론을 할 수가 없었다.

검이라는 것은 평생을 같이해야 하는 것이므로—나는 만화책으로 봤다—잠시라도 놓았다가는 전에 배웠던 모든 것을 잊어버리기 십상이었다. 그런데 몇백 년을 검을 놓고 있으면 당연히 모든 걸 잊어버릴 게 분명했다.

나와 네이피아가 다른 반론 없이 조용히 있자 네이피아를 말발로 이겼다는 사실에 기분이 업되었는지 방글방글 웃으며 스티아는 자신의 생각을 자랑스럽게 말했다.

"그냥 정령석과 드래곤 하트에다가 필요한 마법을 한 개씩 넣어놓는 게 어떻겠어? 그리고 영구적으로 리셋 마법을 걸어놓아서 계속 사용하게 만드는 거야."

"뭐예요?"

"아! 그거 좋은 생각이다. 웬일로 자기가 좋은 생각을 말하네. 나 감동했어."

네이피아가 놀리는 게 역력한데도 이 단순한 드래곤은 칭찬으로 알아들었는지 방글방글 웃고 있기만 하는 것이었다.

'으이그, 단순하기는⋯⋯.'

"그럼 무슨 마법을 넣으면 좋을까, 성연아?"

어쨌든 내가 주인이 될 거니까 우선 나의 요구를 묻는 네이피아를 보며 나는 멋쩍게 머리만 긁적였다.

내가 아무리 판타지 소설을 많이 봤다고 할지라도 내가 아는 마법은 한계가 있었다. 차라리 마법을 많이 알고 있는 두 드래곤이 정해주는 게 나을 것 같았다.

"글쎄요? 제가 아는 마법이란 별로 없거든요. 게다가 모조리 소설에서 본 거라 신빙성이 있는지도⋯⋯."

판타지 소설을 아무리 유희 중인 드래곤이 썼다고 해도 모든 판타지가 그러하진 않을 테니 판타지에 나왔던 마법을 그대로 믿을 수가 없었다. 그런 데다가 나오는 마법은 거의 공격 마법들이어서 내 마음에는 그다지 들지 않았던 것이다.

"전 모르겠어요. 그냥 어울리는 걸로 정해주시면 안 될까요? 다만 공격 마법은 피하고요."

내 심정을 알아차린 스티아가 머리를 쓰다듬어 주며 조용하지만 단호한 어투로 나에게 권유했다.

"공격 마법이 없으면 힘없는 헤츨링 때는 위험해! 몸을 보호하기 위해서라도 몇 개는 필요한 법이야! 하지만 정 그렇다면 공격 마법은 7개만으로 하는 게 어때? 나머지는 실생활에 유용한 마법을 걸어두는 거야."

"이칭만 제외하고요."

내 말에 멋쩍은 듯 스티아는 머리를 긁적였다.

"쿡… 그래! 참, 성연이가 공격 쪽의 마법은 싫어하는 것 같으니까. 드래곤 하트만 공격용 마법을 담는 거야. 그것도 선혈이 흐르거나 시체의 조각이 남지 않는 강한 것으로."

좋은 생각이라고 동의하는 스티아에 비해 나는 순간적으로 소름이 쫙 돋았다.

정말 그들이 드래곤이긴 드래곤인 것 같았다. 시체나 피에 대해 아무렇지도 않게 말하는 것을 보면 말이다. 매일매일 잔소리하거나 같이 혼나거나 하는 게 일상이라 드래곤의 위엄이나 무서움을 느끼지 못했던 것뿐이지 역시 이들은 드래곤이었다. 이렇게 생각하는 것에 차이가 있는 것을 보면 말이다.

"좀 무섭긴 하지만 시체나 피가 남는 것보다는 좋겠어요. 으… 근데 그것도 좀 무서울 것 같네요."

"무섭긴 뭐가 무섭다고 그러냐? 시체들이 널려 있는 게 보기 좀 흉할 뿐이지. 쯧쯧, 이렇게 간이 작아서야 원."

겁 많은 내 모습을 그리 좋아하지 않던 스티아는 또다시 내가 겁먹은 듯한 표정을 짓자 이마를 찡그리며 약하게 화를 내었다. 아무래도 그는 나를 강하게 키우고 싶은 모양이었다.

강하게 키우는 것도 나쁘지는 않지만 나는 이따금씩 내가 연약한 여자라는 것을 스티아의 머리 속에 각인시켜 놓고 싶다.

'제발 나는 여자라고요… 그것도 순수하고 연약한 18세의 소녀……'

"여자니까 두려워하는 게 당연하지… 너무 그러지 마! 그럼 이렇게 하기로 하자. 드래곤 하트마다 갖고 있는 마나의 오러나 파장이 다르니까 그 드래곤 고유의 힘을 낼 수 있는 마법을 걸어두면 더 강하게 쓸 수 있을 거야. 자, 어때, 내 생각이?"

"좋은데? 그럼 공격 마법은 됐으니 이젠 나머지 17개의 돌에다 어떤 마법을 넣을지 생각해 보자구."

"음… 변신 마법을 넣어두는 게 어떨까요?"

"왜?"

"헤헤헤, 이쁘게 있고 싶은 게 여자의 심리잖아요. 나만 이렇게 못난이니… 좀 꿀려서요."

두 사람을 가리키며 어색하게 웃자 네이피아는 알았다는 듯 미소를 지으며 동의해 주었다.

"그것도 넣어주어야겠네. 꽤 괜찮은 아이디어 같아. 나중에 위험한 일이 닥쳤을 때 변신해서 숨어 있는다면 모르고 지나칠 수도 있으니까."

네이피아의 동의는 거의 결정이나 다름없었다. 그만큼 그녀가 스티아에게 미치는 역할이 컸기 때문이었다. 한마디로 스티아는 네이피아에게 잡혀 살고 있는 드래곤이었던 것이다.

내 예쁜 드레스에 완벽하게 어울릴 수 있는 미녀의 모습을 얻을 수 있다는 생각에 들뜬 나는 한창 기분이 업되어 스티아를 바라보았다. 하지만 이 드래곤은 나의 꿈을 산산조각 내는 소리를 하는 게 아니겠는가.

"뭐, 상관은 없지만 지금 넌 사용하지 못해."

"아니, 왜요~오!"

흥분 때문에 약간 올라간 내 목소리에 스티아는 이맛살을 찌푸렸지만 그래도 대답은 착실히 해주었다.

"넌 지금 내 마법에 걸려 있잖아. 그 마법을 시행하려면 필요한 게 있는데, 높은 마력과 마나 운용력, 그리고 마법에 걸릴 사람의 몸이 필요해. 한마디로 정리하자면 내 마법은 지금 네 몸에 걸려 있는 것이기 때문에 네 몸이 조금이라도 바뀐다면 마법이 풀려 버려."

환상이 무너져 충격받은 표정이 역력한 나를 보고 안쓰러운지 네이피아는 다시 한 번 스티아에게 권유해 주었다.

"자~기, 그래도 헤츨링 때 쓸 수 있게 만들어놓는 것도 나쁘진 않을 것 같은데?"

"나야 상관없다니까. 그럼 폴리모프도 하나 하고, 또… 아! 17개의 마력석은 정령의 힘을 띠고 있으니까 정령의 힘을 넣는 게 어떨까?"

스티아나 네이피아가 사용하는 정령들을 떠올리자 정령의 힘은 꽤나 쓸모 있을 거라는 생각이 들었다. 그들은 자신들이 물건을 들고 옮기는 일이 절대 없었다. 조그만 물건이라 할지라도 실프들이 들고 움직이는 식으로 그들의 손발 노릇을 해왔던 것이다.

그걸 떠나서 요리할 때 정령의 힘이 얼마나 소중한 것인지 처절하게 깨달은 나로서는 정령의 힘을 얻는다면 무척 편할 거라는 생각이 들었다.

"그렇게 하는 게 낫겠다. 공격 마법을 담을 드래곤 하트는 따로 있으니 꼭 정령의 힘을 가지고 있는 마력석까지도 공격적일 필요 없잖아. 불에는 어펙트 파이어 같은 건 어때? 야영할 때 음식을 만들거나 불을 피우거나 할 때 필요하니까."

"음… 물의 마력을 담을 마력석은 물 받을 때 사용하면 어떨까요? 물이 없는 곳에서는 꼭 필요할 것 같은데… 야영시 음식 만드는 데 필요하잖아요."

네이피아와 나의 말에 스티아는 이마를 찌푸렸다.

"아예 요리 만드는 마법을 하나 담지 그러냐."

틱틱거리는 걸 보니 우리같이 연약하고 고상한 여성들에게 식생활의 불편이 얼마나 귀찮고 힘든 건지 둔한 스티아는 이해하지 못하는 게 분명했다.

"쳇, 먹는 것만큼 중요한 게 어딨다고 면박을 준데요… 먹고살려면 꼭 필요하니까 그러죠."

"아, 알았다고. 쓰잘떼기없는 불평 하지 말고 다음 의견은……."

"땅은 구덩이를 파거나 할 때 하는 걸로 하자. 어때? 나무 심을 때 좋을 것 같잖아."

"그래그래, 알았다. 다음은… 아! 샌드맨도 필요하겠어. 너… 힘들 때 사용하면 나을 것 같거든. 그것도 넣자."

어떤 때를 말하는지 알긴 했지만 나와 스티아도 되도록 생각하고 싶지 않은 이야기였기에 서둘러 화제를 돌렸다.

"어두운 곳을 이동할 때 불도 필요하니까 라이트도 넣자. 그리고 랭귀지 마법도 넣자. 여행 다니려면 많은 언어도 필요하니까."

한참 동안을 토론한 결과 총 17개의 마법 마력석과 7개의 공격 마력석이 정해졌다.

7개의 드래곤 하트에는 드래곤 고유 브레스의 힘을 담기로 했고 17개의 생활(?) 마력석은 불, 바람, 물, 땅, 잠의 정령 마법과 라이트, 알람, 클린, 플라이, 폴리모프, 치유, 은신, 결계, 랭귀지, 그리스, 일루전, 언디렉트 마법을 넣기로 했다.

하지만 오늘 마법을 실행하자니 시간이 별로 없어 푹 쉬고 내일 좋은 컨디션으로 다시 시작하기로 하고 각자 자신의 방으로 헤어졌다.

그리하여 이렇게 다사다난했던 하루가 끝나 나는 터덜터덜 내 방으로 걸어갔다.

정말 황당하게 끝나 버린 하루였다. 처음 생각했던 원대한 꿈은 사라지고 정신없이 끝나 버린 하루에 진이 빠진 나는 들고 있던 책을 침대에 던지고 내 몸마저 던지다시피 침대에 누웠다.

화려한 침대에 누워 침대 천장을 바라보고 있자 오늘 있었던 일이 생각나 기분이 우울해졌다. 어떻게 그럴 수가 있는지… 정말 생각하면 생각할수록 우울한 기분이었다. 내 몸이 마나를 빨아들이는 블랙홀이라니…….

우울한 생각을 접고 싶었던 나는 고개를 돌리다가 던져 논 책을 보게 되었다. 스티아에게 배운 마법을 적으라고 선물받은 노트였지만 아무래도 이 노트는 마법서가 되기보다 내 일기장이 될 거라는 불길한 예감이 들었다.

마법을 배워야 마법서를 쓰든지 말든지 할 텐데… 내가 마법을 배우기 위해서는 아직도 멀고 험한 길이 남아 있었다.

다음날 아침부터 나를 깨운 두 드래곤은 아직도 잠이 덜 깬 나를 한쪽 팔씩 잡고 내가 들어가는 것이 금지되어 있던 연구실로 데리고 들어갔다. 이번 마법에는 전과 달리 마법에 대해 문외한이던 나도 들어가게 된 것이었다. 아니, 이 마법을 실행하려면 내가 꼭 필요하다는 것이었다.

완전히 내가 마법 도구가 되어버린 셈이었다. 내 신세야…….

잠이 덜 깨 비몽사몽인 나를 그나마 편히 누울 수 있는 간이 소파에

뉘어놓고 두 드래곤은 서둘러 마법 실행 준비를 시작했다.

모든 마력석들을 일렬로 커다란 책상 위에 올려놓고는 납작한 마력석마다 꼼꼼히 마법진을 새겨 넣기 시작했다. 하지만 나는 할 일이 없는 관계로 아직 모자란 잠을 더 보충하기로 마음먹었다. 약간 미안한 마음이 들긴 했지만 내가 깨어 있어봤자 도움 되기는커녕 방해가 될 것 같으니 나도 어쩔 수(?) 없는 것이었다. 그렇게 처음 들어와 보는 스티아의 연구실에 대해 감회도 없이 잠 속으로 다시 빠져들기 시작했다.

한참이 지난 후 눈을 떠보니 익숙하지 않은 검은 동굴 천장이 보였다. 주위를 둘러보니 내 방에서 볼 수 있던 예쁜 가구들(네이피아가 줬음)은 보이지 않고 커다란 책장 가득 책과 여기저기 이상한 도구들이 잔뜩 널려 있는 게 이상했다. 한참을 어리둥절해하며 둘러보던 나는 아직도 마력석에다 마력을 새기고 있는 두 명의 드래곤을 보고 내가 왜 이곳에 있는지 알 수 있었다.

"우와, 아직까지 하고 있잖아? 그럼 아직 내가 필요하진 않겠지."

익숙한 곳에서 잔 게 아니라서 그런지 우드득거리는 몸을 이리저리 풀어주며 그제야 스티아의 연구실을 제대로 둘러볼 수 있었다. 뭐, 전에 몰래 훔쳐볼 때 대충 보긴 봤지만 그때는 화려한 마법진과 돌들 때문에 내부를 확인할 시간이 없었던 것이다.

스티아의 연구실에선 예의 마법사의 연구실 하면 떠오르는 해괴망측한 괴물 조각들을 잔뜩 넣은 포르말린 병이나 고약한 냄새가 나는 약초 같은 건 볼 수 없었다. 다만 여기저기에 약병이나 유리 비커들은 잔뜩 있었지만 제법 깔끔하게 정리된 연구실의 모습이었다.

하지만 이곳 역시도 마법사(?)의 연구실이라서 그런지 마법서들이 이곳저곳에 잔뜩 널려 있었다.

믿기지 않지만 의외로 스티아는 노력하는 드래곤인 것 같았다. 특히 마법에 관해서는 더욱…….

'음, 내가 온 뒤로 공부하는 것을 한 번도 본 적이 없었지만 드래곤 치고는 꽤 공부하는가 보지? 아니면 이것들이 나나 다른 사람에게 보여주기 위한 인테리어일지도… 왠지 스티아 성격을 보면 그럴 것 같은데…….'

스티아를 깎아내리는 짓을 서슴지 않으며 이곳저곳에 널려 있는 마법서들을 훑어보았다. 이곳의 마법서 역시 서재와 별반 다르지 않게 무진장 복잡한 것 투성이였다.

'으아! 머리 쥐난다, 쥐나. 정말 마법사도 머리 나쁘면 해먹지도 못하겠구만…….'

반 이상이 복잡한 수학식으로 가득 찬 마법서에 진절머리를 내며 구석으로 던져 버렸다.

저쪽 차원에서도 수학이면 치를 떨었는데―오빠들이 번갈아 가면서 공부를 시켰다. 흑―이곳까지 와서 해야 한다니 좀 억울한 면도 있지만 마법사가 되기 위해서 그 정도의 희생 정도는 감수할 수 있었다. 뭐, 내가 공들여 욀 필요 없이 스티아가 머리 속에 넣어주지만서도…….

근데 진짜 할 일이 없었다. 처음에는 연구실에 데려간다고 해서 심심하지 않을 거라 생각했는데 이건 데려가나 기다리게 하나 지루한 건 매한가지였다.

"아직도 멀었어요?"

"응? 곧 있으면 끝나. 왜, 지루하니? 미안하다. 잠시만 기다리렴."

지루함이 가득 배인 내 말에 네이피아는 안쓰러운 듯 바라봐 주었지만 한 번 빠지면 다른 곳에는 신경을 못 쓰는 타입인 스티아는 묵묵히 자신의 할 일을 하고 있었다. 아마 저 모습을 보면 못 들은 게 확실했다.

정말 혼자서 별 짓을 다 했다. 마법서 위에 올라가 보기도 하고 정리 정돈한다고 이상한 유리병을 깨뜨려 불내먹기도 하고⋯ 그렇게 별의별 짓을 다 했지만 지루한 건 어쩔 수가 없었다.

'제발 나 좀 봐줘요오~'

그렇게 한참을 지루하게 보낸 나는 드디어 끝난 마법진에 감사하는 마음마저 들었다.

"그럼 이제 마법을 불어넣으면 되겠군. 지루하지, 성연아? 곧 끝나니까 잠시만 기다려. 넌 마지막 단계에서 꼭 있어야 하니까 아직 가면 안 되거든."

이제야 지루해 몸부림치는 나를 깨달았는지 미안한 표정을 지어주는 스티아였다. 둔해! 너무 둔해!!

"그냥 마법으로는 못 하나요?"

"응? 가능하기는 해. 하지만 저 스티아 성격에 꼼꼼히 하지 않고는 못 배기거든. 용언으로 만들 수는 있지만 마법 고유의 마법진을 그려 넣은 후 용언으로 마법을 시행하는 게 더 사용하기도 편하고 효과도 좋아. 좀 손이 많이 가기는 하지만 이 방법이 확실하니까 어쩔 수가 없지 뭐."

네이피아는 저만치서 마법을 시행하고 있는 스티아를 흘낏 흘겨보고는 자신도 마법을 시행하기 시작했다.

마법을 시행하기 위해 그들이 모두 본체로 돌아가자 제법 크다고 느껴졌던 연구실이 꽉 들어차 갑갑함마저 들었다.

두근 반 세근 반 하는 마음으로 실행하는 마법진을 본 나는 그만 기가 막히고 말았다.

짧은 용언이 끝나자 마력석에서 저마다 다른 색깔의 불꽃이 터지더니 금방 끝나는 것이었다. 혹시나 더 이어지는 게 있나 싶었는데 그게 끝이었는지 두 드래곤은 다시 인간형으로 폴리모프하는 것이었다.

'에~게, 이게 끝이야?'

진짜 기다린 게 허망할 정도로 짧은 마법이었다. 정말 뭐가 이래.

"우선 한 가지는 끝났구나. 아참! 고맙다, 네이피아. 네가 없었으면 더 길어졌을 텐데."

"자기, 고마우면 나중에 한턱내라구."

"알았다구… 알았어."

한번도 그냥 넘어가는 법이 없다고 투덜투덜대는 스티아를 보며 미래 스티아의 몰골을 떠올린 난 피식 웃었다. 아무래도 이 말실수 한 번에 스티아는 네이피아에게 한동안 우려먹힐 게 분명했다.

우선 마법의 첫 번째 순서인 듯한 마력석에 마력을 새겨 넣은 그들은 나를 중앙에 세워놓고 또다시 내 몸에 이상한 마법진을 그려 나가는 것이었다. 그렇게 내 몸에서 시작된 마법진이 커다란 연구실을 반 정도 차지할 정도로 커지자 그 가장자리마다 24개의 마력석을 세워놓았다.

"왜 이렇게 해야 하나요?"

간단하게 마법을 넣으면 될 걸 너무 복잡하게 하는 것 같아 물어보자 내 몸에서 틀린 마법진이 있나 꼼꼼히 살펴보던 네이피아가 고개를 들었다.

"응? 왜냐하면 이 마력석은 너를 위해 만든 건데 만약에 네가 아닌 사람의 손에 들어간다면 위험해지잖아. 그래서 미리 대비하는 거야."

"너와는 달리 사람을 죽이는 데 아무 죄책감 없는 사람의 손에 이 공격 마력석이 들어가면 위험해. 이건 오직 너만을 위한 마법 도구야. 그리고 네가 죽게 되면 이 마력석의 마력도 사라지게 될 거야."

두 드래곤의 말에 왠지 섬뜩해졌다.

진짜 드래곤의 힘에 미치지는 못한다고 하더라도 최상급의 공격 마법인데 악한 사람의 손에 들어간다면 그 피해는 끔찍할 것 같았다.

"무척 위험하긴 하겠네요. 그럼 이 마법이 걸리면 저만 사용할 수 있는 건가요? 제가 다른 사람한테 빌려줘도 그 사람은 사용 못하나요?"

"사용할 수 없어. 이미 이 마력석에는 네 파장이 저장되어 있어서 네가 아니면 사용하지 못해. 네가 죽을 때 남에게 남겨준다고 해도 네가 죽으면 이것도 그냥 마력을 조금 가지고 있는 마력석에 지나지 않아."

딱 잘라 말하는 스티아의 모습에 전에 연구실에서 실행했던 마법이 떠올랐다.

이미 그 자체에 마력이 존재하는 마력석에 왜 그런 마법을 시행했나 궁금했는데 이제야 이해가 가는 느낌이었다. 자기 자식의 알을 희생하면서까지 그 마력석에 나의 존재를 각인시키고 싶었던 모양이다.

"웃차! 이제 다 그려진 것 같은데… 시작해도 될까, 성연아?"

틀린 부분을 찾지 못했는지 만족스런 얼굴로 일어선 두 드래곤의 동의를 구하는 말에 솔직히 겁이 났다. 내 몸에 직접 실행하는 거라 우선은 아플 거란 걱정도 들었고 마법이 잘못 시행되면 어떻게 될까 하는 두려움도 생겼기 때문이었다. 이 두 드래곤을 못 믿는 건 아니었지만 그래도 걱정되는 건 걱정되는 것이었다.

더군다나 '꽤 아플지도?' 라며 장난치는 듯한 스티아의 이죽거리는 모습에 더 걱정이 되었다.

그가 저런 장난기 어린 표정을 지을 때마다 곤란한 일이 한두 번 생긴 게 아니었기에 더욱 두려움이 커지는 것이었다. 말 그대로 저 표정은 위험 경고 신호였다. 흐윽…….

"글쎄… 좀 아플까나? 난 잘 모르겠네. 내가 한 번도 시행해 본 적이 없는 거라서 말야. 그러고 보니 이게 잘될지도 걱정인데… 안 그래, 네이피아?"

"애 앞에서 장난치기는… 그러니까 자기는 그 나이에도 고룡 취급을 못 받는 거야, 헤츨링도 아니고……. 성연아, 조금 아플 수도 있긴 하겠지만 그리 심하지 않으니 걱정하지 말아."

달래는 듯한 네이피아의 말에 처음보다 안도할 수는 있었지만 아플지도 모른다는 스티아의 말에 생긴 두려움은 완전히 가시지 않았다.

'흐윽… 아플지도 모른답니다. 아플지도 모른다니… 이러다 재수없으면 개구리나 두꺼비 되는 건 아닌지 모르겠네… 흐윽……'

네이피아의 말에 불만이었는지 퉁퉁 부은 스티아가 입을 여는 것을 시작으로 네이피아 역시 뒤를 이어 커다랗게 마법을 영창했다. 마치 이중주같이 퍼지는 마법 영창에 꽤나 분위기가 사는 것 같았다.

그렇게 두 목소리가 넓은 연구실을 울리자 그에 따라 내 심장은 점점 쿵쿵 뛰기 시작했다.

그렇게 주문이 퍼지자 내 몸과 마력석들 사이에 이어져 있던 파란색의 마법진과 황금색의 마법진이 빛나기 시작했다. 내 몸에서 시작되었던 파란색의 마법진은 자신이 둘러싸고 있던 마력석에 흡수되기 시작했고, 마력석에서 시작되어 있던 황금색의 마법진은 나의 몸에 흡수되기 시작했다.

약간 저릿저릿한 통증과 함께 심장 소리가 더욱 커지는 느낌이었다. 그다지 통증은 없지만 누군가가 나의 머리 속과 심장을 움켜쥐고 있는 느낌이었다.

황금색의 마법진이 내 몸에 흡수될수록 저릿저릿한 느낌은 커져 갔고 모든 마법진이 흡수되자 심장이 쾅 하고 울리는 느낌이었다.

"헉!"

심장이 혼자 자신 멋대로 뛰는 느낌에 나도 모르게 헛바람이 새어 나왔다.

곧 모든 마법진들이 나와 마력석에 흡수되었고, 그 순간 환한 빛이 터지고는 모든 게 곧 잠잠해졌다. 그래도 무식하게 뛰는 심장을 보니 마법이 무사히 실행된 듯했다.

다행히 아무 사고는 없었지만 아무래도 이 일을 자주하면 심장에 큰 무리가 올 것 같았다.

아직도 무리하게 뛰는 심장을 진정시키기 위해 노력하며 내 곁에 떨어져 있는 마력석을 두근거리는 마음으로 바라본 나는 정말 황당하고 기가 막히고 코가 막히는 기분이었다.

"에엑? 이게 뭐예요?"

화려한 폭발이 지나간 후 남아 있는 돌 조각의 모습에 나와 두 드래곤은 그만 말문이 막혔다. 처음에는 보석같이 색색의 아름다움을 뽐내던 마력석들이 이제는 거무죽죽하고 납작한 돌 조각으로 변해 버린 것이었다.

처음 화려하게 빛나던 모습은 어디 가고 남은 건 시커멓고 납작한 돌 조각(?)이라니… 정말 느껴지는 마나만 아니었다면 마법이 실패한 것이라고 믿을 뻔했다.

"어떤 게 어떤 마법이 걸린 마력석인지 구별할 수 있을까요?"

"없을 것 같은데… 우리야 마법의 오러로 알 수 있지만 아직 성연은 알지 못하잖아."

정말 걱정이 될 정도로 똑같은 색깔에 똑같은 모양인 마력석들을 바라보며 한숨을 내쉬었다. 어떻게 똑같이 내 손 안에 들어올 정도로 얇은 트럼프 카드 크기로 변해 버렸는지 의문이 생겼다.

하지만 이 황당한 사건을 풀어줄 드래곤은 이 두 드래곤밖에 없는데 그들 역시 황당하다는 표정을 하고 있는 것을 보면 내 의문이 풀릴 가능성은 없는 것 같았다.

"아무래도 드워프에게 맡겨서 세공 좀 해야겠다. 도무지 알아볼 수가 없으니 원."

그 순간 카드 캡터 체리가 떠오른 나는 그 카드들처럼 사용할 수 있는 마법에 따라 이쁜 그림을 그려 넣는 게 좋을 거라는 생각이 들었다. 카드 캡터 체리라… 아니, 카드 캡터 성연… 우~ 멋질 것 같은데?

"그럼 어떤 마법이 걸렸는지 알 수 있게 그림을 그려달라고 해주세요."

"그거 괜찮은 생각인데? 좋은 생각이야, 성연아."

"그럼 언제 갈 건데요, 스티아?"

두 여성이 암묵적으로 갈 사람을 스티아로 정하고 그를 바라보자 스티아는 약간 불만인 듯한 표정으로 우리들을 바라보았다.

"왜 내가 가야 하는데……."

"어머, 어떻게 이렇게 이쁘고 착하고 우아하신 네이피아 언니가 가서 협박을 해요. 좀 험악(?)해 보이는 스티아가 가야지!"

"어머, 정말 성연이 말대로 당연한 일을 나에게 시키려고 했어? 자기, 내가 그런 일을 어떻게 해? 자기가 해야지."

너무한다는 내 말에 네이피아는 열렬히 동의하며 스티아를 바라보았다.

우리들의 기대에 찬(?) 눈빛에 감동(?)을 했는지 스티아는 기가 막히다는 표정을 짓더니 본체로 돌아가기 시작했다. 그렇게 워프해 떠나며 남긴 스티아의 퉁퉁거리는 말에 우리 두 여자는 뱃살을 쥐고 웃음을 터뜨렸다.

[쳇, 내가 얼마나 험악하다고 그러는 거야?]

[아직도… 아직도 멀었는가!! 도대체 얼마나 많은 시간을 기다려야 하는 건가!! 너희같이 하찮은 것이 감히 나를 우롱하는 건가!!]

노한 고함 소리를 바로 옆에서 듣고 있어야 했던 테탕크는 충격으로 애가 떨어질 뻔(?)했다.

'아이고, 심장이야!!'

테탕크는 떨리는 심장을 추스르며 마을 광장의 시계를 바라보았다. 2시… 정말 시계가 따로 없었다. 이 드래곤은 매시간이 지날 때마다 소리나 고함을 질러 한 시간이 지났음을 알려주는 것이었다.

"…언제까지 이러고 있어야 하는 거야?"

녹색 머리의 드워프는 옆에 있는 빨간 머리 드워프의 옆구리를 찌르며 소곤거리듯 물어보았다. 그 역시 시간마다 물어봤는지 이제는 지겹다는 투가 역력한 목소리로 빨간 머리 드워프는 말에 읊듯이 대꾸해주었다.

"저 문이 열리기만 하면 돼!"

그 작은 목소리에 그들 주위에 모여 있던 드워프들은 아직도 군세게 닫혀 있는 연공실 문을 일제히 노려보았다. 만약에 노려보는 눈에서 광선이 나갔다면 저 두꺼운 연공실의 문은 이미 불에 타 재가 되어 있을 게 분명했다. 하지만 드워프들의 눈은 불행히도 정상(?)이었기에 그런 행운(?)은 일어나지 않았다.

"내 말은 저 문이 언제 열리냐는 거란 말야!"

"이 자식아! 내가 그걸 어떻게 알아!!"

아직도 굳게 닫힌 문에 짜증이 난 녹색 머리의 드워프가 투덜대자 빨간 머리의 드워프는 자신도 모르는 사이에 그만 버럭 소리를 지르고 말았다.

"허걱……."

"악… 이게 무슨……."

고함을 지른 드워프나 그 주위에 있던 모든 드워프들이 한결같이 새파랗게 질려 드래곤을 바라보았지만 다행히 그 시선을 받는 드래곤은 여전히 굳게 닫힌 연공실 문을 금방이라도 태울 듯이 뜨거운 눈으로 바라보고만 있는 것이었다.

"조… 심해야지!"

"너나 입 닥치면 돼!!"

안도의 한숨을 내쉬며 빨간 머리 드워프는 녹색 머리 드워프를 노려보기 시작했다. 그러자 발끈한 녹색 머리 드워프가 금방이라도 시비를 걸듯 빨간 머리를 노려보는 것이었다.

금방이라도 싸움이 터질 것 같은 둘 사이에 자연스럽게 끼어든 것은 이미 이런 싸움을 중재하는 데 노련할 대로 노련해진 족장 테탕크였다. 테탕크는 금방이라도 싸울 것 같은 패기 넘치는 젊은 드워프를 자신이

사랑하는 애도끼 자루로 한 방씩 갈겨 기절시킨 후 주위에 있는 드워
프들을 시켜 따로따로 공터에 버려두었다.

"아무래도… 문짝을 뜯어봐야 하는 거 아닌가요?"

낮게 속닥거리는 나이 많은 드워프의 말에 테탕크는 가만히 생각에
잠겼다. 그 방법도 나쁜 건 아니었지만 잘못했다가는 언제 터질지 모
르는 저 드래곤의 성질을 건드릴 수도 있었다.

"잠깐만… 한 시간 정도 더 둬보자고……."

"하지만 언제까지 버틸지도 모르잖습니까!"

테탕크는 조바심 섞인 드워프들의 말을 이해 못하는 건 아니었지만
정말 잘못 건드렸다가 지뢰를 밟을 수도 있을 것 같아 선뜻 나서고 싶
은 마음이 들지 않았다.

"하지만 말야, 이번 달같이 재수없는 달에 잘못 나섰다가 저 드래곤
의 성질을 건드리면 누가 책임질 거냐!!"

테탕크의 말에 순간 숙덕숙덕 불평을 토로했던 드워프들의 입이 일
제히 닫히고 말았다.

그들 역시 이번 달은 최악의 달이라고 생각하는 것 같았다.

지금 마을 광장에서 인상을 쓰며 연공실 문을 노려보고 있는 블루
드래곤이 오기 5일 전에도 다른 블루 드래곤의 방문(?)을 받은 적 있는
파란 도끼 마을 드워프들이었다.

[자! 하찮고 어리석은 드워프들아!! 가지고 있는 보석들을 모두 가지
고 나오너라!!]

막 성룡이 된 듯 어린 블루 드래곤의 난입에 파란 도끼 마을의 드워
프들은 일제히 이리저리 도망가느라 정신이 없었다. 한창 점심때쯤 쳐
들어온 이 블루 드래곤은 자신의 마을에 도착하자마자 마을 공터에 전

극계 브레스를 날리며 자신들에게 협박하기 시작했다.

[이것밖에 안 되느냐!]

"죄송합니다! 그게 저희 마을의 전재산입니다. 제발 선처를……."

눈물을 머금고 몇 년 동안 마을의 복지를 위해 모아두었던 황금 2자루와 에메랄드 24개, 각각의 집을 털어서 모아모아 보석을 6자루가량 내놓았건만 드래곤의 욕심 주머니는 안 찼는지 자신들이 모아온 보석 자루들을 마땅치 않은 눈으로 쳐다보는 것이었다.

[마음에 안 차지만 처음이라 봐주겠다! 단, 이번만이다!]

파란 도끼 마을의 마을 재산 및 개인 재산마저 톡톡 다 턴 블루 드래곤은 양손 가득 보석 주머니를 챙겼으면서도 불만스럽다는 표정으로 자신들을 협박하고 그렇게 떠나 버렸다.

그렇게 드래곤이 떠난 후 거덜나 버린 드워프들은 우선 먹고살기 위해 이곳저곳에서 빌리고 심지어는 사채까지 써서 이번 달 마을 생활비를 간신히 만들어놨건만… 그때 액땜을 돈이 거덜나 하지 못해서 그랬는지 또다시 사건의 여파가 채 가시기도 전에 또 다른 블.루. 드.래.곤.이 쳐들어온 것이었다.

콰쾅… 파지지직…….

"우와아아아악……!"

"사… 아니, 드워프 살려!어어어어~"

테탕크는 엄청난 굉음 소리에 마시고 있던 맥주를 그대로 내뿜어 버렸다. 그 덕에 그 앞에 있던 자신의 아들 푸루툰이 테탕크의 입 속에 있던 맥주 세례를 받게 되었지만 그 두 드워프는 그런 것에 신경 쓸 새도 없이 자신들의 애장 무기를 챙기기 시작했다.

"아들아, 아무래도 불법 침입을 한 듯싶구나!"

"네, 아버님! 오늘 신나게 화풀이 한번 해보겠네요!!"

누군가 무단 불법 침입(?)을 했건만 왠지 즐거워 보이는 기색이 역력한 두 드워프들은 자신들이 애용하는 도끼들을 하나씩 꼬나 들었다. 아무래도 입가에 미소까지 걸려 있는 것을 보니 5일 전 블루 드래곤 사건 이후 쌓이고 쌓인 스트레스를 이번 마을에 침입한 상대에게 풀려는 것 같았다.

"좋~았어! 그래, 한번 나가볼… 아아아아악!!"

즐거운 마음으로 거칠게 문을 차고 나간 두 드워프들의 눈에 가득 들어온 것은 기절 직전의 드워프들과 그런 드워프들을 발로 밟거나 던지고 있는 또 다른 블.루. 드.래.곤.의 모습이었다.

두 드워프는 정말 그대로 쓰려져서 울고 싶은 기분이었다. 도대체 자신의 마을에 무슨 액운이 끼었는지… 왜 이런 일만 계속 일어나는지 하늘에 따지고 싶은 심정이었다.

"조~옥~자앙니~임!!"

테탕크는 자신을 열심히 부르며 블루 드래곤의 손아귀에서 흔들리고 있는 나불대기 명수 하푸톤의 주둥이를 꿰매주고 싶은 기분이었다. 정말 요새 들어 느끼는 것이었지만 도대체 그때 자신이 무슨 귀신이 씌어서 족장을 하겠다고 나섰는지 한탄스러웠다.

열심히 흔들고 있던 드워프의 비명을 들었는지 드래곤은 짤짤대며 흔들고 있던 드워프를 던지다시피 놓고는 테탕크를 띠꺼운 눈으로 쭈욱 훑어보는 것이었다. 시선이 테탕크가 들고 있던 도끼에서 멈추자 테탕크는 자신의 애도끼를 그대로 땅에 떨어뜨려 버렸다. 쿵! 하는 또 다른 울림이 들리는 것을 보면 자신의 아들 역시 도끼를 내려놓은 것 같았다.

[니가 족장이냐!]

'불행히도 그렇다, 이 재수없는 드래곤아!! 도대체 무슨 악감정이 우리 마을에 있길래!! 그러는 거냐!! 우리 마을이 너희 블루 드래곤의 단골집이냐!!' 라고 말하고 싶었지만 차마 말하지 못한 테탕크는 일그러지는 입가에 간신히 미소를 띠며 공손히 입을 열었다.

"존경하고 위대하신 드래곤이여, 그렇나이다!"

'존경은 개뿔 존경… 니들이 왜 쳐들어왔겠냐, 또! 또! 보석이지!! 이번에도 털어봐라, 나오나!!'

이젠 간뎅이가 붓다 못해 배 밖에 나온 테탕크는 드래곤의 눈을 피해 궁시렁대기 시작했다.

지금 자신의 마을에 남아 있는 재산이라고 해봤자 인간 마을에서 사채로 빌려온 사금 반 자루가 전부였다. 그걸로는 욕심 많기로 유명한 드래곤의 욕심 주머니를 채우기는 절대 불가능해 이제 그는 거의 삶을 포기한 상태였다.

"아버님, 저희 마을 재산으로는… 금가루 반 자루가 전부……."

"알고 있다! 이제부터 너는 내가 공격할 때 아이들이나 여자들을 데리고 뒤쪽으로 도망가거라!"

강한 아버지의 속삭임(?)에 푸루툰은 새하얗게 질리고 말았다. 아무래도 자신의 아버지는 마을 사람들이 도망갈 시간을 벌기 위해 저 악독한 드래곤을 공격할 모양이었다.

마을 젊은이나 장정들이 모두 덤빈다고 하더라도 드래곤은 지기는커녕 눈 하나 깜빡 안 할 게 분명했다. 어쩌면 재미있는 장난감이 반항한다며 더 오랜 시간을 공들여 철저하게 죽어 버릴지도 몰랐다.

"아버님!! 그런……."

"넌 마을과 여자들을 지켜야 할 의무가 있다! 그리고 나에게도 족장의 의무가 있고!"

"아버님……"

잠깐의 시간 안에 모든 것을 정리한 테탕크는 자신들을 띠꺼운 눈으로 바라보고 있던 드래곤 앞으로 천천히 걸어갔다. 테탕크가 자신 쪽으로 걸어오자 놀랍다는 듯이 바라보던 드래곤이 곧 재밌다는 표정을 띠기 시작했다.

'가까이서 보니… 더 끔찍하게 크군…….'

테탕크는 전에 본 성룡이 막 된 드래곤보다 적어도 세 배 정도는 커 보이는 고룡급 드래곤의 모습에 마른침을 꿀꺽 하고 삼켰다. 어쩌면 자신의 마을 장정이 덤비면 10분 정도는 버틸 거라고 생각했는데… 가까이서 보니 3분이나 버티면 다행이라는 생각이 들기 시작했다. 목적을 이루기는커녕 한마디로 개죽음이 될 것만 같았다.

그 생각이 들자 테탕크는 자신이 이렇게 젊은 675살이라는 나이에 세상을 하직하게 될 거란 사실에 마음이 아팠다. 자신이 두고 가게 될 보석들과 차마 다 피워보지도 못한 자신의 예술 혼을 생각하자 눈물이 앞을 가렸다.

"위대하신 종족 드래곤이시여, 이곳까지 발걸음을 하신 용무가 무엇이온지요?"

[드워프!]

"네?"

밑도 끝도 없는 말에 놀란 드워프들은 자신들이 쥐고 있던 무기를 하마터면 놓칠 뻔했다.

[드워프란 말이다! 가장 솜씨 좋은 드워프!!]

"오!! 드… 드, 드워프 말입니까! 위대한 이여!"

짜증난 기색이 역력한 틱틱거리는 말이지만 그 말이 세상의 어떤 말보다 멋지게 들리는 드워프들이었다. 이 말 한마디로 그들은 죽었다가 다시 살아나는 기분이었다.

드워프라니… 보석이 아니라 솜씨 좋은 드워프라니, 그런 드워프라면 이곳에는 얼마든지 있었다. 가장 훌륭한 장인 드워프로는 드워프 장인 대회에서 일등한 헤팅크가 있었고, 자신의 아들인 푸루툰, 그리고 자신이 있었다. 좀 자존심이 상하긴 했지만 헤팅크와 푸루툰의 실력이 다른 드워프들에 비해 무진장 월등해 자신이 한수 접어줘야 했던 것이다.

[그렇다. 시간이 없으니 빨리 불러와라!]

드래곤의 말이 떨어지기 무섭게 주위에 있던 장정 드워프들이 쏜살같이 헤팅크의 연공실로 쳐들어갔다. 평소라면 드워프가 만들고 있던 작품이 아직 완성되기 전까지는 절대 찾아가지 않는 게 예의였지만 오늘같이 위급한 상황에 그런 예의를 차릴 시간은 없었다.

테탕크는 건장한 두 명의 드워프에게 거의 들리다시피 끌려오는 헤팅크의 모습을 인상을 쓰며 바라보았다. 이 둔한 드워프는 지금까지도 드래곤이 자신의 마을에 쳐들어왔단 걸 모른 모양이었다.

도대체 얼마나 둔한 성격이길래…….

아직까지 작업용 앞치마를 두른 채 한 손에 끌을 쥔 채로 소리소리 지르는 꼴을 보면 둔한 게 아니라 어디가 좀 모자란 녀석인 것 같다.

지금 그가 화내는 마음을 모르는 건 아니지만 화내기 전에 주위를 한번 봐줬으면 하는 마음이었다.

"이게 무슨 일이오, 족장!! 누가 나를 감……!! 드… 드… 드래곤!!"

[그래, 감히 내가 불러들였다, 하찮은 드워프여!! 네가 가장 뛰어난 장인 드워프인가?]

테탕크는 그제야 눈치 채고 벌벌 떨기 시작하는 헤팅크를 불쌍한 눈으로 바라보았다. 정말 무식한 게 죄지…….

자신의 질문에 대답도 못한 채 벌벌 떠는 헤팅크를 한껏 째려보던 드래곤은 짜증난다는 투로 입을 열었다.

[네가 가장 뛰어난 드워프냐고 묻지 않느냐!]

아직도 공포에 질려 있는 헤팅크가 대답을 하지 못하자 그를 바라보고 있던 드래곤의 이마에 힘줄이 하나둘씩 솟아나기 시작했다. 아무래도 그가 자신을 무시한다고 생각하는 것 같았다.

그걸 본 테탕크는 이 드래곤이 사고를 치기 전에 서둘러 문제를 수습하려고 나섰다.

"가장 뛰어난 자입니다. 저희 마을의… 아니, 장인 드워프 대회에서 최고 장인 드워프 상을 받은 자입니다!"

드래곤이 아직도 벌벌 떨고만 있는 드워프를 못마땅하단 표정으로 바라보며 입을 열었다.

[한 번 믿어보지. 그래, 마력석 24개 정도는 세공하는 데 얼마 걸리지?]

"아마 한 사나흘 정도면 될 겁니다. 그만큼 뛰어난 드워프입니다, 위대하신 드래곤이시여."

[그래? 그럼 한 일주일 줄 테니 최대한 아름답게 완성시키거라. 그것들은 하나하나 마법이 걸려 있는 마력석들이고, 그중 7개는 드래곤 하트를 가공해 만든 것이니 각별한 주의가 필요할 것이다.]

'그, 그럼…….'

'설마… 그 악룡 스타이프로아?'

'어무이……'

드래곤의 말에 드워프들은 엄청 놀라 거의 튀어나올 정도로 놀란 눈으로 드래곤을 바라보았다. 아무리 눈 비비고 다시 쳐다보아도 드래곤의 색깔이 파란 것을 보니 이 드래곤이 그 악명 높은 블루 드래곤인 것 같았다.

흑… 아무래도 올해에는 재수가 옴 붙은 것 같다.

17개의 마력석과 7개 드래곤 하트의 세공을 맡기러 온 드래곤은 오직 하나 드래곤 계의 이단아 망나니 악룡 스타이프로아가 분명했다. 색깔마저 푸르딩딩한 블루 드래곤인 것을 보면 불행한 일이지만 그인 게 분명했다.

몇 달 전 여행을 갔다 온 드워프 한 명이 급보라며 저 아일스린드에 사는 파란 돌 엘프 마을의 불행한 소식을 전해준 적이 있었다.

어느 날 갑자기 엘프 마을에 쳐들어간 블루 드래곤이 그 마을의 보물이자 위대한 결계석이었던 정령석 17개를 강탈해 갔다는 것이었다. 그리고 그 드래곤이 다른 드래곤 하트가 무척이나 부러웠는지 다른 종족의 드래곤들을 불시에 습격해 드래곤 하트와 뼈들을 하나씩 수집해 갔다고 했다.

그 사실도 공포스러웠지만 처음 습격당한 파란 돌 마을의 족장이 얼마나 공포(?)스럽고 억울했는지 화병과 합병증인 풍에 걸려 아직까지도 자리에서 일어나지 못한다는 말은 온 마을 드워프를 한동안 공포의 도가니로 몰아넣었다.

그래도 그때는 설마 하니 자신의 마을에 찾아올까 하며 웃어 넘겼는데… 설마가 드워프를 잡은 경우였다.

'도대체 하늘이시여! 우리가 무슨 죄를 지었나이까! 너무하나이다. 흑흑!!'

하늘이 노래지는 것을 보며 테탕크는 그 자리에 주저앉아 울고 싶었다. 도대체 우리 마을에 무슨 액운이 끼었길래 이렇게 안 좋은 일만 생기는지 정말 따지고 싶은 심정이었다.

'아무래도 이 일은 헤팅크가 빨리 해치우는 게 좋겠어!'

테탕크는 아직도 얼어 있는 헤팅크를 살벌한 눈으로 바라보며 드래곤이 던져 준 주머니를 그의 가슴에 팍 안겨주었다.

"빨리 해치우고 보내 버려! 알겠나!"

테탕크는 낮게 협박을 하며 아직도 얼어 있는 헤팅크를 거의 질질 끌다시피 끌고 연공실에 집어 던져 넣어버렸다. 정말 그에게 말했듯이 헤팅크 녀석이 빨리 일을 해치울수록 저 드래곤도 빨리 해치워 버릴 수 있는 것이었다.

게다가 정말 불행히도 저 드래곤이 마을 광장에 주저앉는 꼴을 보아하니 자신이 원하는 물품이 다 완성되기 전까지는 떠날 것 같지 않아 보였다.

마을 광장에 드래곤이 주저앉자 차마 그 드래곤 때문에 자리를 피하지도 못한 채 지키고 있는 드워프들은 하나같이 연공실에 들어간 드워프를 부러워했다. 그도 그럴 것이, 살벌한 드래곤 옆에서 전전긍긍하느니 익숙한 연공실에서 자신의 솜씨를 발휘하는 게 몇 배나 행복한 일이었기 때문이다.

"흑, 아무래도 마을 이름이 재수없는 것 같아. 어째 '파란'만 걸린 마을은 하나같이 저 드래곤이 나타난단 말야."

"그러게 말야! 이번 기회에 족장님께 꼭 건의해서 마을 이름을 바꾸

자고 하는 게 어떻겠어? 붉은 도끼나 검은 도끼로……."

"그래, 며칠 전에도 그래서 블루 드래곤이 온 건지 모르잖아!"

"하지만… 그러다가 레드 드래곤이나 블랙 드래곤이 들이닥치면 어쩌려고……."

"…그럴 수도 있… 겠다."

테탕크는 자신의 뒤로 들리는 조그맣게 쏙닥거리는 목소리에 귀가 솔깃해졌다. 솔직히 화통한 마음과 목소리도 화통하기로 유명한 드워프답지 않게 조그만 목소리로 쏙닥거리게 마음에 들지 않았지만 그들이 하는 말에는 일리가 있는 것 같았다. 게다가 듣고 보니 이 재수없는 일이 계속 일어나는 게 이 이름 때문인 것 같기도 했다.

아무래도 저 드래곤이 가면 또다시 사체를 끌어다 쓰더라도 액땜 한 번 거나하게 하고 동시에 마을 이름도 바꿔야 할 것 같았다.

테탕크는 저 드래곤이 떠나기 전까지 무작정 손 놓고 있을 수만은 없어 주위에 얼어 있는 드워프들을 정리하기 시작했다. 그들을 재촉해서 몇몇 드워프들을 제외하고 모두 광산에 집어넣어 버렸다.

좋은 신관을 불러들이기 위해서는 돈(=황금)이 많이 필요했기 때문에 조금이라도 일손을 놀려서는 안 됐다. 최대한 많이 황금을 파내는 게 마을과 자신들을 위해서 도움되는 것이다.

그렇게 어린 드워프나 여자들을 제외하곤 모두 광산에 집어넣고 남은 떨거지 드워프들은 어쩔 수 없이 드래곤의 수발을 들기 위해 남아 있어야 했다.

드래곤 혼자 덩그러니 있게 했다가는 손님 대접 못한다고 화를 낼 수도 있기에 원로라는 직책을 가진 드워프들까지 손이 모자란다는 이유로 남아야 했다.

"이게 무슨 물귀신 작전이냐 테탱크!!"

"그래, 나이 먹은 것도 죄야? 죄냐고!!"

"그래도 자네는 낫지. 난 겨우 1년 전에 원로가 됐을 뿐이라고… 억울해, 억울해!!"

"조용히 해!! 난 원로도 아니라고. 정말 내가 왜 족장을 맡아가지고… 그때 내가 정말 획까닥 했지. 저 노친네의 감언이설에 속아가지고… 크윽……."

그렇게 들리지 않게 작게 불평 불만을 털어놓던 테탱크를 비롯한 원로 드워프들은 이제부터 자신이 돌봐야 하는 까탈맞기로 유명한 종족인 드래곤을 바라보며 깊은 한숨을 내쉬었다.

하지만 드래곤을 돌봐야 하는 불운에서 벗어난 행운의 드워프들도 하루하루가 그야말로 바늘방석에 앉은 기분이었다. 드래곤 곁을 지키고 있는 드워프들보다는 못하더라도 마을에 있는 드워프들도 제대로 숨 쉬기조차 두려웠다. 그리고 무진장 답답한 기분이었다.

시끄럽고 요란하고, 먹기 좋아하며 떠들기 좋아하기로 유명한 드워프들이라고 할지라도 자신의 마을 공터 한가운데를 커다란 드래곤이 인상을 험악하게 쓰고 차지하고 있다면 감히 누가 떠들 수 있겠는가.

그렇게 떠들다 드래곤의 심기를 건드렸다가는… 으, 정말 끔찍한 일이었다.

그런 이유로 이 파란 도끼 드워프 마을은 드워프 마을답지 않게 쥐 죽은 듯 조용한 상태였다.

그렇게 노심초사 시간만 가기를 기다리던 드워프들은 7일이 지나자 이젠 더 이상 시간이 가지 않기를 바라고 있었다. 시간이 지날수록 점점 일그러지는 드래곤의 모습에 공포감에 질린 드워프들은 광산에 들어가기는커녕 이제는 자신의 집에서 나올 생각조차 하지 않고 있었다.

어찌 된 일인지 마력석을 가지고 들어간 헤팅크는 약속의 날인 7일이 지나도 나오지 않고 있었던 것이다. 다 만들었는지 거의 만들었는지 알기는커녕 그가 죽었는지 살았는지조차 알 수 없는 갑갑한 시간이 점점 흘러만 갔다.

이렇게 10일이 지나자 마을의 모든 드워프들은 이젠 울고 싶은 심정이었다. 간간이 유서를 쓰고 있는 드워프들도 발견되었다.

그나마 불행 중 다행이었는지 아직까지 드래곤이 화를 폭발시키고 있지 않은 상태였지만 언제 건들면 터질지 모르는 활화산 같아 그 드래곤의 곁에 있으려는 드워프는 아무도 없었다. 아주 불행한 드워프인 테탕크만이 족장이라는 직함 하나 때문에 터지기 직전의 드래곤 옆에서 전전긍긍하고 있을 뿐이었다.

모든 드워프들은 한결같이 24개 정도 되는 보석의 세공이야 드워프들의 손에 걸리면 쉽게 끝난다는 걸 알고 있었다. 게다가 드워프들 중에서 가장 뛰어난 능력자라면 4일 정도면 거뜬할 거라고 생각했었다. 그래서 빨리 끝내고 저 드래곤을 보내 버릴 생각까지 했는데… 이게 어찌 된 일인지 약속 날짜를 훨씬 넘긴 10일이 되어서도 일이 끝나지 않고 있는 것이었다.

"정말 미치겠다! 뭐 이런 재수없는 일이 다 있냐!"

"내 말이 그 말이야! 그 볼품없는 밋밋한 돌 조각이 하필이면 헤팅크의 예술 혼에 불을 붙였냐고!!"

금발의 갈기 같은 머리를 가진 드워프는 드워프들에게 자신의 예술 혼을 태울 만한 보석을 발견한다면 행운이라는 걸 잘 알고 있는 드워프였다. 그러나 이 일을 계기로 그 예술 혼도 때와 장소에 따라 태워야 한다는 것을 잘 알게 된 드워프였다.

"정말 울고 싶다! 언제까지 저 드래곤이 버텨줄는지……."

"글쎄… 나도… 모르……."

[도대체 언제까지 기다려야 하느냐! 벌써 열흘이나 지났는데 언제까지 더 기다리게 할 참이냐!!]

갑자기 화를 내는 드래곤의 모습에 조용히 소곤거리던 두 드워프는 깜짝 놀라 숨을 크게 들이마시었다. 아무래도 자신들의 말이 씨가 되는 듯해 그들은 새파랗게 질려 자신들을 노려보는 드워프들을 바라보았다.

"곧… 잠시만… 기다려……."

[잠시만이 언제냔 말이냐!! 그래, 이제 2시간 더 주지! 단 2시간이다!!]

화를 내며 답답해하는 드래곤보다 더 답답한 테탕크였다. 저 드래곤은 화만 내면 되지만 테탕크는 안 보이는 헤팅크에게 화를 내랴 자신 앞에서 화를 내는 드래곤의 비위를 맞추느라 조바심 내랴 이래저래 죽을 맛이었다.

그런 데다가 일이 어느 정도 진척됐는지 알 수조차 없어 속마저 새까맣게 타 들어갈 것 같았다.

그렇게 자신을 비롯해 저기서 화내고 있는 드래곤의 속까지 시커멓게 만들고 있는 헤팅크는 아직도 연공실에서 나올 기미를 보이지 않고 있는 것이었다.

이젠 남은 시간은 2시간… 저 두 명의 수다스런 드워프 덕택에 타임리밋이 정해지긴 했지만 그래도 그게 더 속 편할 것 같았다. 이제나저제나 하며 언제 터질까 두려워하는 것보다는 나은 기분이었다.

아무래도 1시간 50분 정도 더 기다려 보고 안 되면 저 문짝을 뜯고라도 들어가 봐야 할 것 같았다. 무작정 기다리는 것은 역시 테탕크나드워프들의 성격에 맞는 것 같지 않았다.

화끈, 무식, 과격의 대명사인 드워프가 엘프들처럼 침착, 조용, 얌전하게 있기는 힘든 일이었다.

1시간이 지나고 나머지 40분이 지나가자 테탕크는 그동안 쉬고 있었던 자신의 사랑하는 애도끼(?)를 쓰다듬기 시작했다. 아무래도 곧 쓰게 될 것 같아 준비를 해둬야 할 것 같았다.

테탕크의 이런 표정을 알아차린 눈치 빠른 몇몇 드워프들도 자신들이 애용하는 도끼며 곡괭이들을 챙기기 시작했다. 서로 무언의 눈빛으로 공격 시간을 정하고 목표물인 연공실의 거대한 문짝을 노려보며 타임 리밋을 세기 시작했다.

'60, 59, 58, 57, 56… 42, 41… 20, 19, 18, 17, 16…….'

두근거리는 마음을 다잡으며 자신의 애장하는 무기를 집어 든 드워프들은 갑자기 큰 소리와 함께 열린 문을 보며 안도의 한숨을 내쉬었다.

"드디어 끝……."

어떤 드워프인지 모르지만 그의 안도의 한숨이 끝나기도 전에 그 거대한 덩치에 맞지 않게 날아가듯 달려가 헤팅크가 들고 나오는 주머니를 낚아챈 드래곤은 올 때와 마찬가지로 갑자기 사라져 버렸다.

약간은 분노를 터뜨릴 거라 생각하고 만반의 준비를 하고 있던 드워프들은 너무 허무하게 드래곤이 사라지자 한동안 멍하니 서 있었다. 하지만 곧 몸에 힘이 풀린 어떤 드워프가 떨어뜨린 무기 소리를 시작으로 그동안 참아왔던 한숨과 말들을 쏟아내기 시작했다.

"우와, 죽는 줄 알았다!! 난 드래곤이 마을 시계만 노려보는 것에 얼마나 놀랐던지……."

"정말 말 마라. 고작(?) 3일 정도 늦은 것 가지고 그런 난리를 피우다니. 그렇게 성질 급한 드래곤은 난생처음 본다."

"난 아마 그 드래곤 때문에 수명이 한 200년쯤 줄어들었을 거야."

"그렇게 되면 포투샤, 너 내일 죽는 거냐?"

"너야말로 죽을래!"

드래곤이 떠나자 긴장이 풀린 드워프들 사이에서 농담과 약하게 주먹질이 오가는 것을 보며 테탱크는 그제야 안도의 한숨을 내쉬었다. 그동안 너무 조용했던 마을 드워프들의 모습에서 몸에 문제가 생겼나 은근히 걱정스러웠던 것이다.

역시 드워프들은 화통하게 놀고 화통하게 생활해야 드워프다운 것이었다. 너무 조용하면 엘프지 드워프가 아닌 것이다.

한참 동안 화통하게 수다(?)를 떨던 드워프들이 일제히 너무 늦게 나와 자신들의 심장을 위험하게 만들었던 헤팅크에게 약간은 감정을 담은 주먹을 한 대씩 날리기 시작했다.

"에라이, 한 대 맞아라! 그래, 예술 혼 태우니 좋든?"

"아주 활활 타디?"

"이 나쁜 놈!! 너 때문에 내 수명이 한 200년 줄었을 거다!"

"한 대 더 맞아라!!"

"내 것도!!"

처음에는 약하게 시작했던 주먹질이 오가며 점점 감정이 실리기 시작했고, 자신의 죄를 알고 있는지 처음에는 곱게 맞아주던 헤팅크가 더이상 참지 못하고 맞받아침에 따라 큰 싸움으로 번져 갔다.

곧 마을 전체에서 주먹질이 오갔고, 간간이 주먹에 맞아 쓰러진 드워프들의 모습도 보이기 시작했다.

그 모습에 드워프답다 만족스러워하며 이젠 마을 전체로 번진 몸싸움에 손을 걷어붙이고 달려드는 테탕크였다. 정말 그의 말마따나 드워프들답게 화끈하고 무식하고 과격하게 기뻐하는 파란 도끼 마을의 드워프들이었다.

"생각보다 잘 만들어졌는데?"

나와 두 드래곤은 만들어진 마력석들을 이리저리 뒤집어보며 감탄사를 터뜨렸다. 하나같이 간단하면서 아름답게 그림이 세공되어 있는 마력석은 정말 멋있기도 했고 알아보기도 쉬웠다.

예를 들어 어펙트 파이어를 쓸 수 있는 불의 마력이 담겨져 있는 마력석 같은 경우 춤추는 듯한 작은 불꽃들이 새겨져 있었고, 물의 마력이 담겨 있는 마력석 같은 경우에는 투명한 그릇에 물이 금방이라도 철철 넘칠 듯이 담겨져 있는 그림이 새겨져 있었다.

크기나 두께마저 일반 카드 사이즈와 비슷했고, 저런 예쁜 그림마저 잔뜩 새겨져 있으니 왠지 타롯 카드를 연상시키는 것이었다. 음… 그럼 이걸로 점도 칠 수 있으려나?

"정말 카드 같네요. 그림까지 그려 있으니까요."

"응? 그 말을 듣고 보니까 그렇기도 하네."

"처음에는 제법 무게도 있고 크기도 있었는데 이렇게 줄어드니 편한데."

스티아는 카드 사이즈로 줄어든 마력석의 모습이 자신이 처음 가져온 상태보다 좋은 듯 이리저리 뒤집어보며 관찰하는 것이었다.

하긴 처음 스티아가 마력석이라고 가져왔던 것들은 색색깔로 빛나는 것이 이쁘기는 했지만 사용하거나 가지고 다니기에는 불편할 것 같았다. 생각해 봐라, 하나같이 내 주먹보다 큰 데다가 24개씩이나 되니 최소한 자루 하나 정도는 있어야 하는데 그걸 가지고 이동한다면 불편할 게 아닌가. 또한 사용도 불편할 테고……

"참! 사용 방법은 어떻게 되나요?"

"카드를 들거나 던져서 시동어만 외면 돼. 메모라이즈 같은 건 따로 필요없어."

"큭큭… 마법사들이 들으면 아마 엄청 부러워하겠네요!"

내 말에 동의한다는 듯이 피식 웃으며 고개를 끄덕이는 드래곤들을 바라보며 나는 미래의 내 모습을 머리 속에 떠올려 보았다.

검은 망토(왜 검은 망토인지는 모르겠지만)에 검은 머리카락을 휘날리며 적들에게 카드를 던지며 공격하는 미소녀 마법사… 정말 굿!! 이었다.

이 사용 왕간편 마력 카드는 어떻게 보면 카드 캡터 체리의 마법 카드를 연상시키는 물건(?)으로 사용하기도 간편, 가지고 다니기에도 간편한 초간단하면서 뛰어난 능력이 있는 마법 도구였다. 물론 폼도 꽤 나고 말이다.

"괜찮을 것 같은데, 자기."

"그렇지? 이제 한시름 놓겠네. 저 녀석이 마법을 못하는 상황이라 꽤나 걱정했거든."

한걱정 놓았다는 스티아의 말투에 왠지 이상한 느낌이 들었다.

이번만이 아니라 스티아는 내가 헤츨링이 될 때를 걱정하는 말을 자주 하곤 했다. 헤츨링이 약하다고는 하지만 강한 어미 드래곤(내 경우에는 강한 아비 드래곤이지만)이 곁에 있는데 무슨 걱정인지… 정말 스티아는 걱정을 사서 하는 타입인 것 같다.

"실용성도 실용성이지만 제법 이쁘게 됐는걸!"

"미안하네요……."

갑자기 웬 뜬금없는 소리냐는 어리둥절한 표정으로 두 드래곤이 바라보자 좀 쑥스럽고 미안하기도 했다.

"전 준 거 하나 없는데 계속 선물받아서… 좀 미안해서요. 헤헤헤……."

어색한 웃음으로 말을 흐리자 스티아는 약간 놀란 표정으로, 네이피아는 귀엽다는 표정으로 나를 바라보는 것이었다.

"훗, 별걸 다 미안해하네!"

"쓰잘떼기없는 짓 하지 마라. 네가 우리에게 뭘 주겠냐! 너, 먹고살 것도 없는 주제에……."

"꼭 그렇게 말해야겠어요!!"

통통거리는 스티아의 말에 발끈한 내가 뭐라 쏘아붙이자 그 옆에서 듣고 있던 네이피아가 갑자기 웃음을 터뜨렸다.

"쿡쿡쿡… 자기, 아무리 쑥스러워도 그렇게 말하면 성연이 서운하잖아."

"내… 내가 언제!!"

'그렇게 더듬으면 신빙성이 없는걸요.'

그제야 빨갛게 변한 스티아의 귀를 보며 피식피식 미소를 흘렸다. 그는 화가 나면 볼부터 빨개지고 당황하거나 쑥스러우면 언제나 귀부터 빨개지는 버릇이 있었다.

지금 귀가 타는 듯 새빨간 것을 보니 아무래도 굉장히 쑥스러웠던 모양이다. 후후후……

'정말… 귀엽긴 하지만… 그래도 그렇게 말하면 쓰나… 소녀의 마음에 상처나게……'

"아! 그러고 보니 성연아, 생일이 언제니?"

"예? 생일이요? 글쎄요? 이곳 연도를 몰라서요."

"갑자기 생일은 왜?"

뜬금없는 네이피아의 말에 나와 스티아는 어리둥절한 표정으로 바라보았다.

"어머, 생일이 있어야 선물을 받지. 성연아, 넌 중요한 걸 잊고 살았구나."

네이피아의 말에 정말 내가 그동안 중요한 삶의 방법을 잊고 산 것 같았다. 정말 얼마나 정신이 없고 살아가기가 힘들(?)었으면 그랬을까 하는 생각도 들었다.

생일하면… 돈 & 선물이 들어오는 아주 훌륭한 날인데… 그걸 잊어 버리다니…

"생일… 잘 모르겠는데요… 이걸 우짜죠……"

"뭘 그리 따질 필요 있어? 처음 태어난 날이 생일이니 처음 이곳에 온 날을 생일로 정하면 되겠네 뭐."

"정말 그때로 하면 되겠네요. 그럼 생일날 선물 주겠죠?"

음흉한 눈빛으로 바라보자 스티아의 얼굴에 기가 막히다는 표정이 떠올라 그만 웃고 말았다. 그만큼 두 드래곤의 얼굴에 떠오른 표정은 손해 봤다라는 느낌이 절실히 담겨 있었던 것이다. 그러나 이미 늦었답니다. 후후후… 내가 이미 인식을 했으니 말입니다.

"정말, 드래곤들이신데 쪼잔한 선물 같은 건 주지 않겠죠? 아! 첫 번째 생일이 기대된다."

"그럼 너는 내 생일날 뭘 줄 건데……?"

기가 차다는 스티아의 말에 나는 배시시 웃을 수밖에 없었다. 이럴 때는 최대한 뻔뻔하게 나가는 게 장땡이다.

"저같이 빈털터리 인간에게 뭘 달라고 하시겠어요, 위대한 드래곤들께서."

완전 뻔뻔한 내 말에 스티아는 어이없는 듯이 바라봤고, 그 뒤에서 네이피아는 그저 웃기만 했다.

"맞는 말이네. 그러면 자기는 자기 생일 알아?"

"응? 생일? 잘 모르겠는걸?"

"그러면서 어떻게 챙겨달라는 거야? 바보 아냐? 참고로 나도 자기 생일 모른다구."

"엑, 언니도 몰라요? 언니라면 알 것 같았는데… 모르는 게 없잖아요!"

세상 모든 것을 다 알고 있을 거라 생각했던 네이피아마저 모른다니 정말 놀랄 일이었다. 게다가 다른 것도 아닌(좋아하는) 스티아의 생일을 모른다니… 예상외였다.

"얘는… 나도 모르는 게 많아. 아무리 많이 살아왔다고 해도 세상이란 신기한 것 투성이잖니. 나도 자고 일어날 때마다 변하는 세상을 보고 언제나 놀란다구……."

"헤에~ 전 드래곤이란 모든 것을 다 알고 있는 줄 알았어요. 지혜의 종족이라고 하잖아요."

멋쩍은 듯 어깨를 으쓱해 보이는 네이피아의 말에 약간 신기했다. 그동안 소설에서 보면 드래곤이란 종족은 모든 것을 다 아는 가장 뛰어난 존재인 줄 알았는데 실제로는 모르는 것도 있고 실수도 하는 존재였던 것이다.

가장 실수 많고 덜렁거리는 드래곤의 대표적인 예로 스티아를 들 수 있고 말이다.

"후훗… 모든 것을 다 아는 종족은 없어. 신이라면 모를까. 만약에 스티아의 생일을 안다면 챙겨줄 거야?"

장난기 어린 말투에 나도 모르게 몸이 움찔하고 말았다.

나는 솔직히 스티아의 생일을 안다고 해도 모르는 척 지나갈 속셈이었던 것이다.

내가 이곳에서 선물을 준다고 해봤자 뻔할 뻔 자로 그들에게서 받은 거나 내가 만든 요리일 텐데 줘도 그들은 고개를 흔들 게 뻔했다.

"헤헤… 솔직히 불가능할 것 같네요. 내가 어디서 선물 같은 선물을 구할 수 있겠어요. 생필품이나 보석 같은 것들은 언니나 스티아에게서 받은 게 단데……."

그렇게 말하고 나니 왠지 두 드래곤들에게 미안해졌다. 이곳에서나 저곳에서나 나는 언제나 주는 것보다 받기만 하는 것 같았다.

"이런, 내 생일은 물어보지 않는 거니? 언니 또 삐친다."

약간 어두운 내 분위기를 눈치 챘는지 삐친 척하며 말을 돌리는 네이피아의 모습에 미소를 지었다.

정말 이곳에서는 슬퍼할 틈이라곤 없었다. 그럴 기미만 보이면 스티아도, 네이피아도 망가져 가며 내 마음을 돌리려고 하니 말이다. 뭐, 물론 슬퍼하고 싶은 마음두 없지만 말이다.

"에~이, 그럴 리가. 언니 생일이 스티아의 생일보다 더 궁금하죠… 네, 그렇죠. 설마 삐쳤어요?"

"훗, 그렇게 빠져나가는구나. 좋아! 뭐, 믿어주지! 근데 나도 몰라."

"왜요? 왜 모르는 건데요?"

"왜냐구? 우리는 헤츨링의 시기나 고룡의 시기를 지나면 시간 감각이 둔해지거든. 게다가 몇백 년 가까이 자는 경우도 있는데 인간들처럼 1년에 한 번씩 어떻게 챙기니?"

솔직히, 아주 솔직히 말하자면 두 드래곤이 생일을 모른다고 하니 정말정말 다행이었다. 정확히 생일을 알고 있다면 얼렁뚱땅 피하기가 힘드니까 말이다.

"그럼 생일을 모르나요?"

이런 응큼한 속셈을 숨기고 순진하게 물어봤지만 네피이아는 어떻게 눈치 챘는지 안됐다는 말투로 말하는 것이었다.

"흐음… 그래, 모른다. 돈 굳어서 좋겠네."

"아하하하… 설마요?"

들켰다는 생각에 어색하게 웃던 나와 그런 나를 놀리던 네이피아는 갑작스런 스티아의 말에 놀라고 말았다.

"4월 22일이야."

"엑?"

"응?"

뜬금없이 나온 스티아의 말에 나와 네이피아는 진짜로 깜짝 놀랐다. 안 듣는 척 멀리 있던 스티아가 갑자기 끼어든 것도 놀랐지만 어떻게 네이피아의 생일을, 그것도 정확히 아는지 정말 놀랄 노자였다.

"어떻게 알고 있어요?"

"자기, 어떻게 알고 있는 거야? 우리 엄마도 모를 텐데……."

"왜냐구? 난생처음으로 헤츨링인 네가 알 껍질을 깨고 나오는 걸 본

날인데 내가 잊어버리겠냐. 정말 그때를 생각하면……."

과거를 회상하는지 부드럽게 미소 짓는 스티아를 보며 깜짝 놀라고 말았다. 어떻게 어미가 아닌 스티아가 네이피아가 알에서 깨어나는 걸 볼 수 있었단 말인가?

내가 본 판타지의 내용을 보면 원래 알을 품고 있는 어미 드래곤은 성격이 난폭해져 주위에 아무도 가지 않는다고 했다. 게다가 품고 있는 알에 위험이 갈 수 있어서 방문을 금하는 시기인데 어떻게 스티아가 네이피아가 알에서 깨어나는 것을 볼 수 있었던 것인……

"나도 기억은 잘 안 나지만 대충 자기를 본 기억은 있어. 근데 어떻게 된 거지?"

네이피아 역시도 꽤나 놀랐다는 듯이 스티아를 바라보자 스티아는 볼을 붉히며 멋쩍게 이마를 긁적였다.

아무래도 그 꼴을 보니 뭔가 말하기 민망한 사건이 있었던 모양이었다.

"하하하… 그게 내가 4번째로 가출했을 때 일어난 일이었거든."

나와 네이피아가 동시에 기가 막히다는 듯이 쳐다보자 자신이 생각해도 민망했던지 스티아는 머리를 벅벅 긁었다.

"아마 4번째로 가출을 결심하고 레어를 막 빠져나가는데 재수없게 지나가던 우리 아빠… 아… 아니, 아버지에게 들켰지 뭐냐. 서둘러 피한다고 피한 게 네 엄마의 레어였지. 그때 진퇴양난의 상태였다고. 니 엄마는 화를 내며 나를 노려보지, 밖으로 나가면 우리 아버지가 나를 죽이려고 하지. 최대한 빌고 빌어서 빌붙어 있었는데… 그때 네가 막 알에서 깨어나려는지 알을 부수는데… 진짜 감동이었어."

그때가 생각나는지 스티아는 부드러운 미소를 지으며 네이피아를 바라보았다.

하긴, 가출하다 걸린 것만 해도 기억에 남을 일이었는데 도망친 장소가 알을 품고 있는 드래곤의 레어였다니… 게다가 처음으로 알에서 깨어난 헤츨링을 봤다는데 어찌 기억을 못할까.

"그래도 기억하는 게 좀 장하네, 자기. 우리 엄마도 기억 못할 텐데… 어떻게 우리 엄마보다 자기가 더 기억해?"

"응, 그 일은 내 생에 가장 감명 깊은 기억이었거든. 막 태어난 네가 너무 이쁘기도 했고. 그리고 왜 정확히 알고 있냐면, 그렇게 잡혀간 후 다시는 그쪽으로 도망가 걸리지 않게 탈출 감행 일기를 썼기 때문이지. 왜 그런 이상한 얼굴이야?"

처음에 감동한 표정으로 스티아를 바라본 나와 네이피아는 정말 괜히 감동받았다는 생각이 들었다.

정말 처음에는 감동적으로 시작해도 끝은 역시 스티아였다. 으이구…….

그렇게 처음의 감동은 많이 깨어졌지만 그래도 네이피아는 자신의 생일을 스티아가 자신의 어머니보다 더 자세히 기억하고 있다는 것에 기쁜 것 같았다.

대놓고 표시는 안 했지만 홍조 띤 얼굴로 어리벙벙하게 서 있는 스티아에게 미소를 건네는 걸 보면 말이다.

여자의 직감인지, 아니면 네이피아의 표현 때문인지 스티아에 관한 네이피아의 마음을 알 수 있던 나는 왠지 네이피아가 존경스러웠다.

똑똑하고, 이쁘고, 착한 네이피아가 저렇게 둔하디둔한 스티아를 지금도 이렇게 좋아하다니… 역시 사랑은 알 수 없는 거라니까.

아싸! 이사를 가자!!

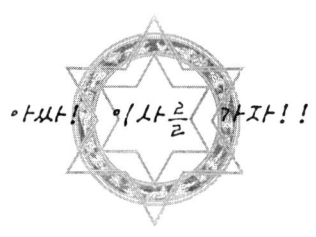

아싸! 이사를 가자!!

이렇게 즐겁고 평화스러운 시간이 흐르고 흘러 어느덧 열 달이 지난 아침.

그날 식사가 끝날 무렵 터진 스티아의 황당한 발언에 나의 평범한 하루가 갑작스럽게 바뀌게 되어버렸다.

"짐 챙겨라."

"엑? 뭐라구요?"

"자기, 내가 싫어진 거야?"

오늘도 거나하게 아침을 먹은 내가 만족감에 의자에 기대어 소화를 시키고 있었는데 뜬금없는 스티아의 말에 나와 네이피아는 황당한 표정으로 스티아를 바라보았다.

정말 아닌 밤중에 홍두깨가 따로 없었다. 그렇게 밥 맛있게 잘 먹고 한다는 소리가 '짐 챙겨라' 라니…….

"아니, 그게… 그… 게 아니라 이사 가게 짐 챙기라고… 왜… 왜… 들 그래?"

놀란 우리의 표정에 당황했는지 버벅거리는 스티아의 말에 우리는 놀란 가슴을 진정시킬 수 있었다.

"정말 놀랐잖아, 자기……."

"그래요. 진작 그렇게 말하죠, 밑도 끝도 없이… 근데 이사 간다고 요? 근데 왜 뜬금없이 이사를?"

"뜬금없는 게 아냐! 너, 마법 배우려면 이곳보다 그곳이 나을 것 같아서 그러니까 좀 빨리빨리 움직여, 시간없으니까! 늘어져 있지 말고!"

밥 먹고 늘어져 있던 우리들은 재촉하는 스티아의 등쌀에 밀려 쫓기다시피 자신들의 방으로 들어가게 되었다.

"도대체 무슨 일이야."

이사라니… 여기서 평생 살 거라고 생각은 안 했지만 갑자기 이사를 가게 될 거라고도 생각한 적 없었는데… 정말 어리벙벙하구만. 정말 뜬금없는 짓을 잘하는 스티아라니까.

정말 알 수 없는 스티아의 행동에 어리둥절했지만 이사를 간다고 하니 빈대살이인 나는 어쩔 수 없이 짐 챙기기 위해 배가 불러 안 움직는 몸을 움직여야 했다.

안 움직이는 몸을 움직이려 애쓰며 다음부터는 잠자는(?) 내내 굶었다 하더라도 아침은 좀 적당히 먹어야겠다고 다짐했다. 이렇게 움직이기 힘들어서야 원…….

우선 일차적 짐 꾸리기로 커다란 장롱에서 드레스와 옷을 꺼내 침대 위에 올려놓고 차곡차곡 개고 있는데 부드러운 노크 소리가 들려왔다. 내 허락이 떨어지자마자 곧 문이 열리고 들어온 드래곤은 네이피아였다.

"아직 멀었니? 도와줄까?"

"엑? 언니가 짐이 더 많잖아요?"

정말 내 짐도 꽤나 많지만—처음에는 빈손이었지만 지금은 한짐한다—네이피아의 짐은 내 짐에 비해 이삿짐 수준이었기에 나보다 먼저 짐을 정리했을 리가 없었다. 그런데 도와준다니…….

"응, 나야 뭐 실프들이 해주니까 별로 할 게 없어… 앗! 그 옷은 그렇게 개는 게 아니야!"

내가 개고 있던 실크 셔츠를 가져가 잘 개서 가방에 담고 있는 네이피아를 보며 정령, 특히 실프들은 쓸모가 많다는 것을 다시금 느꼈다. 아나나 다를까, 개는 것은 네이피아고 지키고 서 있다가 다 갠 것을 나르고 차곡차곡 담는 것은 실프들이었던 것이다.

정말 실프는 요리할 때나 이삿짐(?) 쌀 때나 머리 빗겨줄 때 등등 여러모로 쓸모있는 정령이었다.

이렇게 네이피아, 실프의 도움으로 빨리 정리를 하게 된 나는 생각보다 많은 내 짐에 놀라고 말았다.

말 그대로 처음에는 몸에 두른 것을 제외하곤 빈손, 빈 몸이었는데 지금은 가방 한두 개로 안 되는 엄청난 짐이었다. 여러 개의 옷 가방과 보석 상자, 마법 도구 및 책들이 쌓인 것을 보니 이걸 어떻게 가지고 갈까 심히 걱정까지 되는 것이었다.

'여기는 자동차도, 비행기도 없는데 어떻게 가지고 간다냐? 이동 도구라 해봤자 말이나 소(?)가 전부일 텐데. 설마 실프들이 배달부?'

실프들이 아무리 용이하고, 게다가 수도 많다고 하지만 이렇게 많은 짐을 모조리 움직이기에는 불가능해 보였다. 이런저런 고민을 하는데 막상 나보다 짐이 더 많은 네이피아나 스티아는 짐을 산더미 정도 쌓아놓고도 아무렇지도 않은 듯했다.

"자, 여기에 담아."

무심결에 네이피아가 건네준 작은 주머니를 받아 든 나는 그동안 내가 정말 쓸데없는 고민을 했다는 걸 깨달았다.

'마법 주머니를 잊다니… 난 천재가 아니라 바보였던가.'

우울한 사실(?)에 슬퍼하면서도 서둘러 짐들을 마법 주머니에 담기 시작했다.

전에 스티아가 보여줬던 이 마법 주머니는 진짜 멋지고, 돈 되고, 훌륭한 마법 도구였다.

내 짐은 크기도 부피도 엄청난 데다가 그동안 스티아에게 선물받은 책들도 많아서 무게가 꽤나 나갔을 텐데도 모든 걸 다 넣었건만 이 주머니에서 느껴지는 무게는 일반 지갑보다 가벼울 정도였다. 정말 놀라운 주머니였다. 오오……!

"어머, 가구들은 놓고 갈 거니?"

"에?"

'가구를 어떻게…….'

황당(?)한 네이피아의 말에 내가 당황해 있자 네이피아는 피식 웃으며 내가 들고 있던 주머니를 가지고 가 주머니에 그 커다랗고 화려한 대형 침대며 장롱, 책상, 협탁 등을 넣기 시작했다. 모든 것이 다 들어가고 텅 빈 공간만 남게 된 전(?) 내 방의 모습에 나는 그 자리에서 실소를 터뜨렸다.

'허, 허, 허, 정말 뭐가 이래? 편리하긴 한데…….'

정말 편해서 좋긴 하지만 좀 당혹스런 면도 있었다. 쿠션 하나 남기지 않고 싸그리 다 챙기다니…….

이렇게 빨리 끝난 내 짐 정리에 꽤나 빨리 새 집으로 떠날 줄 알았지만 예상과 달리 우리의 이사는 생각보다 늦어지게 되었다.

엄청난 수의 실프가 나와서 이삿짐 정리를 했지만 다 정리 못할 정도로 어마어마하게 짐이 많았던 네이피아나 그에 못지않게 어마어마하게 책이 많은 스티아의 짐 때문에 싸도 싸도 끝이 나지 않았던 것이었다.

늦은 아침에 시작된 우리의 이삿짐 싸기는 늦은 점심이 돼서야 다 끝날 수가 있었다. 덕분에 우리는 늦은 김에 아예 이 동굴에서 마지막 점심을 먹고 가기로 했다. 일명 마지막 만찬을……

"와! 마지막 만찬이라서 그런지 초호화판이네요."

"마지막이라 신경을 좀 썼지."

정말 네이피아가 신경을 많이 썼는지 말 그대로 상다리 휘어지게 차려진 음식들에 나는 헤벌쭉 웃었다. 정말 진짜진짜 행복한 기분이었다.

버터 발라 맛있게 구운 카조 구이와 윤기가 잘잘 흐르는 붉은색의 구워 먹는 열매, 넓적한 빵과 길쭉한 빵, 거기에다 얄팍하게 저민 훈제 돼지고기와 저민 과일을 넣은 샌드위치 등등등……

마지막 만찬을 거하게 먹은 우리들은 홍차로 입가심하고 서둘러 짐을 챙겨 들고—짐이라고 해봤자 손주머니 세 개 정도—새 집을 향해 떠났다. 뭐, 떠나봐야 워프지만……

아쉬워할 새도 없이 순간 번쩍이는 광선을 끝으로 집과 작별한 나는 새로운 집의 모습에 충격을 받고 말았다.

"와, 파란 하늘이다! 저 나무들은 어떻고… 여긴 숲이다!!"

맨날맨날 얼음과 눈 내리는 짙은 회색 하늘만 보다가 갑자기 바뀐

풍경에 나는 나도 모르게 소리를 지르고 말았다.

　내가 살던 서울에서도 절대 볼 수 없을 정도의 파란 하늘과 하얀 구름들… 그리고 푸른 잔디에 커다란 나무들의 모습은 진짜 어느 평화로운 깊은 숲 속의 모습인 것 같았다. 게다가 옆에 흐르는 냇물 소리에 맞춰 우는 새들… 그 환상적인 협주곡(?)에 나도 덩달아 노래를 부르고 싶은 기분이었다.

　“맘에 드냐?”

　여기저기 뛰어다니며 소리를 질러대는 내 모습에 피식 웃는 스티아에게 고개가 떨어져라 흔들어주었다.

　정말정말 너무나 좋았다. 병실이나 얼음 동굴만 보고 살았던 나로선 이런 아름다운 숲은 난생처음이었다.

　“계곡이다! 이곳에서 우리 고기 구워 먹어요.”

　옆에 흐르는 계곡 쪽으로 쪼르르 달려가며 우리 식생활을 담당하시는 네이피아 여사(?)에게 졸라댔다.

　“그러자. 말 나온 김에 오늘 구워 먹을까?”

　역시나 통쾌하고 흔쾌한 네이피아 여사님이었다. 멋져~♡

　냇가 쪽으로 달려온 나는 깔려 있는 조약돌이 보일 만큼 투명한 물속에 조그마한 물고기들이 헤엄치고 다니는 것을 보니 노래 한 구절이 생각났다.

　‘초록빛 바닷물(?)에 두 발을 담그면… 초록빛 바닷물(?)에 두 손을 담그면… 파란… 그 다음 뭐더라? 아! 가사 까먹었다!’

　노래 가사(?)처럼 흘러가는 계곡 물에 발을 담근 나는 서늘하지만 차갑지 않은 물에 감격했다. 이제는 네이피아가 일일이 데워주지 않아도 내가 맘껏 씻을 수 있는 날이 온 것이었다. 우오오오!

"오오오, 이렇게 기쁠 수가……."

"그만 하고 집 구경하자!"

감격해 부르르 떠는 내 모습에 낮게 웃던 스티아가 나를 불렀다. 그의 부름에 나는 쪼르르 레어 쪽으로 달려갔다. 스티아의 말대로 새로운 집에 새로운 방이 궁금했던 것이었다.

"오오… 얼음 벽이 아니라 돌 벽이야. 그것도 부드러워!"

얼음 벽이나 그 동굴의 바위처럼 단단하거나 날카롭지 않은 보들보들(?) 벽에 감동한 나는 그 벽에 얼굴을 한번 부비부비 부벼봤다. 역시나 그때의 바위처럼 꺼칠꺼칠하면서 얼굴이 깎아(?)지는 게 아니라 부드럽게 문대(?)지는 게 촉감이 예술(?)이었다. 아~ 행복해~ ♡

"뭐 하냐? 갑자기 웬 바보 짓이야!"

"훗, 새로 온 집이 맘에 들어서 그런 것 같은데… 구박하지 마, 자기."

집 구경시켜 주려고 할 때마다 이리 튀고 저리 튀고 한 내가 못마땅했는지 스티아가 궁시렁대긴 했지만 말투처럼 그렇게 화난 것 같지는 않았다. 아니, 어쩌면 좋아 보이는 게 내가 자신의 집을 맘에 들어하는 게 좋은 것 같았다. 헤헤헤… 쑥스러워하긴.

가운데에 거실과 각각의 방으로 된 건물 안은 전과 그다지 큰 차이는 없었지만 전체적으로 따뜻하고 신선한 자연산(?) 공기로 인해 전보다 더 좋은 것 같았다.

전에 혼자 살아서 그런지 역시나 이곳에도 문이 없었다. 그 텅 빈 공간을 보아하니 또다시 스티아가 한동안 고생을 해야 할 것 같았다. 그래도 여기는 나무가 많으니 전보다 고생은 좀 덜할지도…….

"이번에도 난 보물 창고를 방으로 하겠어. 왜 그래? 뭐, 불만있어,

자기?"

"마, 맘대로 해."

대답은 했지만 보물이 아까운지 약간 구겨진 스타아의 표정에 웃음이 나고 안됐다는 마음이 들었다.

네이피아의 말마따나 네이피아가 그 방을 쓴다고 큰 문제가 되는 건 아니었다.

다만 스타아가 자신의 취미 생활을 하지 못한다는 게 문제였을 뿐이다. 몰랐는데 스타아의 취미이자 스트레스 해소법은 보석 위에서 데굴데굴 구르는 것이었다.

뭐, 까칠까칠한 보석의 촉감이 좋다나 어쨌다나… 이해할 수 없는 취미지만 이제는 한동안 하지 못한다는 것에 불쌍해 보였다. 쯧쯧, 방 뺏기고 보석 뺏기고… 오나가나 불쌍한 스타아 신세……

나? 나는 물론 손해 볼 일도, 화날 일도 없었다.

전에는 아무것도 몰라서 네이피아의 마법에 보석이 망가진 줄 알았는데 알고 보니 그게 아니었다.

전에 그녀가 방을 평평하게 만들 때 쓴 마법은 리버스 그래비티란 마법으로 눌러놓는 것이었지만 해제할 때 어떤 마법을 썼는지 네이피아는 완전히 원상복귀를 시켜놓은 것이었다. 그러니 이번에 내가 불평할 이유는 없었다.

보석이 망가지거나 줄어드는 게 아닌데 왜 뭐라고 하겠는가.

"그럼 우리 성연이의 방은 어디로 할까?"

"내 방 써!"

"자기는?"

"난 서재 쓰면 되니까. 그럼 어서 짐 챙기자."

자신의 집인데도 본의 아니게 네이피아에게는 보물 창고를, 나에게는 자신의 방을 빼앗긴 불쌍한(?) 스티아는 마법 연구실을 제외한 남은 서재에서 또다시 궁상맞게 방을 꾸미기로 정했다.

'불쌍한 스티아⋯⋯.'

내 방이라고 안내해 준 방에 들어간 내 첫 소감은 정말 썰렁하다, 이거였다.

전에 이사할 때 이 방에 있던 가구들을 다 가져가 버렸는지 텅 빈 운동장만한 방의 크기에 그만 할 말을 잃었다. 아무리 드래곤의 방이 크다고 할지라도 이건 좀 너무한 것 같았다.

방을 가로질러 달리면 200미터 달리기를 할 정도니⋯ 예전에 나 같았으면 방 한 번 도는 데 목숨 걸어야 할 판이었다.

쌩뚱맞게 커다란 전 스티아의 방에 나는 들고 있던 손가방에서 짐을 꺼내기 시작했다.

처음에는 어떻게 꺼내야 할지 고민도 했지만 생각했던 물건을 떠올리고 집히는 것을 던지기만 하면 자연스럽게 꺼내지는 것이었다. 정말 여러모로 쓸모있는 주머니였다.

그렇게 대충 가구를 채워 넣은 나는 아직도 쌩뚱맞게 커다란 방을 보며 한숨을 내쉬었다. 정말 징그럽게도 큰 방이었다.

"정말 인테리어 한번 끝내주는군. 이름하여 망망대해에 외딴 섬들⋯⋯."

정말 망망대해에 간간이 솟아 있는 외딴 섬들처럼 널려 있는 가구들을 보며 한숨을 내쉬었다. 솔직히 내 방에 있는 가구가 적다고 할 순 없었다.

감히 누가 킹 사이즈를 능가하는 사주식 침대에 식탁보다 약간 작은

티 테이블, 커다란 화장대와 문이 네 개나 달린 장롱, 세 개나 되는 협탁에다 커다란 책상에 그에 맞는 9개나 되는 책꽂이, 거기에 8개나 되는 등불이 있는데 가구가 적다고 할 수 있겠는가. 무식하게 많은 거지…….

정말 다른 방에는 들어갈 엄두도 못 낼 양이었다. 이런 데도 가구가 적어 보이다니… 정말 방이 무식할 정도로 컸다.

어느새 짐 정리를 끝냈는지 내 방에 들어온 네이피아는 내가 정리해 논 짐을 보며 나와 마찬가지로 한숨을 내쉬었다. 그녀도 이 무지막지하게 큰 방에다 내가 해놓은 인테리어에 감동(?)한 모양이었다.

"정말… 방 한번 무식하게 크구나."

"그렇죠? 이름하여 망망대해의 외딴 섬이라는 인테리어랍니다. 어때요?"

방 중앙에 놓은 사주식 침대를 기준으로 띄엄띄엄 가구를 던져 놓았지만 방이 무식하게 큰 관계로 썰렁해 보이기 그지없었다.

"음… 쿠션이라도 갖다 놓으면 괜찮으려나?"

네이피아의 말이 끝나기 무섭게 쏟아지는 쿠션들을 피해 황급히 침대로 올라갔다.

화들짝 뛰어 올라간 내 모습을 보며 웃던 네이피아는 자신이 꺼내놓은 쿠션들을 정리하기 시작했다.

"핑크 색 커다란 쿠션들은 침대 밑에 놓고, 베이지 색의 쿠션들은 소파 주위에… 그리고 길쭉한 쿠션들은 티 테이블 주위에 깔고… 그리고……."

엄청나게 많은 쿠션들로 인해 방 안이 쿠션 천지였지만 그래도 꽤나 멋진 인테리어였다. 일명 쿠션의 천국이라 명명할 수 있는 인테리어에 나와 네이피아는 만족스런 미소로 방 안을 바라보았다.

가구가 한정되어 있어서 더 이상 쿠션을 깔기에는 무리가 있었지만 처음보다는 그래도 썰렁한 면이 덜하긴 했다. 하지만 그래도 빈 공간이 무진장 많았다.

"좀 썰렁하네……."

자신의 짐 정리를 끝냈는지 들어온 스티아도 방 안의 인테리어를 보며 한마디 하는 것이었다.

"그치, 자기 방이 너무 커서 그래. 자기, 본체 사이즈에 맞게 방을 만들었지?"

"응, 그때는 몰랐는데 정말 이렇게 보니 크다."

드래곤의 사이즈에 맞춰서 만들었다니 정말 할 말은 없었다. 드래곤의 사이즈로 본다면 이 방도 작은 정도니까 말이다. 하지만 인간인 나혼자 살기에는 정말 무식하게 큰 방이었다.

"음, 식물들을 좀 넣으면 괜찮을라나?"

이번 역시 마찬가지로 스티아의 말이 끝나자마자 땅속에서 줄기들이 튀어나왔다. 아까처럼 놀라긴 했지만 한 번의 경험이 있었던지라 이번에는 자리를 가만히 지키고 있을 수 있었다.

바닥에서 솟아 나온 줄기들은 사주식 침대의 기둥을 타고 감아 올라가거나 장롱 위로 타고 올라가기 시작했다. 그렇게 가구를 타고 올라간 줄기들은 그 자리에 커다란 꽃을 피우기 시작했다.

향긋한 꽃 향기와 예쁜 꽃들로 인해 이번의 인테리어는 쿠션과 꽃, 덩굴의 조화라고 명명할 수 있을 정도였다. 이렇게 되니 정말 꿈에서도 꿔보지 못할 정도의 멋진 방이 된 것이다.

"와! 멋진데, 자기?"

"내가 봐도 그래."

자신이 하고도 놀랐는지 제법 만족스런 표정을 띤 스티아의 모습에 네이피아도 질 수 없다는 듯이 다시 마법을 걸기 시작했다.

"그에 맞는 실크 천을 걸어놓는 게 멋질 것 같은데… 저쪽 카스틴 제국의 왕궁 풍으로……."

갑자기 튀어나온 투명한 여러 가지의 실크 천이 사주식 침대를 기준으로 길게 쳐졌다. 그 모습이 만화나 동화책에서 볼 수 있었던 아랍 하렘의 장식들 같아서 나는 감동의 비명을 질렀다.

"우와! 우와!! 멋져~ ♡"

정말 이제는 뭐라고 인테리어의 이름을 지어야 할지 고민되었다. 쿠션과 덩굴 꽃, 아름다운 실크 천의 조화… 이름… 좀 이상하다.

"이쁘긴 한데… 청소하기 귀찮겠는걸."

커다랗게 쳐진 커튼과 덩굴의 모습에 스티아의 말마따나 이제는 청소하기가 걱정되었다. 청소하기 까다로운 인테리어라는 것을 떠나서 방이 무식하게 커 청소는 불가능할 것 같았다. 아마 청소만 하다가 하루가 다 질 게 분명했다.

"그럼 클린을 걸어놔야겠네. 꽃가루나 이파리 같은 것을 떨어질 때마다 치우려면 귀찮잖아."

"좋죠~ ♡"

청소하기는 은근히 귀찮았던 나는 네이피아의 말에 열렬히 환영의 뜻을 표시했다. 이렇게 자동 청소 마법인 클린을 끝으로 내 방의 인테리어는 끝이 날 수 있었다.

이렇게 내 방 정리를 끝낸 우리들은(나와 스티아, 네이피아) 날이 지자 약속대로 냇가에서 고기를 구워 먹었다. 내가 말해 준 비법(?)대로 네이피아가 소갈비와 돼지갈비를 만들어주었는데 전에 먹었던 것보다 더 맛있었다.

역시 병원 밥은 맛없었던 것 같다. 아니면 네이피아의 음식 솜씨가 좋던지… 암튼 너무 맛있었다.

그 때문인지 욕심 부려 먹던 스티아는 배탈이 나고 말았다. 누가 내 것까지 빼앗아 먹으래… 정말 바보 드래곤 같으니라고…….

이런 유치찬란한 사고가 있긴 했지만 암튼 정말 즐거운 하루였다.

새로운 집, 새로운 방… 새로운 나! 아싸! 다시 시작이다! 아싸! 아자비용!!

마지막으로 새로 꾸민 내 방… 진짜진짜 정말로 너무나 좋다!

오늘의 기쁜 마음을 이젠 완전 일기장으로 굳어버린 내 마법서에 적고서 오늘의 다사다난했던 하루를 접었다.

"아, 피곤하다! 내일은 뭐 하고 놀지?"

행복한 생각에 히죽히죽 웃으면서 아직은 익숙하지 않은 부드러운 핑크 색 실크 천을 바라보며 눈을 감았다.

"이제 드디어 마법 실습이다!!"

네 번이나 되는 나의 마법 시도에 이제는 흥분도 두려움도 들지 않았다. '아이고… 또야'라는 심정만 드는 것이다.

두 번 연속 실패 끝에 세 번째는 마법 도구를 장착했기에 나는 거뜬히 마법을 해낼 수가 있었다. 다만 내 마력으로는 하루에 단 한 번… 더 이상은 불가능해 이것 역시 연습은 불가능했다.

게다가 드래곤 하트로 된 마력 카드는 마력 부족으로 시도조차 할 수 없었다. 이게 뭐야, 정말…….

어쨌든 마법 연습을 하려면 몇 번 정도는 계속 사용할 수 있어야 하는데 달랑 한 번 하고 끝이라니… 이게 어떻게 연습이 되겠는가. 그나마 백발백중으로 성공한다는 게 불행 중 다행이었다.

"뭘 또 하려고, 자기?"

"정말… 또 뭐요?"

이제 질린 우리 둘이 마땅찮은 눈으로 바라봤지만 열의에 불탄 스티아는 우리들의 말을 묵살해 버렸다.

"마력이 안 된다면… 마법 도구 만드는 것은 가능할 것 같지 않냐?"

"마법 도구요?"

어리둥절한 나와 달리 네이피아도 좋은 생각이라는 듯 마땅치 않아하던 눈매에서 열의의 불타는 눈매로 변해 버렸다. 이렇게 버림받은(?) 나는 혼자서 떨떠름히 마땅치 않은 눈으로 열의에 불타는 두 드래곤을 바라보아야 했다.

"마력을 이제 어느 정도 방출(마법 도구를 이용해)할 수가 있으니까 그 마력을 넣어서 마법 도구 만드는 법을 배울 거야. 예를 들어 네가 가지고 있는 마법 카드 같은 거 말야."

"좋아요."

더 들어볼 것도없었다. 정말 반대할 이유가 뭐가 있겠는가.

내가 동조하자 스티아와 네이피아는 더욱 열의에 불타 서둘러 연구실로 달려 들어갔다. 나는 뒤따라 들어가다 떠오른 생각에 음흉한 미소를 흘렸다.

'나쁜 일은 아니지. 후후후… 돈이 되는데… 나쁠 리 없지~♡ 자~

돈아, 돈아, 기다려라, 내가 간다아~♡'

그런 마음으로 따라 들어간 나는 전의 연구실에 비해 두 배 정도 커다랗고 세 배 정도 복잡한 모습에 입을 떡 벌리고 말았다.

커다란 연구실 가득 책장이 가득 했고, 그 책장마다 마법서들이 가득 차 있었다. 하지만 그걸로도 모자란 듯 이곳저곳에 마법서들이 쌓여 있었고, 더불어 책이 꽂혀 있지 않은 책장이랑 커다란, 아주 커다란 책상에는 여러 가지 비커와 이상한 액체가 든 유리병들이 가득했다. 더불어 이상한 작은 주머니들도…….

정말 마법사(드래곤)의 마법 연구실 같았다.

"우와! 우와!! 장난이 아니게 복잡한데요?"

전의 곳보다 두 배나 많은 책들을 바라보며 소리를 지르자 옆에 멋쩍은 듯 서 있는 스티아를 바라보며 네이피아가 피식 웃었다.

"취미가 마법서 수집인 누구누구가 있으니까 그렇지 뭐."

"그만, 그만. 쓸데없는 데 신경 쓰지 말고 집중하자고… 그럼 오늘부터 시작하는 거다."

이렇게 순진한 열혈 스승과 사악한 제자의 마법 수업이 드디어 본격적으로 시작되었다.

"쬐… 쬐금 더 넣어야 할 것…….."

"안 돼에에에에!! 그만 넣어… 위험해에에에!! 피해라아아아!"

"또~야!!"

콰콰쾅! 하는 요란한 효과음과 함께 또다시 갈색 천장이 가까워진 것을 보니 이번에도 역시 하늘을 날고(?) 있는 것 같았다. 새도 아닌 데다가 날개도 없는 주제에 계속 하늘을 날게 된 나는 이번에도 스티아가 잘 잡아주기를 빌 수밖에 없었다. 역시나 내 기대대로 이젠 나를 낚아채는 데 익숙해진 스티아는 부드럽게 나를 지상에 다시 돌려줄 수 있었다.

그렇게 지상에 다시 컴백한 나를 기다리는 것은 질렸다는 스티아의 눈초리였다.

"쪼금만 넣으라고 했지! 조금만!!"

"쪼금만 넣었는데……."

'실패는 성공의 어머니라고 했는데… 조금 실수할 수도 있는데 그걸 가지고…….'

"도대체 벌써 한 달째다, 한 달째! 너도 이제 지겹지 않냐?"

'조금 많이 실수할 수도 있지… 다… 잘하면 다 마법사게요.'

나도 양심이 있는지라 기가 막히다는 표정으로 혼내는 스티아에게 차마 대놓고 대꾸는 못하고 속으로 궁시렁대고 있었다. 정말 마법하고 나하고는 지지리도 상극인 것 같았다.

왜 이리 마법 배우기가 힘든지 원…….

한 달하고 이틀이 지날 동안 한 가지 마법 무구를 만드는 데 치중하고 있건만 도무지 진도가 나가지 않는 것이었다.

내가 손이 커서(?) 그런지 어째 마법의 재료를 맞추기가 힘든 것이었다. 내 딴에는 조금 넣는다고 넣은 건데 왜 이리 넣기만 하면 폭발이 일어나는지 원… 차라리 폭약을 만들까 보다.

마법 시약을 넣거나 마법 가루를 넣을 때 폭발하는 것으로 모자라 이제는 내가 마력을 조금이라도 주입하자면 폭발했다. 그 덕에 내가 마법 도구 만들 준비만 하면 주위는 자연히 실프가 배리어를 치고 두 드래곤은 저만치 대피하는 사태까지 오고 말았던 것이다.

'너무한다, 진짜. 조금 실수가 많은 거 가지고…….'

그 모습이 야속하고 너무하기는 했지만 내 실수이니 뭐라고 따질 수도 없었다. 게다가 나라도 이렇게 못 배우는 제자가 있다면 저렇게 할게 분명하니까 말이다.

"그게 그렇게 어렵니? 플라이 마법이 걸린 팔찌를 만드는 게?"

이해 못한다는 마음 반, 걱정스런 마음 반으로 물어보는 네이피아의 말에 나도 속이 상했다.

배우기 쉽도록 마력을 넣을 수 있는 광물인 미스릴을 구해다 주었는데도 계속 실수 연발… 왜 이리 간 맞추기가(?) 힘든지… 울고 싶은 심정이었다.

아무래도 내가 울 것 같은 표정을 지었던 모양이다. 화를 내던 스티아의 표정이 멋쩍은 표정으로 변했으니까 말이다.

"그, 그거 가지고 우냐. 실수는 누구든지 할 수 있으니까 울지 마! 뚝! 착하지……."

초보 아빠가 우는 아이를 달래는 것 같은 어색한 모습에 울먹이던 나도, 옆에서 보고 있던 네이피아도 그만 웃음을 터뜨리고 말았다.

멋쩍어하는 스티아의 모습에 더 이상 실망만을 안겨줄 수 없던 나는 굳게 다짐을 했다.

'그래! 초짜에다 실수 연발이지만 포기할 수는 없지. 난 의지의 한국인이니까!! 아자, 아자!! 그리고 돈도 포기할 수가 없고~♡'

이렇게 결심을 하고서도 다섯 달하고 24일 후에야 플라이 마법이 걸린 팔찌를 만들 수가 있었다.

그 성공이 있기까지 하늘을 유영(?)한 게 몇십 번이고 단단하기가 이루 말할 수 없던 미스릴을 녹여먹은 것이 몇십 번이었는지, 그건 속 타던 스티아만이 알 수 있는 일이었다.

과거의 실수 따위는 내 기억 속에선 지워졌으니까 말이다… 오호호 호호홋!

무사의 꿈을 안은 소녀… 성연?

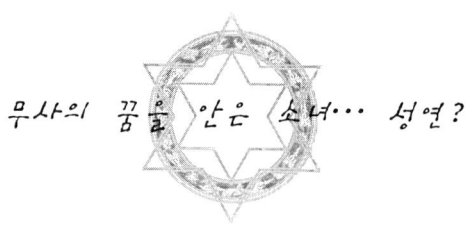

무사의 꿈을 안은 소녀… 성연?

어느 정도 마법을 습득했다고 생각한 나는 드디어 마음속에 감춰 놓고 있던 야망을 당당히(?) 두 드래곤에게 꺼내놓을 수 있었다. 그것도 아주 당당하게.

"검도 배우고 싶은데요?"

당당하게 말하고 싶은 내 마음과 달리 쪼막만하고 자신없게 나간 말에 스티아는 마땅찮은 표정으로 바라보는 것이었다. 그런 마땅찮은 표정에 다시 한 번 쫄았지만 그동안 몇 번이고 말하고 싶었던 거라 차마 그의 표정에 겁먹고 포기할 수는 없었다. 그동안은 마법 도구 하나 만드는 데 이리저리 사건 사고를 많이 일으켜서 차마 꺼내지 못하고 끙끙거리고 있었던 것이다.

"뭐? 검을? 뭐에 쓰려고?"

"뭐에 쓰긴요, 싸우려고 쓰는 거죠."

"퍽이나 싸우는 데 쓰겠다. 넌 피 보는 거 싫어하잖아."

정곡을 찌르는 질문에 가슴이 퍼벅 찔려 피가 흐르기는 했지만 최대한 당당히, 아주 뻔뻔히 대꾸했다.

"배우고 싶어서요. 배워서 남 주나요?"

"남 주진 않지만 네가 퍽이나 배울 수 있겠다. 솔직히 불어라. 너, 폼 잡고 싶어서 배우려는 거지?"

"웃… 그러려는 마음은 있지만 배우면 좋잖아요."

역시나 퍼벅 심하게 찔렸지만 이렇게 포기할 수는 없었다.

싸움이란 목소리 큰 사람이 이기는 법! 진리란 변하지 않는 법이기에 틱틱대는 스티아의 말에 질 수 없다는 듯이 나도 크게 목소리를 높였다.

그렇게 한참 동안 스티아와 유치한 논쟁을 벌였을까? 덜떨어진(?) 우리와 동떨어져 우아하게 홍차를 마시고 있던 네이피아가 조용히 입을 열었다.

"자기, 가르쳐 줘도 되잖아. 왜? 검 못해서 그래? 아! 자기는 검술에는 소질이 없었지."

네이피아의 발언에 뻘게진 얼굴로 레어 천장을 바라보는 스티아의 모습은 정말 황당했다.

검술도 못하는 드래곤이라니… 드래곤은 만능이 아니었나?

"하나도 못해요?"

"하나도 못하는 건 아니야!!"

"그래, 하나도 못하진 않지만 검술로 누굴 죽이거나 이길 실력은 못되지. 그냥 일반 건달들이 쓰는 정도……."

"우… 그 정도는 아니다!"

'건달이 쓰는 정도라면 겨우 휘두르는 정도? 우와… 정말 실망이다.'

실망했다는 마음을 눈빛에 가득 실어 보냈더니 스티아는 귀부터 얼굴 전체가 새빨개지기 시작했다. 아무래도 내 눈빛에 쪽팔리고 자존심이 상한 모양이었다. 꼴에(?) 자존심은 강해서요…….

"아니긴, 저, 저, 저, 저번 유희 때 인간 노예 매매상에게 잡힌 건 누구였더라?"

더욱더 날카로워진 내 눈초리가 더욱 마음을 찔리게 했던지 계속 폭탄 선언을 터뜨리는 네이피아에게 스티아는 버럭 화를 내기 시작했다.

"누, 누… 누가 매매상에게 납치됐다는 거야! 생, 생, 생… 생사람 잡지 마, 네이피아!!"

"누구긴, 스티아라고 불리는 어리버리한 블루 드래곤이었지요."

"그, 그때는 마법을 사용 못해서 그런 거야! 그때 내기… 그래, 내기 때문에 그랬잖아!"

자신의 비밀을 뽀록내 버린 네이피아에게 화를 내는 스티아의 모습이 한심하고 궁상맞아 웃음이 나왔다. 정말 웃기기 짝이 없는 과거였다. 정말 단순한 스티아가 아니고서는 있을 수 없는 과거였다.

"그래서 어떻게 됐는데요?"

"어떻게 되긴 어떻게 돼. 한 뚱땡이 귀족에게 팔려가기 직전에 내가 구출했지 뭐!! 진짜 가관이었다고. 눈물, 콧물 다 흘리며 내게 매달리는데… 웃기더… 웁… 웁!"

얼굴이 더 이상 빨개질 수 없을 정도로 새빨개진 스티아는 네이피아의 입을 가로막고 나에게는 믿어달라는 눈빛으로 고개를 흔들었다.

"아니야, 성연아! 이건 중상모략이야!! 너… 네이피아, 거짓말하지 말라구!! 이 드래곤아! 드래곤이 거짓말을 하면 쓰냐!!"

아무리 아니라고 소리쳐도 뻘게진 얼굴로 두 손으로 네이피아의 입을 막고 있는 모습에 어떻게 믿음이 갈 수 있겠습니까. 당신 바보 아니에요, 스티아?

"그래서 어떻게 됐어요?"

"어떻게 되긴 어떻게 돼!! 너, 정말 네이피아의 말을 믿는 거야?"

뻘게진 채 벅벅 우기는 스티아의 말에 나는 피식 하고 코웃음쳐 주었다. 어디서 뻔한 거짓말을……

"네이피아 언니의 말이 거짓말이라면 어디 용언으로 한번 해봐요! 그리고 손 좀 치워줘요. 언니 숨 막히겠다."

"웃……."

비참한 자신의 과거가 밝혀진 게 충격이었는지, 내가 자신을 믿어주지 않았다는 게 충격이었는지… 어쨌든 충격을 받은 스티아는 레어 구석에 쪼그리고 앉아서 땅에 낙서를 하기 시작했다.

전에는 몰랐는데 네이피아에게 당할 때마다 저 모양인 걸 보니 아무래도 버릇인 것 같았다.

'빨리 고치라고 해야지… 저게 뭐야, 궁상맞게.'

"으이그, 궁상떨지 말고 와요! 정말 나잇값도 못하는 드래곤 같으니라고!!"

"내… 내가 언제 궁상을 떨었다는 거얏!!"

"그럼 거기서 쭈그리고 앉아 뭐 했는데요?"

"웃… 그건 뭐……."

"알았으니까 어서 빨리 와요!"

내가 짜증 내듯 말하자 스티아는 얼굴 가득 불만을 담고서 터덜터덜

걸어나왔다. 그 모습을 보면 도무지 고룡의 드래곤이라는 게 믿어지지
않았다.

"자기는 어린애도 아닌데 왜 삐치고 그래."

"내, 내가 언제!!"

"아아… 됐어요. 그만 얘기하고, 어쨌든 전 검을 배우고 싶어요. 아
니, 꼭 배워야 할 것 같아요."

다시 시뻘게지는 스티아를 귀찮다는 듯이 손사래치며 막은 난 초롱
초롱한 눈빛으로 나의 영웅, 나의 은인인 네이피아를 바라보았다.

"진짜 배우려고? 힘들 텐데?"

"저도 인간 세상에 나갔다가 스티아처럼 잡히면 어떻게 해요."

"음, 그럴 수도 있겠구나. 그리고 남자에 비해 여자가 더 위험하지."

"……"

맞다는 듯이 고개를 끄덕이며 자신을 바라보는 두 여자의 눈초리에
스티아는 얼굴이 빨개지는 느낌이었다. 더불어 또다시 생각하기도 싫
은 기억이 떠오르는 것이었다.

지금도 그때를 생각하면 피가 끓어오르고 분노가 폭발할 것만 같았
다. 아무리 내기라 하더라도 네이피아의 겁쟁이라는 놀림에… 그리고
그깟 보석 한 자루 때문에 아무 생각 안 하고 홀랑 마법을 봉인시켜 버
리다니… 아무리 젊은 나이의 혈기였다 해도 무책임하고 바보 같은 일
이 아닐 수 없었다.

인간 세계 여행이 아무리 유희라고 할지라도 쉽게 봐선 안 되는 것
이었는데… 인간이… 얼마나 잔인하고 흉포하며 짜증나는 존재인지
잊어버린 나의 실수였다.

칼 하나 달랑 들고 털레털레 나간 인간 여행길에 나가자마자 재수없

게 산적을 만나 홀라당 납치당해 버렸던 것이다. 지금 생각하면 웃기는 일이지만 그때는 무척이나 당혹스러웠었다. 그때 내가 검을 써본 적이 있어야지…….

검은커녕 마법도 제대로 쓰지 못한 때에 드래곤이라는 배짱 하나로 나왔던 난 단 한 번의 판단 착오로 인생 체험 한번 최악으로 하고 말았다.

얼마나 재수가 없으려는지 홀라당 인신 매매단에 납치당해 또 홀라당 경매에 올라가게 돼버렸던 것이었다.

반항이야 하고 싶었고 열심히 했지만 힘 한번 제대로 못 써보고 경매장에 질질 끌려 나갔을 때 민망함과 끓어오르는 분노에 하늘이 노래지는 기분이었다. 게다가 뒤룩뒤룩 살찐 비곗덩어리에게 팔렸을 때는 정말 마냥 땅 파고 죽고 싶은 심정이었다. 악몽이라면 어서 깼으면 하는 바람이었지만 피할 수 없는 현실이었다.

다행히 거래가 끝나 팔려 나가기 직전에 짜잔 나타난 네이피아 덕택에 무사할 수 있었지만 그때를 생각하면 치가 떨리고 이가 갈린다.

그런데 자신이 잊고 싶은 일생일대 최악의 불행한 일을 가지고 저 두 여자는 자신을 놀리며 깎아내리고 있는 것이었다.

'으으… 무너지는 자존심이여… 깎아지는 드래곤으로서의 위엄이여. 크윽!'

저렇게 웃고 있는 두 여자가 얄미웠지만 정말 가장 얄미운 건 네이피아였다. 그 잊고 싶은 기억을 성연에게 말하다니… 그동안 쌓아올린(?) 아비로서의 권위(?)가 한순간 네이피아의 말에 무너지고 말았다. 흐윽…….

그러나 듣고 보면 성연의 말도 맞는 것 같았다.

지금 성연이 마법을 사용한다고 해도 2클래스 정도밖에(게다가 한 번) 사용할 수 없는 상태이고 만약에 안티 매직 마법에 걸리거나 그 마법을 걸어놓은 지역에 가게 된다면 자신 같은 상황이 닥치지 않으리라고 생각할 수가 없었다.

그 생각을 하니 온몸에 소름이 쭉 도는 스티아였다.

정말 그럴 때를 대비해서 검을 배워두는 것도 나쁘지만은 않을 것 같았다.

자신의 비운(?)했던 과거를 떠올리며 자신의 자식에게는 절대 그런 일을 겪게 할 수 없다고 마음먹은 스티아는 성연의 말을 허락해 주었다.

"나쁘지만은 않군. 그래, 어떤 것으로 배우고 싶은데?"

"소태도 이도류요!!"

내가 자랑스럽게 내 소망을 말하자 두 드래곤은 어리둥절한 표정을 지었다. 특히 처음 듣는다는 표정이 역력한 스티아의 모습에 나도 덩달아 어리둥절해졌다.

"소태도? 그게 뭔데?"

"도 자가 붙는 것을 보니 검 같은데… 검을 배운 나도 모르겠는걸, 성연아."

저쪽 차원의 세계에 있었을 때 즐겨 보고 큰 감동을 받았던 바람의 검심에서 어정번중의 시노모리 아오시가 사용했던 검을 두 드래곤은 모르는 것이었다. 럴수, 럴수, 이럴 수가……

"흐윽, 이렇게 통탄스러울 수가… 왜 드래곤이 그것도 몰라요! 바보, 스티아!!"

"내가 왜 바보냐? 니가 이상한 검을 말한 거지… 그런 검은 이곳에 있지도 않아!!"

내 말에 울컥했는지 화를 내는 스티아의 모습에 나는 더욱 화가 났다. 아무것도 모르는 주제에 화를 내다니…….

'도대체 이 드래곤이 아는 게 뭐야!!'

"그래, 그런 검은 없어, 성연아."

믿었던 네이피아마저 모른다는 말에 그만 커다란 충격을 받고 말았다.

정말 안타깝고 슬펐다. 그 유명한 '바람의 검심' 시노모리 아오시를 모른다니… 흑…….

옛날 바람의 검심을 볼 때 나는 주인공인 켄신이 쓰던 검법보다 아오시가 쓰던 검법에 그만 반해 버리고 말았다. 그래서 언젠가 몸이 낫는다면 검술 도장에서 그 검법을 꼭 배워보려고 마음먹었던 것이다. 그런데… 이런 훌륭한 기회가 왔는데 그 검술을 배울 수가 없다니, 이렇게 안타까울 수가…….

"뭐, 방법이 없는 건 아니지만… 그래, 그럼 네 기억 좀 보자, 성연아."

모른다는 충격으로 인해 주저앉아 있던 나는 스티아의 희망적인 말에 벌떡 일어났다.

기억을 좀 보자고 하는 것을 보면 아무래도 내 기억 속에 있는 검법이랑 검의 내용을 스티아가 읽어내려는 모양이었다. 이제는 제법 두 드래곤과 살아서 그런지 마법에 익숙해졌다.

'푸하하하! 역시 천재~♡'

혹시나 하는 기대에 쪼르르 달려가 스티아의 앞에 서자 스티아는 내 머리 위에 손을 얹고 주문을 외었다. 순간 무언가가 내 머리 속을 헤집는 느낌에 흠칫했지만 꽉 누르는 스티아의 손에 다시 가만히 있어야 했다.

'미리미리 좀 알려주지…….'

한참 후 다 읽었는지 손을 뗀 스티아는 갑자기 내 머리통을 세게 쥐어박는 것이었다.

"아얏! 이게 무슨 짓이에요!"

딱 하고 울린 소리만큼 머리에 느껴지는 엄청난 통증에 주저앉은 나는 깜짝 놀란 네이피아가 제법 앙칼지게 스티아에게 따지는 소리를 들을 수 있었다.

"갑자기 왜 그래, 자기? 도대체 이게 무슨 짓이야!!"

"이 녀석이 장난하잖아! 지금 그림책(?)에서 나오는 내용의 검술을 배우고 싶어하는 거라구."

"뭐?"

내가 억울한 듯 눈물을 글썽이며 스티아를 노려보자 스티아는 이마를 찡그린 상태로 네이피아에게 자신이 기억을 전송시켜 주었다. 그렇게 기억을 받은 네이피아는 잠시 황당하단 눈으로 나를 바라보더니 곧 눈을 감고 생각에 잠기는 것이었다.

그 모습에 또다시 희망을 가진 나는 이제나저제나 네이피아가 눈을 뜨기만을 기다렸다. 그렇게 한참 후에 눈을 뜬 네이피아는 내 기대를 아주 멋지고 훌륭하게 만족시켜 주었다.

"전혀 가능성이 없는 건 아니겠는걸. 그 그림책(?)에 싸우는 방법이 제법 자세히 나와 있어 내가 아는 검법이랑 잘 매치시켜 보면 비슷하면서도 이 시대에 없는 새로운 다른 검법이 탄생될 것 같은데… 가능성은 있으니 포기하지 마라, 성연아."

역시 네이피아는 저 단순한 드래곤에 비해 성격 무진장 좋고 친절한 드래곤이다. 게다가 영리하고 만능이기까지 했다.

감격한 내가 연신 아부(?)를 해대자 그 모습이 맘에 안 들었는지 옆에서 스티아가 쫑알대기 시작했다. 정말 너무나 유치해서 봐줄 수 없는 드래곤이었다.

그 모습을 보며 나는 드래곤이 되면 저런 쪼잔한 드래곤은 되지 않으리라 굳게 다짐했다.

"검술 방법이야 나와 스티아가 생각하면 되는데… 우선 그에 맞는 검이 없을 텐데… 그 정도 사이즈면 레이피어밖에 없어. 하지만 그걸로는 폼이 안 나지."

"검이야 만들면 되지 뭐가 걱정이야?"

"누가 만들 건데요?"

의문 섞인 내 표정에 스티아는 장난스럽게 웃으며 말하는 것이었다.

"있지, 우리 드래곤의 영원한 봉… 드워프가… 후후후."

워프의 시동어와 함께 터진 환한 빛 사이로 보이는 스티아의 미소가 왠지 서늘해 보이는 게 도대체 왜일까?

환한 불빛이 걷히고 그 드워프 마을이 보이자 입이 헤벌어졌다.

역시나 내가 생각해 왔던 그대로인 인물상에 웃음이 나오지 않을 수 없었다. 정말 판타지에 설명 나오던 그대로의 드워프 모습은 어디서 보든지 한눈에 알아볼 수 있을 것 같았다.

판타지에 그려졌던 통통한 배에 짧은 다리, 텁수룩한 수염을 가진 난쟁이 종족의 모습 그 모습 그대로였다. 하지만 이들은 외모가 웃기고 볼품없더라도 그와 달리 뛰어난 능력과 저력을 가진 무시할 수 없는 종족이었다.

[헤팅크란 드워프는 어디 있나!]

적반하장식으로 갑자기 마을에 쳐들어온 것도 모자라 오자마자 버럭 소리를 지르는 스티아의 모습에 마을 광장에서 놀던 꼬맹이들과 나는 깜짝 놀라고 말았다.

이 무슨 무례란 말인가. 아무리 드워프들이 드래곤의 봉이라 할지라도 남의 집에 무단 침입해서 소란을 피우다니… 저봐, 애들─도대체 키가 작아서 누가 애고 어른인지 알 수가 있나─이 놀라 도망치는 것 좀 봐! 불쌍하게… 무식하고 무례한 드래곤… 스티아!! 역시 협박의 명수다워요.

정말 스티아의 험악한 말에 꽤 놀랐는지 광장에서 놀던 아기(?) 드워프들은 앙앙(?) 울면서 도망가기 시작했다. 어떤 곳에는 가다가 넘어져 그 자리에 자리 잡고 우는 드워프도 보였다.

정말 평화로운 마을이 괴수(드래곤)의 침입으로 한순간에 풍비박산 나 버렸다. 미안하게스리……

이곳저곳에서 앙앙 어린 드워프들의 울음소리가 들리자 마을 어른 드워프들은 아마 몬스터가 공격해 왔나 생각했는지 나오는 드워프들의 손에는 망치며 무식하게 큰 도끼 같은 것들이 들려 있었다. 하지만 처음 기세 등등하게 나타났던 모습과 달리 나와 내 옆에 서 있는 두 드래곤(본체인 상태임)의 모습에 새파랗게 질려 무기를 떨어뜨리거나 심지어는 땅에 주저앉는 모습도 보였다.

"어떤 놈팡… 허억!"

그중 가장 늦게, 그리고 가장 기세 등등하게 나왔던 붉은 머리의 드워프가 자신들을(드래곤들을) 보고 기절할 듯 놀라는 모습에 점점 더 미안한 마음이 들기 시작했다.

정말 오죽 스티아에게 시달렸으면 저 나이에 체통맞지 않게 저 자세로 주저앉고 있겠는가.

정말 금방이라도 울 것 같은 표정으로 두 마리의 드래곤을 바라보는 그 모습이 정말 안쓰러웠다. 잘하면 곧 바지에 실례할 것만 같아 보였다.

다행히 그렇지는 않은 듯 곧 정신을 수습하는 드워프의 모습에 아무래도 이 사람이 감투를 쓴 사람 같아 보였다. 가장 늦게 나왔으면서 가장 빨리 정신을 수습하는 걸 보면 말이다.

나의 예상대로 곧 정신을 차린 족장 드워프는 주위에 있는 건장한 드워프를 불러 스티아가 찾던 헤팅크란 드워프를 불러오게 시켰다.

잠시 서로 어색한 시간이 흘렀을까, 악쓰는 소리와 함께 두 드워프가 한 드워프를 끌고 나타났다. 고래고래 소리 지르는 것을 보니 이렇게 끌려 나오는 게 여간 불만이 아닌 것 같았다.

"이 무지막지한 녀석들아!! 내 작업을!! 내 일을!! 감히 망쳐 놓다니!! 너희들이 드워프냐아아아아아!! 같은 드워프의 작업을 망치다니… 허걱!!"

고래고래 소리 지르며 발광하듯 끌려오던 붉은 수염의 드워프는 우리들을 보며 기절할 듯 놀라는 것이었다. 이젠 익숙한 공포에 질린 그들의 표정에 나는 머리를 벅벅 긁었다. 정말 내가 뭐 별수 있나.

정말 드워프의 마을을 방문(?)할 때는 될 수 있으면 빠져야겠단 생각이 들었다.

심심해서 따라왔는데… 정말 괜히 따라온 것 같았다.

미안한 마음에 어쩔 줄 모르는 나와 달리 두 드래곤은 자연스럽게 그들을 협박해 대기 시작했다. 그 모습을 보아하니 한두 번 해본 솜씨가 아닌 것 같았다.

그렇게 자연스럽게 협박하는 드래곤과 달리 드워프들은 협박당하는 게 자연스럽지 못한 것 같았다. 심한 공포에 숨 쉬기도 거부한(?) 드워프도 보이는 걸 보면 말이다.

'저러다 숨 넘어가겠다. 앗! 말이 씨 된다고 저기 한 사람 넘어졌잖아. 아!! 또!!'

드래곤의 본체 모습을 보는 게 드워프들의 심장에 무리한 부담을 줬던지 모여 있는 드워프들 중에서 그중 가장 연세가 많아 뵈던 드워프들이 넘어갔던 것이다.

그 모습이 걱정스러웠지만 내가 다가갔다간 주위에 있는 드워프들도 발작을 일으킬 것 같아 그냥 무시하기로 마음먹었다.

'넘치느니 못하는 게 나은 법이지……'

그렇게 딴생각에 빠져 있던 나는 갑자기 두 드래곤이 자신의 왼쪽 갈비뼈에서 뼈를 뽑아내는 걸 보고 깜짝 놀랐다. 피가 튀고 살이 튀고 하는 게 아니라 마법으로 뽑아내서 금방 뼈가 튀어나왔지만 그것도 꽤나 공포스러웠던 것이다.

아마 피까지 튀었으면 저기 공포에 질려 넘어간 드워프들처럼 나도 쓰러졌을지 몰랐다.

'우왁! 살아 있는 몸에서 뼈를 뽑아내다니… 되게 아플 텐데… 드워프가 많아서 아픈 표시도 못 내겠네. 정말 드래곤인 것도 힘들겠어. 일일이 폼 잡으려면 말야.'

제법 커다란 드래곤 본을 꺼내놓고도 짐짓 아무렇지 않다는 듯 서 있는 드래곤들의 모습이 나는 마냥 안쓰러워 보였다.

그렇게 말짱한 표정으로 서 있는 두 명의 드래곤은 이제 제법 커다란 드래곤 본을 마법으로 가공하기 시작했다. 시리도록 눈부신 금빛 뼈 조각의 가공 모습에 나는 눈을 찡그렸다. 참, 여기에서도 애용 만땅 실프가 또 등장했다.

하지만 아무리 이쁜 뼈(?) 조각이라 하더라도 뼈가 튀고 압축되는 장면은 그다지 추천할 만한 명장면이 못 되었다.

이렇게 한바탕 실프를 이용해 깎고 마법을 이용해 압축해 날카롭게 만든 드래곤 본을 헤팅크라 불린 드워프의 앞쪽으로 내려놓았다. 여러 가지의 마법이 사용되어서 그런지 처음에는 길고 금빛이었던 뼈 조각이 이제는 내 팔 길이 정도의 검은색 뼈 조각으로 변해 버렸다.

'마법을 걸면 모두 저런 색으로 변해 버리는 건가? 마력석도 그러더니만 드래곤 본도 그렇네. 근데 하필이면 왜 다 검은색이지?

또다시 검은색으로 변해 버린 드래곤 본에 안타까운 마음이 들었다. 그도 그럴 것이, 처음 반짝이던 금빛이 더 멋있었던 것이다.

[열흘 주겠다. 검을 완성시켜라. 검은 한쪽 날만 있는 일도로 두 개 모두 같은 사이즈로 해야 할 것이다. 이 녀석 거니 기본적인 인간의 검을 따를 필요는 없다. 그리고… 그리고… 나머지는 네이피아, 네가 설명해라.]

검술이 달려서 그런지, 검에 대해서도 잘 알지 못하는지 스티아는 슬그머니 네이피아에게 떠넘겨 버렸다. 그런 스티아를 어쩔 수 없다는 듯이 한 번 쳐다본 네이피아는 세세한 설명을 스티아가 지명한 드워프에게 말해 주었다.

갑작스런 드래곤의 요구에 당황하기는 했지만 기쁜 기색이 도는 드워프의 모습에 나는 피식 웃었다. 아마 이 드워프는 자신의 실력을 이 드래곤이 알아준다는 것에 대해 자부심이 가득할 게 분명했다.

[그럼 알아들었겠지? 저 단순 무식한 드래곤 스티아가 자신의 아이인 이 녀석을 위해 마련하는 선물이니까 잘 만드는 게 신상에 좋을 거다.]

마지막 이 말을 끝으로 네이피아는 빙긋 웃으며 물러났다. 하지만 네이피아의 부드러운 미소에도 주위의 드워프들은 질린 표정을 풀기는 커녕 더 새파랗게 질려가고 있었다.

[자, 시간이 별로 없다. 헤팅크, 기대하겠다!]

이 말을 끝으로 스티아는 나를 챙겨 들고(?)는 네이피아와 함께 워프했다.

마치 어린애 챙기듯 한(물건을 챙기듯 한) 스티아의 행동 때문에 나는 난생처음 드래곤의 옆구리에 매달려 워프하는 이상한 경험을 하게 되었다.

또다시 나타났던 드래곤들 때문에 테탕크는 심장이 멎을 뻔했었다.

이젠 한 명이 아니라 두 명으로 늘어난 드래곤에 테탕크는 땅을 치며 울고 싶었다. 정말 고이자의 사체를 끌어다가 멋지구리하게 액땜을 했는데도 효과가 없었던 것이다.

'이름을 바꿨어야 했는데… 그 노익장 과시하는 늙은이들이 고집만 안 부렸어도……'

정말 그때 이름을 바꿨어야 했는데 늙은이들이 극구 반대하는 바람에 차마 이름을 바꾸지 못했었다. 그 덕에 여전히 이곳은 파란 도끼 마을이었다.

"그래도 다행이야, 그냥 가서……"

"응, 나는 이번엔 정말 보석을 털어갈 줄 알았어."

"정말 다행이지… 이번에는 기다리지 않고 가서…….."

웅성웅성대는 드워프의 말에 망상에서 벗어난 테탕크는 아직도 드래곤 본을 든 채로 감동에 빠져 있는 헤팅크를 노려보았다.

전과가 화려한 헤팅크인지라 아무래도 그 혼자 보내는 건 위험한 것 같았다.

"잠깐! 헤팅크, 너 혼자 들어가지 마라! 그래!! 누가 따라가는 게 좋겠군. 누가 좋을까……?"

"헤팅크의 라이벌인 푸루툰이 들어가는 게 어떻겠습니까? 서로 라이벌이니까 잘 감시할 거 아닙니까? 그리고 족장의 아들이니까 책임감도 있을 거고 깐깐 녀석이니 안심도 되고요."

나이를 먹어서인지 머리가 잘 돌아가는 드워프 축에 끼는 통쿠아의 말에 주위에 있던 드워프들은 찬성이라는 듯이 고개를 끄덕였다. 하지만 자신의 아들이자 이 일에 끼게 된 드워프 푸루툰은 오만상을 찌푸리며 불평을 토로했다.

"내가 왜 저 녀석이 일하는 거 구경이나 해야 합니까!! 저도 일할 게 있다구요!!"

"짜식아, 네 일은 다음으로 미뤄!! 잘못하면 마을이 없어지게 생겼는데 그 말이 통할 것 같냐!! 잔소리 말고 썩 따라가!! 니 일은 내가 하마."

불만 어린 푸루툰의 말을 밟아버리고 자신의 옆에서 드래곤 본을 든 채 헤죽헤죽 웃고 있는 헤팅크를 바라보았다. 드래곤 본을 들고 헤죽헤죽 웃고 있는 게 점점 불안한 마음이 치솟는 것이었다.

정말 드래곤이 이 녀석을 선택하지 않았다면 자신이 나서서 해버렸으면 하는 바람이었다.

"네 녀석, 또 한 번 늦으면 전치 6주는 아무것도 아닐 줄 알아라!! 아예 묻어버리는 수가 있으니까! 또 늦으면 죽을 줄 알아! 그리고 푸루툰! 네 녀석이 감히 아비이자 족장의 말에 반항을 하는 거냐! 네 녀석은 이 녀석 잘 감시하고 시간 되면 끌고 나와라!! 알았냐!!"

족장의 책망 어린 잔소리에도 처음 만들게 되는 독특한 검의 모양과 처음 본 드래곤 본에 감격스런 얼굴로 서 있는 헤팅크였다. 그런 헤팅크를 남아 있는 드워프들은 질투 반 부러움 반으로 쳐다보았다.

즐거운 마음으로 드래곤 본을 조심스럽게 안아 들고 들어가는 헤팅크와 달리 도살장에 끌려가는 소처럼 들어가는 푸루툰의 모습에 제발 이번에는 무사히 시간에 맞춰서 나오기를 모든 드워프들은 빌었다.

그리고 더불어 불쌍한 푸루툰에게 위로의 눈빛을 보냈다.

드워프가 아무것도 못하고, 그것도 누군가 열심히 무언가를 만들고 있을 때 구경만 하는 채로 열흘씩이나 가만히 있으라는 것은 드워프에겐 가장 무서운 형벌이었다. 그런 사실을 알기에 오만상을 찌푸리며 들어가는 푸루툰의 모습을 모두들 안쓰러운 눈으로 바라봤다.

"쯧, 불쌍한 것. 그래도 저 녀석이 따라가니까 그나마 한시름 놓겠군……."

어느덧 열흘이 지난 아침, 아직 완성되지 않은 검에 걱정하는 파란 도끼 마을—원로의 반대에 지금까지 회의하고 있는 중이다—의 족장 테탕크와 그 마을 드워프들은 울고 싶은 생각이었다.

불행한 일이지만 예상대로 또다시 헤팅크란 녀석이 쓸데없이 예술 혼을 폭발시켜서 아직까지 시간을 잡아먹고 있었던 것이다. 그래도 이건 이미 예상을 해놓은 상태라 미리 대비책을 보내서 그다지 걱정을 하지 않았는데 엎친 데 덮친 격으로 족장의 선견지명으로 들여보낸 푸루툰 녀석도 덩달아 나올 기미조차 보이지 않는 것이었다.

처음에는 지루함에 미친 푸루툰이 자살이라도 했나 걱정했지만 시간이 점점 지나자 푸루툰의 걱정은 사라지고 자신들의 걱정이 더 커져 갔다.

"아마 살해당했을지도 몰라!"

"뭣!!"

"생각해 봐, 미친 헤팅크가 자신을 끌고 나가려는 푸루툰이 이쁘게 보이겠어? 그냥 만들던 칼로 푸욱… 했을지도……."

"그럴지도… 그럼 푸루툰 녀석이 그 칼의 첫 번째 실험자가 됐다는 말인가!"

"으으… 피까지 머금어 붉게 변한 검은 칼이라니… 끔찍하다, 끔찍 해!!"

"뭐 어때, 나는 더 아름다워 보일 것 같은데… 드워프의 붉은 피가 배인 검이라……."

꿈속을 헤매는 듯한 드워프의 목소리에 주위에 있던 드워프들이 그 주위에서 스슥 한 벌음 뒤로 물러섰다. 아무래도 검을 만들던 드워 프여서인지 제정신이 아닌 것 같았다.

피가 배인 검을 상상하며 미소 짓는 드워프의 모습에 주위 드워프들은 동시에 오싹한 한기가 느껴졌다.

"저 자식, 검만 만들다가 미친 것 같은데……."

"그, 그런 것 같아!!"

"나, 난 저 녀석이 더 무서워!"

주위에서 웅성웅성대는 목소리에 더 신경이 날카로워지는 테탕크였다.

정말 미칠 것 같았다. 이럴 줄 알았다면 맨 처음에 드래곤이 요구했던 드워프로 헤팅크를 선발하지 않았을 텐데……

정말 한 번도 아닌 두 번이나 뒤통수를 얻어맞자 그 충격이 장난 아니었다.

굳게 닫힌 연공실의 문과 째깍째깍 잘도 지나가는 시간을 보며 드워프들은 초, 초, 초긴장 상태였다. 주위에서 바스락거리는 소리가 울리면 동시에 고개를 돌리고 파래지는 게 지금 그들의 심정을 대변해 주고 있었다.

그들은 이미 혹시나 하는 마음에 아이들과 여성 드워프들을 모두 다른 마을로 대피시켜 놓은 상태였다. 우선은 마을의 존속을 위해 어린 아이와 여자는 꼭 필요한 조건이었으니 혹시나 해서 미리 해놓은 최후의 보루인 셈이었다.

그 덕에 드워프의 숫자는 별로 남지 않았지만 마을 자체가 아예 없어지는 일은 막을 수가 있었다. 다만 별로 남지 않은 숫자로 분노하는 드래곤의 화를 재울 수 있을지가 미지수였지만 말이다.

제발 이 일 때문에 다른 드워프 마을에는 불똥이 튀지 않길 바라는 테탕크였다.

12시를 알리는 종이 11번째 울리자 갑자기 마을 중앙에 파란 빛이 떠올랐다. 새파랗게 질려 버린 드워프들이 마른침을 한 번 삼키자 이미 빛은 사라지고 그 자리에 3명의 인영이 모습을 드러냈다.

굉장히 아름다운 미녀와 미남, 그리고 그때 그 연약했던 인간 한 명의 모습에 드워프들은 드디어 올 것이 왔다는 생각이 들었다.

"흐윽, 이번에는 정말로 죽게 되겠지……."

"미안하오, 여보. 우리 파카노는 잘 키워주시길 바라겠소. 그리고 아비는 훌륭한 드워프였다고 전해주시오."

"시끄러워, 이 자식아. 넌 그래도 결혼했잖아. 난 총각 귀신이라고……."

"난 더 억울해. 일주일 후면 결혼인데… 파양카아아아아~"

저마다 마지막 유언(?)을 남기며 드워프들은 자신을 데리러 온 사신을 맞이하였다.

드래곤이란 사신을 맞이하는 드워프들은 하나같이 저 연공실에 짱박혀 있는 드워프를 죽이고 싶은 심정이었다. 한 번도 아니고 두 번씩이나 같은 일로 이렇게 뒤통수를 치다니… 그때 맞은 뒤통수가 아직도 얼얼한데 그 충격이 가시기도 전에 또다시 뒤통수를 맞으니 이성이 남아나질 않았다.

하나같이 드워프들의 머리 속에는 아무래도 그때 사랑의 매가 모자랐다는 생각만이 가득했다.

"약속대로 열흘이 지났다. 자! 어떤 모습인지 기대되니 가지고 오너라!"

근엄한 드래곤의 모습에 드워프들은 새파랗게 질렸다.

어떻게 저 드래곤 앞에 차마 완성이 안 됐다는 말을 할 수 있겠는가…….

서로서로 눈치를 주며 피하던 드워프들의 눈이 최종적으로 닿은 곳은 족장이라는 감투를 쓴 테탕크였다.

'흑, 내가 그때 무슨 귀신이 들려서 족장이 된다고 나섰는지…….'

테탕크는 울고 싶었다. 이놈의 족장이란 자격은 왜 이리 목숨 걸 일이 많은지 원통스러웠다.

이번 역시 어쩔 수 없이 족장이라는 이유만으로 도끼 자루를 멘 테탕크는 덜덜 떨리는 목소리를 애써 가다듬으며 말을 꺼내었다.

"저… 저… 위대하신 이여… 제발… 제… 발 자비를 베… 푸시옵소서. 저 죽일 드워프가 아직… 완성을 못했나이다."

"뭐라고! 너희들은 감히 한 번도 아니고 두 번씩이나 나를 우롱하는 것인가!"

드래곤의 벼락같은 노호성에 주위에 모여 있던 테탕크와 드워프들은 고개 숙여 무릎 꿇고 빌기 시작했다. 하나같이 그들의 머리 속에는 '다 죽었다' 라는 생각이 가득했다.

"스티아, 최소한 반나절 정도는 더 시간을 주자구요."

어디선가 들려오는 희망적인 목소리에 일제히 드워프들은 그 말을 꺼낸 인물을 바라보았다.

겁나는 드래곤 중간에 낀 조그맣고 병약해 보이는 인간의 모습에 드워프들은 약간 당혹스럽긴 했지만 그가 더욱 자신의 발언에 힘을 실어 줬으면 하는 바람이었다.

정말 저 인간이 잘만 하면 자신들이 살 수 있을 것 같았다. 제발, 제발, 제발…….

"나를 우롱한 게 분명한 녀석들을 살려주자는 거냐!"

또다시 터진 드래곤의 말에 '역시나' 하는 심정으로 드워프들은 잠깐이나마 희망에 찼던 눈들이 도로 내려졌다.

"그게 아니라, 어차피 이들을 다 죽이면 내 검을 갖지 못하잖아요. 그냥 검을 세공해 주는 값 친다 생각하고 용서해 주세요."

또다시 희망적인 말에 드워프들은 자신을 구하려고(?) 애쓰는(?) 인간을 바라보았다. 정말 인간답지 않게 착한(?) 성품을 가진 녀석인 것 같았다.

"하긴 값도 치러야 하잖아, 자기. 드래곤이나 되는 종족이 드워프를 그냥 공짜로 부려먹었다는 게 자존심도 상하고… 또, 성연이가 피 보는 것을 싫어하잖아."

옆에 있는 아름다운 여성 드래곤의 동조에 남성 드래곤은 오만상을 찌푸렸지만 곧 이어 졌다는 듯 퉁명스럽게 자신들에게 말하는 것이었다.

"좋아! 넉넉잡아 내일 이 시간에 올 테니 그때까지도 완성이 안 되면 다 뒤집어 버리겠다!"

그 인간의 열렬한(?) 부탁 덕이었는지 쓸데없이 고집 세기로 유명한 드래곤이 고집을 꺾은 것이었다.

'오, 해피 데이!! 오, 살았도다!! 고맙다, 인간 소녀여!!'

"네, 염려 마십시오. 이 파란 도끼 마을의 족장 테탕크의 이름을 걸고서라도 그때까지는 완성시키겠습니다."

격앙된 목소리로 이 동료 중에서 유일하게 제정신이 박힌 인간에게 진심으로 감사하는 테탕크 외 드워프들이었다. 이미 그 인간의 나이가 자신의 반의 반반반반도 안 된다는 것은 그들에게 아무런 문제가 아니었다.

여전히 온 것과 마찬가지로 순식간에 사라진 드래곤들을 보며 테탕크는 죽었다가 다시 살아난 느낌이었다.

"자, 이번에도 살아났구나! 그래, 그럼 누가 저 미친 드워프들을 꺼내올 거냐?"

테탕크는 살벌한 기세로 손을 드는 남자 드워프들을 바라보며 저 그룹에 자신도 꼭 넣을 거라고 다짐했다.

다시 또 새아침이 밝아오자 일찍부터 마을 광장에 모인 드워프들은 한결같이 굳은 표정으로 사랑하는 애도끼나 애망치를 짊어지고 있었다.

목적지는 단 한 곳… 헤팅크라 불리는 파란 도끼 마을의 원수이자 웬수인 드워프의 연공실이었다.

목적지에 모두 모인 드워프들은 하나같이 손에 망치와 도끼를 쥐고는 굳게 다짐한 표정으로 새로 만들었던 헤팅크의 연공실 문짝을 향해 자신의 애무기를 날렸다.

쿠와자작작! 하는 이상한 소리와 함께 문이 처참하게 부서졌고, 이어서 환한 연공실 내부가 드러났다. 그렇게 문을 연 드워프들은 연공실의 상황에 그만 기가 막혔다.

죽었을 거라고 생각했던 푸루툰이 헤팅크 녀석과 함께 손잡이의 모양에 대해 서로 격렬하게 의견 논쟁을 벌이고 있었던 것이다. 이미 여러 차례 의견 충돌이 있었는지 그들의 눈 주위나 입가에는 말라붙은 핏자국과 퍼런 멍들이 그려져 있었지만 그걸로는 분노에 찬 드워프들의 양에 차지 않았다.

"이건 일도니까 아무 무늬 안 넣는 게 좋다고! 이 화려한 것 좋아하는 허영쟁이 헤팅크야!!"

"아무리 일도라도 아무 무늬가 없다면 예술적인 가치가 떨어지잖아! 이 무식한 푸루툰아!!"

기세 좋게 쳐들어왔던 드워프들은 의견 조율이 안 되어 이제는 몸으로 의견 조율을 하려는지 서로에게 주먹을 날리는 무식한 두 드워프의 모습을 기가 막히다는 표정으로 바라보았다.

정말 어디까지 할지 궁금한 두 드워프였다.

"아직까지 죽지 않았구나, 푸루툰!"

족장의 말에 주먹을 날리던 헤팅크와 푸루툰은 그제야 자신들을 분노의 눈초리로 바라보고 있는 드워프들을 볼 수 있었다.

"앗! 아부지… 여기는 왜? 저는 무사히(?) 살아 있습니다만……."

"그래? 저런, 안됐구만… 얘들아, 쳐라!!"

"옛! 형님(?)!!"

우르르 몰려드는 덩치 좋은 인상파 드워프들에게 둘러싸여 몰매를 맞으면서도 입은 살아 있는지 비명을 질러대는 두 드워프들이었다.

"아악!! 왜 또 때리는 거야!! 악! 아프잖아!! 어딜 밟고 그래!!"

"잔말 말고 죽어랏!! 더 밟아! 뭉개!! 부숴 버려!!"

"아아악!! 나는 왜 그래!! 니들이 보내놓고!!"

"짜식아, 니가 더 나빠!! 넌 저 녀석이 빡 가면 끌고 오라고 들어간 주제에!! 거기서 논쟁을 벌여!! 에라이, 여기서 죽어라!! 죽어!!"

테탕크는 먼지 날리게 밟고 있는 드워프들의 모습을 만족스럽게 바라보곤 곧 땅으로 돌아갈 두 드워프의 마지막(?)으로 남긴 명작을 바라보았다.

전체적으로 검은빛의 검으로 딱 보기에는 가느다란 장검으로 오해할 수 있을 만한 길이였다. 약 1미터 정도 되는 길이의 날씬한 검은 한쪽만 손잡이 형태로 나와 있어서 도무지 쌍검으로는 보이지 않았다. 게다가 나머지 한쪽마저 드워프의 솜씨로 교묘하게 검집에 가려져 있으니 아무리 자세히 봐도 일반 사람은 알아볼 수 없을 것 같았다.

꽤나 검의 특징을 감추려고 노력했는지 이미 검의 특징을 알고 있는 테탕크도 자세히 보지 않으면 눈치를 채지 못할 뻔했다. 그 정도로 완벽하게 숨긴 드워프의 솜씨에 테탕크는 다시 한 번 놀라고 말았다.

"호오, 좋은데… 역시… 헤팅크야!"

검을 뽑아보자 날카로운 검날이 스스룽 울리며 뽑혀져 나왔다. 반짝이는 검날은 검에 흥미가 없는 테탕크도 반할 만한 멋진 것이어서 더욱 흡족스러웠다.

"뭐야! 다 완성됐구만. 저것들이 쓰잘떼기없는 걸로 시간 버려!! 그럼 나는 이걸 가지고 나가볼까나!! 그럼 자네들은 수고하게나!!"

"옛!! 먼저 가십쇼, 형님(?)! 곧 저희들도 다 처리하고 가겠습니다!"

우렁찬 대답에 만족해하며 방글방글 웃으며 발걸음을 옮겼다.

"자… 잠깐만… 형님… 아니, 족장님… 아니, 아부지이이이~"

테탕크는 금방이라도 숨이 넘어갈 듯 자신을 부르는 아들의 목소리에 유언이라도 받아줄까 하는 마음에 나가려던 몸을 돌려 자신을 부른 아들을 바라보았다.

"왜 그러냐, 아들?"

"그 검… 은하아… 검… 집에 아… 무 무… 늬… 가 없는… 게 낫… 죠?"

힘겹지만 비장한 표정으로 말을 꺼낸 푸루툰의 모습에 그를 밟던 드워프들도 기가 차다는 표정으로 그를 바라보았다.

그렇게 잠깐 멈춰 서 있던 드워프들은 형님(?)의 고갯짓에 다시 신나게 두 드워프들을 밟기 시작했다. 하지만 그렇게 무식하게 밟히면서도 밟히는 두 드워프 중 한 드워프는 만족스런 미소를 띠고 있었다.

떠나면서 형님(?)이 남긴 말은 푸루툰을 기쁘게 만들었던 것이다.

"그래, 아무 무늬가 없는 게 낫구나, 아들아."

역시 그들은 무식하고, 단순하고, 옹고집 강한 드워프들이었던 것이다.

"역시 시간을 더 주길 잘한 것 같잖아요."

우리들이 도착하자마자 정색하고 검을 건네는 드워프의 모습에 약간은 걱정스런 마음이 들었지만 생각보다 멋지게 잘 빠진 검의 모습에 정말 모든 게 용서가 됐다.

'멋져! 그렇게 검어 보이던 칼날이 이렇게 윤기가 자르르 흐를 줄이야……'

만화에서 보던 것처럼 멋진 폼으로 검을 빼 들자 싸악 하는 소리와 함께 빠져나오는 검의 광채에 나는 소리없는 환호성을 질러댔다.

정말 딱 보기에도 범상치 않아 보이는 데다가 귀티까지 나 보여 정말 돈(?)있어 보이는 검이었다. 오오……!

'이렇게 멋지고 반짝이는 검이 내 거라니… 이제 내가 검술만 완벽하게 마스터만 하면 내 꿈의 여전사가 되는 것은 시간문제야! 오호호호호호호!'

멋진 미래의 내 모습에 감탄을 하고 있는데 갑자기 또다시 초대하지 않은 불청객(스티아)이 내 핑크 빛 환상에 무단 침입을 감행했다.

"아직 그 검은 안 돼!!"

"엑! 왜요?"

"처음 배울 땐 목검으로 하는 게 원칙 아니야? 기사가 검을 배울 때는 목검에서 칼날이 없는 검으로, 칼날 없는 검에서 검으로 바꿔가며 배우잖아! 아니야?"

그래도 자신이 한때 배웠던 거라 옛 기억을 떠올리며 우리의 칼 스승(?)이신 네이피아에게 물어보는 스티아의 말에 나도 어떤 책에서 그 말에 관한 글을 본 것 같았다.

기사, 기사란 무엇인가. 기사란 검을 휘두를 자격을 가진 자로 그만큼 고난과 인내의 끝을 경험한 자다.

기사가 되기 위해 검을 배우려면 처음에는 기사의 종자 노릇부터 시작해야 한다. 한마디로 왕도란 없는 것이다.

그때는 귀족이나 평민이나 상관없이 자신이 선택한 기사의 종자 노릇을 하며 그 기사의 검을 갈아주거나 기사의 말을 챙기는 등 처음 기사 초보 연습을 하게 된다.

그 뒤 어느 정도 자격을 갖추면 목검 휘두르는 법을 배우게 된다.

애들이 가지고 노는 목검이 아니라 일반 검과 무게와 크기가 비슷한 목검으로 가장 기초적인 검술을 배우게 된다. 하지만 이때가 가장 많은 인내심을 요구하는 때로 가장 많은 탈락자가 나타나게 된다.

드디어 목검이 익숙해지면 무딘 검을 휘두르게 된다.

이때는 목검 때보다 탈락자는 별로 없지만 잘못했다가는 사이비 기사가 될 수 있으니 더 더욱 몸가짐을 조심해야 하는 시기이다.

이제 드디어 무딘 검마저도 몸에 배고 익숙해지면 그제야 진검을 잡을 수 있게 된다.

진검을 잡는다는 것은 기사로서의 첫발을 내딛는 것이며 자신의 검 인생에 가장 기쁜 일인 것이다. 이때부터가 기사로서의 몸가짐을 철저히 하며 기사라는 자부심을 가지며 생활할 수 있는 때다.

라고 적은 걸 어느 책에서 본 듯했다. 어느 책이었는지 기억은 나지 않지만…….

"그게 정석이긴 하지만 성연이는 처음부터 검에 익숙해지는 게 낫겠어. 성연이가 배우는 건 평범한 검이 아니라 쌍도잖아. 그러니 우선 자신의 특이한 검에 익숙해지는 게 중요할 것 같아."

칼(?) 스승, 아니… 검술의 스승이신 네이피아의 말에 어설픈 제자인 나는 고개를 열심히 끄덕였다. 정말 아는 게 하나도 없으니 달리 할 말이 없었다.

게다가 네이피아의 말이 맞기까지 하니 불만이 있을 턱이 없었다.

네이피아의 말마따나 한 개의 검을 배우는 것보다 두 개의 검을 배우는 것은 당연히 힘들고 어려운 일이니까 말이다.

양손잡이가 아닌 이상 두 개의 손을 똑같이 쓰는 것은 불가능에 가까운 일이고, 자신이 평소 쓰던 손에 힘이 더 갈 것은 분명했으니 배로 노력하는 수밖에 없었다. 또한 그 특이한 길이의 검에 익숙지 않아 잘못 사용했다가는 자신을 벨 수 있는 아주 황당한 일도 생길 수 있을 테니 내가 생각해도 검의 길이와 검의 사용 방법에 익숙해져야 하는 게 우선인 것 같았다.

"그럼 진검으로 시작할 거예요?"

"글쎄, 그래야 할 것 같은데… 하지만 진검으로 사용하면 다칠 위험도 있으니까 그게 걱정이야."

"뭐, 다치더라도 우리가 보고 있다가 바로 치료해 주면 되잖아."

스티아가 무덤덤히 한 말은 절대 틀린 말이 아니었지만 듣기에 가히 좋은 말도 아니었다.

나같이 섬세한 여성에게는 특히 더…….

"그렇긴 하지만 매번 피를 보거나 다치는 것은 끔찍한 일이니까 내가 진검에다가 마법 걸어서 칼날을 둔하게 만들어줄게."

역시나 섬세하고 우아하신 네이피아 언니께서 나를 걱정하사, 내 엄청 날카로운 칼에 마법을 걸어주었다. 순간 금빛을 번쩍이며 마법이 실행되었지만 내가 딱 보기에 아무런 변화는 없어 보였다. 여전히 검은 칼날은 날카로운 광채를 내고 있었던 것이다.

'설마… 실패를… 그럴 리가……'

여전히 반짝이는 칼날에 혹시나 하는 마음에서 팔을 살짝 대보았더니 아프기는커녕 베어지지도 않는 것이었다. 역시, 그럼 그렇지. 네이피아의 마법이 실패할 일은 없는 것이다.

처음 그렇게 날카로웠던 칼날이 손을 그어도 말짱하니 정말 신기했다.

정말 처음에 멋도 모르고 영화나 소설에서 나왔던 것처럼 폼 잡아 보려다가 피 본 것을 생각하면 신기하기까지 했다. 정말 마법은 여러 모로 쓸모가 많은 것같다.

"성연아, 너 왼손잡이지?"

"네? 예."

"그럼 네가 원하는 검술을 배우려면 왼손도 오른손처럼 쓸 수 있게 만드는 게 우선이겠어."

네이피아의 말마따나 그게 우선이었지만 어떻게 해야 할는지 몰랐던 나는 오랜 고민 끝에 네이피아가 생각해 낸 방법으로 행하기 시작했다.

오른손으로 밥 먹고, 글 쓰고, 마법 가루 재기 등등등……

좀 무식하고 단순한 방법이었지만 그만큼 좋은 방법도 없을 듯했다.

그 덕택에 나는 밥 먹을 때는 질질 흘리고, 안 그래도 악필인 글씨는 도무지 알아볼 수 없는 암호로 변해 버리고, 엄청 폭발 많이 일으키는 내 마법 수업이 이제는 폭발이 당연한 것으로 되어버렸다. 이제는 성공하면 이상한 눈으로 보는데… 정말 내가 바보가 돼버린 것 같았다.

너무해~

　더군다나 힘을 길러야 한다며 내가 차고 있는 팔찌에 마법을 걸어 점점 더 무겁게 만드는 네이피아 때문에 더욱 몸을 움직이가 힘들어지는 것이었다. 흐윽…….

　익숙해질 틈도 없이 늘어나는 팔찌의 무게와 늘어나는 삶의 무게를 힘겨워하며 하루하루 살아가고 있는 아직 어린 초보 마법사 & 초보 검사 & 초보 드래곤인 나였다.

　"흐윽… 나 다시 돌아갈래애애애~!!"

　검을 배우면서 처음에 순정 만화의 주인공 같던(?) 내가 이제는 소년 만화의, 그것도 스포츠 만화의 열혈 주인공이 된 기분이었다. 흐윽…….

　부드럽고 우아하며 따뜻했던 평소 네이피아의 모습은 오데로 갔는지(오데로 갔나 오델가)… 검을 가르칠 때의 네이피아는 정말 두려운 존재였던 것이다.

　평소에 부드럽게 곡선지던 눈매는 쫘악 찢어져 위로 솟구치고 부드럽고 따뜻했던 말투는 어느새 딱딱 끊어지는 군대 말투로 변해 버리는, 말 그대로 대변신을 해버렸던 것이다. 그것도 최악으로…….

　얼마나 검을 잡으면 성격이 획까닥 변해 버리는지 성질 더럽기로 유명한 스티아가 반박 한번 못하고 그녀의 명령에 벌벌 기는 것이었다. 덩달아 나 역시도 벌벌 기고…….

　그렇게 성격 드러운 스티아도 기는데 스티아보다 더욱 소심하고 덜 성질 드러운 내가 어찌 반항을 하겠는가. 난 아직 죽고 싶지 않단 말이다.

"내가 검을 왜 배운다고 했을꼬……."

"나는 왜 당해야 하는데… 너 때문이야."

"누가 같이 배우래요!!"

"나도 안 배우고 싶었다고!!"

야속함 가득 밴 스티아의 눈초리가 따갑기는 했지만 나도 되돌리고 싶은 마음인지라 그의 투정을 부드럽게 받아줄 입장이 전혀 되지 않았다. 게다가 스티아의 매번 같은 불평 레퍼토리가 지겨워서 짜증까지 불러오고 있었다.

"불평 메뉴 좀 바꿔봐요! 바보도 아니고… 드래곤이라면서 그거 메뉴도 못 바꿔요? 바보같이……."

"……."

그렇게 우리는 기합 뺑뺑이로 시작되는 비참한 아침을 서로에게 친절(?)한 위로를 하며 정말 뭐 빠지게 달리고 있는 중이었다.

그렇다! 불행히도 이 뺑뺑이는 선착순이었기에 서로에게 한 대씩 위로(?)의 주먹을 날리고 싶어도 그럴 수 없는 것이었다. 이 불행한 운명이여… 흑…….

정말 애석하고 원통하게도 인원은 달랑 두 명이라 내가 화를 참지 못했다가는 모조리 덤터기 쓸 수 있다는 거였다. 저 얄미운 스티아를 한 대 때리자고 기합을 두 배로 받을 수는 없는 일이니 아쉬워도, 손이 간지러워도 참을 수밖에 없었다.

"헤이스트 쓰기만 해봐요!! 모두 꼰질러 버릴 테니까."

"불공평해! 넌 마력으로 강해졌잖아! 난 마법만 파서 연약(?)하다고!"

"누가 할 소릴!! 당신은 그래도 드래곤… 게다가 남자잖아요! 연약

한 여자에게 어따 비교합니까!'

"웃기네, 네가 연약해? 바위 하나는 주먹 하나로 거뜬히 가루로 만들 수 있는 인간이……."

"……."

서로에게 건네고 싶은 파워마저 발 놀리는 데에 써버린 우리는 생각보다 빠르게 목적지에 도착할 수 있었다.

"질 수야 없지!"

"누가 할 소릴……!"

나는 질 수가 없다는 마음에 무릎이 깨지든 얼굴이 긁히든 무시하고 멋지구리하게 슬라이딩을 시도했다. 그런데 이런 나의 멋진(?) 모습에 감동받았는지 하필이면 스티아도 똑같이 따라 한 것이었다.

'이… 이… 치사 빤스 스티아야! 딸내미에게 좀 져주면 덧나냐! 미래(?) 아빠가 될 인간이 쪼잔하긴… 정말!'

그렇게 날아갈 듯 슬라이딩해 들어오는 우리들을 반기는 건 저 세계의 교관 복장 차림(전에 가져간 내 기억 가지고 교관 복장이랑 빨간 모자를 맞춘 데다가 치밀하게스리 호루라기까지 준비한 네이피아였다)의 차가운 표정으로 시간을 재고 있는 네이피아였다.

"좋아! 18분 24초 36이라 늦은 건 아니군! 정말 오늘은 성과가 좋군! 그런데 제군들, 언제까지 퍼져 있을 건가! 전체 죽고 싶나!!"

흑… 이젠 목소리까지 교관풍이다. 너무해요! 너무해~ 네이피아!! 그건 정말 악취미아아~!!

"아닙니다!!"

"죄송합니다!!"

슬픈 현실이지만 무시했다간 날아오는 것은 사랑의 매고 늘어나는 건 기합뿐이니… 반항할 수 없는 우리들은 늘어지는 몸을 일으켜 세웠다.

"그럼 빨리빨리 해라!! 전체 순번!!"

"알려 드립니다! 1번 스티아! 18분 24초 36에 도착했습니다!"

"알려 드립니다! 2번 한성연! 18분 24초 36에 도착했습니다!"

TV에서나 봤지 실제로는 한 번도 해본 적이 없는, 아니, 해볼 거라고 생각해 본 적도 없는 군대식 인사가 이제는 익숙해져 버린 불쌍한 우리들이었다.

'흑, 나는 여자라서 군대 면제라구요…….'

"좋아, 그럼 일차적으로 기초 체력을 쌓겠다. 자리로!"

처음과 달리 딱딱 맞는 우리의 호령에 흡족했는지 검은 선글라스 너머 얼굴에는 미소가 비쳐 보였다. 언제나 같은 사람의 같은 미소였건만 우리에게는 왜 이리 비정하게만 느껴지는지… 정말 이건 너무나 슬픈 현실이었다.

"옛, 자리로…….."

호령이 떨어지기 무섭게, 머리가 생각하기도 전에 내 몸은 스티아에게서 한 발짝 떨어지는 것이었다. 옆을 보니 아마 스티아 역시 자신도 모르게 물러난 모양이었다.

'흑… 완전 군바리 다 됐어. 흑… 이게 뭐야, 내 꼴이…….'

드래곤의 레어 앞마당이라서 그런지 징그럽게—두 마리의 드래곤이 본체로 돌아가서 굴러도 될 정도이니 말 다 했다—큰 앞마당에 울고 싶은 심정이었다. 하지만 그렇다고 울었다가 돌아오는 것은 이 무식하게 큰 앞마당을 오리걸음으로 걷게 되는 기합뿐이니 힘없는 난 반항은커녕 눈물 한번 글썽여 보지도 못하고 따르는 수밖에 없었다.

"두 팔 벌려 뛰기, 횟수는 60번! 홀수와 마지막 숫자는 뺀다! 실시!"

"실시!!"

역시나 이번에도 동시에 대답한 불쌍한 우리들—내가 이걸 왜 하겠다고 했는지—은 속으로 울며 짜며 두 팔 벌려 뛰기를 시작했다.

구령에 맞춰 하면서도 왠지 치미는 불안한 마음을 차마 감출 수가 없었다. 그래서 이런 나의 불안한 마음을 담아 스티아를 한 번 째릿하고 흘겨봤건만 돌아오는 것은 더욱 내 마음을 불안하게 만드는 스티아의 어리버리한 눈매였다.

'제발 오늘은… 제발 오늘만은 피하자구요…….'

"20, 22… 36, 38, 40… 54, 56, 58."

"60!!"

"아아아앗!! 스티아아아!!"

역시나 터져 나온 스티아의 60이라는 말에 정말 달려가서 그를 신나게 쥐어박아 주고 싶은 마음이었다.

자신이 친 사고에 제아무리 미안한 표정, 불행한 표정으로 얼굴이 새파랗게 질려 있지만 내 분노는 도무지 가라앉지 않았다. 정말 용서가 되지 않는 인간… 아니, 드래곤 스티아였다.

정말 한두 번이어야지 용서가 가능하지… 어째 똑같은 기합을 3개월간 받았건만 매번 틀리는지… 정말 닭대가리가 아니고서야 이럴 순 없는 것이었다.

"제군들, 죽고 싶은가! 달랑 두 명이면서! 어째 하루도 안 넘어가고 틀리나! 그리고 스티아, 자네 닭대가리인가!"

"아… 닌데요."

정말 곧 죽어도 나오는 스티아의 변명에 정말 열불이 터졌다. 으이

그… 죽어라, 죽어… 왜 사니, 정말!

"어쨌든 약속대로 이번에도 두 배! 방법은 아까와 동일하다!! 이번 역시 틀리면 두 배다!!"

제발 이번만은 맞혀주길 바랐지만, 아니나 다를까, 또다시 틀리고 만 스티아에게 도저히 분노를 참지 못한 나는 신고 있던 신발을 던져 버렸다.

퍽억! 하며 커다란 소리가 텅 빈 산속을 울렸지만 네이피아도 이런 내 마음을 이해했는지 나의 이런 무례한 태도를 조용히 눈감아주었다. 따랑해요, 언니~♡

'정말 저놈의 스티아 때문에 내가 체력만 늘어난다니까, 체력만.'

이렇게 새벽 5시부터 시작된 아침 운동은 아침도 거른 채 태양이 머리 꼭대기로 올라올 때까지 계속되고 말았다. 모두 훌륭히, 아주 훌륭히 끝까지 마지막 구령을 붙이는 스티아 때문이었다.

'으이그, 이 웬수야.'

정말 도대체 언제쯤이면 내가 제시간에 아침밥을 먹게 될지 궁금했다. 그리고 이러다가 나중에 알 속에서 아사하게 되지나 않을까 하는 걱정도 들었다.

그렇게 아침 기초 체력 운동(아침 기합)이 끝난 후 난 만신창이가 되어 쓰러져 있는 스티아를 질질 끌고 아침 겸 점심 식사를 하기 위해 앞 뜰에 자리를 잡았다.

오늘따라 햇빛도 따뜻하고 바람마저 상쾌한 게 정말 피크닉하기에 딱 좋은 날씨여서 밖에서 먹기로 했던 것이었다.

"잘 먹겠습니다."

볼이 미어 터져라 입 안에 음식을 넣고 있는 내 모습이 우스운 듯 네이피아가 웃고 있지만 그것에 신경 쓸 겨를이 없었다. 그 정도로 정말 미치도록 배가 고팠던 것이다.

그렇지 않겠는가! 원래 알이 되었을 때를 대비해서 먹는 음식도 엄청난 데다가 요구하는 열량도 높은데 아침부터 체력 운동을 빙자한 무식한 기합을 받았으니 왜 아니 배가 고프겠는가!

정말 음식이 입으로 들어가는지 코로 들어가는지도 모르게 정말 무식하게 먹어댔다.

내 얼굴만한 커다란 호두 빵 네 개와 돼지고기 뒷다리 훈제 바비큐 두 개, 야채 샐러드 한 사발(?)에 차가운 레모네이드 6잔 등등 여러 가지 음식을 미어 터지게 배 속에 집어넣자 그제야 정신이 돌아오는 느낌이었다.

이제는 슬프게도 커다란 천 위에 잔뜩 깔려 있는 음식들은 비어져 빈 접시들만 있지만 그래도 빵빵한 배 속이 오늘 아침의 고난을 잊게 했다.

정말 이곳에 이사 와서 좋은 게 있다면 새로 생긴 멋진 방과 여러 가지 음식을 질리지 않게 잔뜩 먹을 수 있다는 것이었다.

이곳은 바다가 없어서 바다 생선은 먹지 못한다는 것—이미 질릴 대로 질려 있는 상태라 그리 불만은 없다—을 제외하고 모든 음식을 다 접할 수 있는 곳이었다.

레어 옆을 지나는 냇가에서는 생선을, 저 푸른 초원과 산에서는 과일과 채소들을… 그리고 네이피아가 심은 밀로 만든 빵, 과자 등은 정말 나의 입을 기쁘게 했다. 게다가 산에는 날아다니거나 뛰어다니는 살코기(?)들이 풍부하니 왜 아니 기쁠손가… 하하하…….

게다가 네이피아의 음식 솜씨마저 예술이니 정말 운동(기합)과 공부가 힘들다는 것만 빼면 살맛나는 세상이었다.

여전히 먹는 것을 밝힌다고 뭐라 하면 할 말은 없지만 정말 살아가는 데 있어서 음식만큼 중요한 게 또 어디 있겠는가.

집은 대충 동굴에서 잘 수도 있는 데다가 옷 같은 거야 있으면 좋지만 없어도(?) 그리 사는 데 불편은 없다. 그런데 먹을 게 없어봐라. 정말 그것만큼 미치는 게 또 없을 거다. 암, 그렇고말고.

그렇게 만족스럽게 먹고 있는 나와 달리 스티아는 아직도 아침 기합빵의 후유증이 가시지 않았는지 네이피아를 피해 저만치 앉아서 홍차를 홀짝이고 있는 것이었다.

'남자가 쯧… 나처럼 소탈(?)하고 터프(?)하게 먹어야지 차나 홀짝대기는… 근데 웬 궁상이야.'

쪼그리고 앉아서 홍차를 홀짝이는 게 정말 궁상의 표본으로 보일 만큼 궁상맞고 불쌍해 보이는 스티아였다. 게다가 요새 들어 아무래도 스티아는 네이피아를 두려워, 아니… 무서워하고 있는 것 같았다.

'쯧쯧, 불쌍한 스티아… 그리고 더 불쌍한 네이피아. 하필이면 저런 둔한 드래곤을 좋아해서는……'

슬프게도 네이피아의 희생(?) 정신과 숭고한 사랑(?)을 알아주기는커녕 날이 갈수록 두려워만 하는 스티아에 정말 불쌍한 네이피아였다.

'저런 궁상맞은 드래곤을 왜 아직도 좋아하는지… 바보야, 언니……'

다 마신 홍차를 따라주는 네이피아를 흘금흘금 쳐다보고 있는 스티아의 모습에 정말 앞으로 네이피아의 미래가 아득해 보였다.

"진짜 날씨 한번 좋다!!"

늘어지는 듯한 스티아의 말마따나 정말 좋은 날씨였다. 높고 파란 하늘… 폭신폭신해 보이는 하얀 구름까지 적당히 끼어서 서늘한 게 며칠 동안 그렇게 찜통 같은 여름이라는 게 믿겨지지 않을 시원한 날이었다. 정말 이런 날에는…….

"정말 피크닉 가면 짱인데!!"

"좋은데… 우리 피크닉 갈까? 이사 와서 공부만 하느라 제대로 논 적 없잖아."

내 혼잣말에 네이피아가 좋은 생각이라고 동의해 주자 혹시나 하는 기대감이 스멀스멀 생기기 시작했다.

원래대로라면 아침 겸 점심밥을 먹은 후 이제부터 스티아의 마법 수업을 해야겠지만 이렇게 화창한 날씨에 우중충(?)한 연구실에 갇혀서 공부하기에는 너무나 아까운 날씨에 아까운 나의 청춘이었다.

"저야 좋은데… 아직… 마법 수업이 남았잖… 아요."

"마법 수업이 남았구나… 아, 슬… 픈데… 나도 가고 싶은데… 그 치, 자기~♡"

"가라, 가! 안 간다고 했다간 죽이겠구만… 그래, 어디로 갈래?"

우리의 애절한 눈빛(?)을 담은 협박(?)을 차마 이기지 못하겠는지 스티아가 퉁퉁거리며 허락해 주었다. 아싸!!

나는 이렇게 처음 가는 피크닉에 마음이 들뜨기 시작했다. 병실에서만 살다가 이런 화창한 날에 피크닉을 간다니 왜 아니 행복하지 않겠는가. 더군다나 이렇게 멋진 날에 멋진 곳으로… 놀러 간다는데… 하하하!

"우리 어디로 갈까?"

"전망 좋은 곳이요!"

"그럼 산꼭대기로 갈까? 이 산은 높은 곳이라 가장 위에서 보면 장관이거든."

스티아가 구름에 반쯤 덮인 꼭대기를 가리키며 말하자 나는 고개를 끄덕여 주었다. 아마 스티아의 말대로 저곳에서 내려다본다면 경치가 멋질 것은 물론이요 밑의 도시랑 마을도 다 보일 것 같았다.

"좋아요. 그런데 음식이 다 없어졌는데……."

"넌 그렇게 먹어도 배고프냐?"

내가 다 비워 버린 빈 그릇들을 가리키며 걱정스럽게 말을 꺼내자 스티아가 질린다는 투로 틱틱거리기 시작했다. 그의 말마따나 내가 많이 먹긴 하지만 정말 말을 꼭 그렇게 해야 하는지…….

막 피어나는 아가씨의 마음을 꼭꼭 짓밟는 스티아의 말은 좀 많이 나의 마음을 아프게 했다.

"뭐 어때요, 금강산도 식후경이라는데……."

틱틱거리며 싸우는 우리의 모습이 웃겼는지 네이피아가 부드럽게 웃으며 피크닉 음식 준비를 하기 시작했다. 뭐, 물론 음식 준비라고 해봤자 그 낚시법(일명 손가락 까닥)으로 물고기와 토끼 두 마리를 잡고 남은 빵을 준비하는 거라 시간은 얼마 걸리지 않았다.

'피크닉이다, 피크닉. 이거 얼마 만이냐…….'

진짜 오랜만에 들뜨는 기분이었다. 피크닉… 나와는 전혀 인연없는 일이라고 생각해 왔던 것을 오늘에서야 할 수 있다니… 정말 감동의 물결이 온몸에 지잉 하고 지나갔다.

"그럼 준비됐지? 가자. 워프!"

그렇게 감동의 물결에 휩싸여 있는 내 어깨를 잡고 스티아는 홀랑 워프를 해버린 것이었다.

노래를 부르며 손에 손을 잡고(?) 등산을 하거나 걸어가며 노니는 산짐승을 보며 걷는 게 아니라 달랑 목적지로 워프해 버린 것이었다.

'이이이이이… 내 첫… 피크닉이이이이잇… 이 바보 스티아아아아아!'

"다 왔다. 왜 그래, 표정이?"

이상하다는 표정으로 되묻는 스티아의 얼굴을 한 방 날려줬으면 했다. 정말 피크닉의 즐거움이란 걸 전혀 모르는 드래곤이었다. 흐윽, 이런 드래곤을 아빠로 둬야 하다니… 불쌍한 내 신세…….

"장소 괜찮은데, 스티아."

"그치? 그치?"

네이피아의 칭찬에 기뻐하는 스티아에게는 나의 슬픈(?) 마음을 이해할 거라고 기대한 적 없었지만 그래도 믿었던 네이피아마저 나를 배신할 줄은 꿈에도 몰랐다.

흑… 드래곤의 피크닉은 홀랑 워프하는 것인가…….

엄청 서운한 짧은 피크닉(?)에 실망했지만 넓은 잔디밭과 그 옆에 커다란 호수가 보이는 게 스티아가 정말 장소 하나는 잘 고른 듯했다.

한쪽 면에 깎아지른 듯한 높은 절벽이 있었지만 반대 편은 뻥 뚫려 있는 게 온 세상이 다 보이는 듯했다. 내 집(스티아 레어) 앞마당과 옆 호수와 이어지는 계곡, 그 계곡을 따라가면 끝에 인간의 마을을 볼 수가 있었다. 아득히 먼 곳이라 마을이 마치 장난감 같아 보여서 거만한 소리 같지만 모든 게 내 장난감 같아 손만 뻗으면 잡힐 것 같았다.

"정말 멋진 곳이기는 하네요. 정말 매일매일 봐도 경치가 질리진 않겠어요."

"정말 그렇긴 하겠다. 그럼 여기에 집을 지을래?"

내 옆에서 같이 경치를 바라보던 네이피아의 뜬금없는 말에 눈이 동그래지고 말았다.

하지만 그 말은 나를 당황하게 했지만 스티아에게는 좋은 아이디어였던 모양이다. 늘어져 누워 있던 스티아의 눈이 네이피아의 말에 반짝거리는 것을 보면 말이다.

집이라니… 집이 그렇게 간단하게 지어진단 말인가?

집이란 무엇인가! 인간들이 평생을 돈 벌어 살 수 있는 가장 비싸고 가장 갖고 싶어하는 것이 아닌가!

그걸 가지기 위해서는 오랜 시간과 노력이 필요한데… 이 드래곤들은 아무렇지도 않게 말하는 것이었다. 뭐, 집 뼈대로 만들 나무가 많이 있긴 했지만 도대체 어느 누가 어떻게 짓는단 말이야? 집을……

정말 주위에 집 지을 때 사용할 수 있을 정도로 튼튼하고 커다란 나무가 잔뜩 있긴 했지만 가장 중요한 집 지을 사람은 없었던 것이다. 그렇다고 스티아가 집을 짓겠는가, 네이피아가 집을 짓겠는가.

순간 목수의 옷을 입고 입에 못과 왼손에는 망치를 든 스티아의 모습이 떠오르자 치가 떨렸다. 그렇게 안 맞는 코디가 따로 없을 것이었다.

"누가 지을 건데요… 설마 실프?"

믿기지 않는 내 말에 대답하듯 손 드는 두 드래곤의 모습에 더욱 머리가 아파졌다.

도대체 이들이 어떻게 집을 지으려는지… 정말 알 수가 없었다.

"장소는 나쁘지 않지?"

"나쁘지는 않아요. 하지만……."

"그럼 만든다. 저쪽 절벽 꼭대기에 만드는 게 낫겠지?"

"좋은 생각인데."

믿기지 않는다는 표정으로 서 있는 나를 따시키고 두 드래곤은 심각하게 머리를 맞대고 고민하는 것이었다. 정말 졸지에 즐거운 피크닉이 말도 안 되는 집 만들기로 변해 버린 것이었다.

'내… 내 첫 피크닉을… 누가 돌리도~!'

슬픈 내 마음을 아는지 모르는지 이제는 마법으로 가져온 커다란 종이에 설계도까지 그려가며 고민하는 두 드래곤이었다. 난생처음 피크닉까지 와서 버림받은 불쌍한 나, 성연이었다.

'흑, 누가 내가 여기 있다는 것 좀 알아주세요……'

그렇게 버려진 나는 애꿎은 풀을 뜯거나 돌멩이를 절벽에서 던지며 반항 아닌 반항을 했건만 토론에 열중한 두 드래곤은 알아주기는커녕 눈치도 채지 못하는 것이었다. 너무해~잉!

"됐다! 이대로 하는 거야!"

"좋은데, 정말."

드디어 끝났는지 자리에서 일어나던 두 드래곤은 이제까지 버려져 있던 나를 보며 손짓하는 것이었다. 드디어 외로운 나를 알아준 것에 감격하며 이제까지 못살게 굴던 잡초들을 놓아주고 방글방글 웃고 있는 그들에게 달려갔다.

"어때, 네 레어의 모습!"

그다지 탐탁지 않았지만 자랑스럽게 내미는 집 설계도를 받아 들었다. 스티아가 그렇게 자랑스럽게 내민 설계도에는 그동안 내가 생각해 왔던 집의 모습과는 전혀 다른 모습이 설계되어 있었다.

"이게… 내 집이라구요?"

"왜 마음에 안 드니?"

"어디 이상한 데라도 있어?"

"이… 이상한 데는 없죠. 괜찮아요, 마음에 들어요."

정말 이상한 데는 없었다. 다만 이게 인간의 집이라고는 볼 수가 없었지만 말이다.

아무래도 내가 그동안 잊고 있었던 것 같았다. 내가 드래곤이 될 존재라는 것을 말이다.

두 드래곤이 내민 설계도에는 호화찬란한 드래곤의 레어가 설계되어 있었던 것이다. 꼭대기에 좁은 입구가 있고 밑으로 갈수록 커다래지는 구조의 드래곤 레어가……

"맘에 든대. 그럼 시작할까?"

"그러자."

기뻐하는 두 드래곤의 모습을 보며 이제는 어떻게 이 집이 완성될까 기대가 됐다.

어리석게도 나는 집 만드는 것을 인간의 기준으로 생각했던 것이었다. 내 집을 만들어줄 사람은 드래곤인데 말이다. 바보도 아니고…….

'스티아보고 바보, 바보라 했는데… 나도 만만치 않고만……. 부전여전인가… 후후.'

그런 생각에 빠져 있는데 갑자기 요란한 소리와 함께 절벽 꼭대기에서 돌들이 쏟아져 내리는 것이었다.

갑자기 쏟아지는 돌덩어리에 놀라 도망가려 하자 옆에 있던 네이피아가 어깨를 누르는 것이었다. 그 덕에 진정하고 바라보니 내 주위에 파란 실드가 쳐져 있는 걸 볼 수 있었다.

아무래도 스티아가 마법을 실행하기 전에 나와 네이피아 곁에 실드를 친 듯했다.

'좀 일찍 알려주지, 민망하게…….'

한참 동안 그렇게 요란하게 쏟아지던 돌덩이들이 이제 나오지 않자 네이피아는 그동안 모여 있던 돌들을 모두 밑으로 던져 버렸다.

'컥, 밑에 있는 마을 사람들은 다 죽겠다.'

왠지 불안한 마음이 드는 나와 달리 두 드래곤은 아무렇지도 않은 듯 나를 데리고 공중으로 떠오르기 시작했다. 그렇게 공중에 뜬 상태에서 보는 경치는 더 아름다웠다.

절벽 꼭대기 부분에 동그랗게 파여진 동굴 입구를 스티아가 걱정스럽게 바라보았다. 내가 보기에는 굉장히 큰 것 같았는데 스티아의 눈에는 작아 보이는 것 같았다. 하긴 고룡이 들어가기에는 좀 힘들 것 같은 대문(?) 사이즈였다.

"입구 더 크게 팔까?"

"아니, 이게 나은데… 어차피 고룡 때는 폴리모프도 할 수 있고 하니 너무 크게 파지 말자고."

네이피아의 말에 동의한 듯 고개를 끄덕인 스티아는 좀 작은 입구로 우리들을 데리고 들어갔다.

여기저기 조그만 돌들이 있고 길이 울퉁불퉁한 데다가 어둠침침해 아직은 따뜻한 보금자리라고 볼 수 없었다.

"우선 라이트를 박아야 할 것 같은데……."

그 말을 하더니 네이피아는 커다란 하얀색 라이트를 레어 천장에 박기 시작했다. 그렇게 라이트가 하나둘씩 천장에 박힘에 따라 레어 안과 밖과 거의 차이를 느낄 수 없을 정도로 환해져 갔다.

환해진 레어 안을 바라보니 더 가관이었다. 스티아의 마법으로 강제로 만들어진 거대한 동굴은 이곳저곳에 돌이 쌓여 있는데다 벽에는 위태로운 금마저 가 정말 부실 공사가 따로 없었다.

"부실 공사네요."

"좀… 그렇네."

우리가 걱정스럽게 레어 안을 바라보자 그 모습이 여간 마음에 들지 않았는지 스티아는 벽에 강화 마법을 걸어버린 것이었다. 그렇게 되면 동굴이 무너질 걱정은 없지만 레어 구조를 바꾸기는 좀 힘들게 되는 것이었다.

그 때문에 네이피아에게 약간 쿠사리를 얻어먹은 스티아는 마법을 풀고 벽 안을 깨끗하게 다듬기 시작했다. 여전히 자주 사용하는 실프들을 불러 돌을 치우고 또다시 사용된 리버스 그래비티란 중력 마법으로 동굴을 고루고루 평평하게 했다.

그 덕에 울퉁불퉁했던 돌 벽은 매끈매끈하게 대리석을 깐 듯 윤기가 잘잘 흘렀다. 한두 개의 마법이 더 실행될수록 드래곤이 살 만한 집이 되어가는 것을 보며 정말 마법은 여러모로 쓸모가 있는 것 같았다.

그렇게 매끈매끈해진 벽에 라이트의 불빛까지 비치니 이제는 눈이 부시기까지 했다.

하하하! 누가 믿겠는가, 바위 벽이 매끈매끈해서 불빛이 튕긴다는 사실을.

그렇게 제법 레어 구실을 하게 된 레어 길을 따라 들어가니 나중에는 커다란 층계가 보이는 것이었다. 어느새 층계도 마법으로 닦아났는지 깨끗했다.

역시나 설계도에서 느꼈던 대로 저 차원의 아파트를 모티브로 만든 레어인 것 같았다. 그것도 5층으로 나누어진 아파트를…….

"어떠냐? 네가 전에 살던 아파트를 기초로 만든 건데."

자랑스럽게 말하는 스티아에게 고맙다는 말을 해주었다. 공짜로 이런 멋진 집을 지어주었는데 왜 아니 고맙겠는가.

"멋지네요. 하지만 너무 크지 않을까요?"

"아냐, 이 정도는 돼야 할걸."

"그럼 성연이 짐을 다 이쪽으로 옮길까?"

"에엣?"

뜻밖의 이사에 나는 깜짝 놀라고 말았다.

내 집이 생긴다는 것은 좋고, 또 뿌듯하기까지 했지만 갑자기 이사할 거라고는 생각하지 못했던 것이었다. 게다가 나 혼자만 말이다.

"왜, 싫어?"

"예, 혼자 어떻게 살아요!"

투정 섞인 내 말에 두 드래곤은 웃었지만 그렇게 웃고 끝낼 일이 아니었다.

설마 두 드래곤이 눈 맞아서 신혼 살림 차리려고 나를 이곳에 던져놓는 건 아닌지 의구심마저 들었다.

"그냥 네 방만 이쪽으로 옮길 거야. 생활은 그쪽에서 할 거고."

"그래, 워프 게이트로 연결해 놓을 테니 걱정할 건 없어."

"쳇, 일찍 말해 주지요. 뭐, 그러면 나쁠 건 없네요."

"그치?"

괜히 걱정했다는 생각에 뾰로통해 있자 피식 웃던 스티아가 내 머리를 쓰다듬어 주었다.

매번 느끼는 거지만 난 스티아가 이렇게 내 머리를 쓰다듬어 주는 것이 무척이나 좋았다. 따뜻하고 부드러운 손이 내 머리를 만져 주는 느낌… 진짜 이때는 가족 같다는 느낌이 들었다.

"자자! 좋은 분위기 깨서 미안한데 서둘러서 집 꾸미자고!"

네이피아의 말에 멋쩍게 떨어진 우리는 서둘러 방 꾸미기에 착수했다.

우선은 워프 게이트를 만들어 내 방에 있던 물건을 모조리 이곳에 옮겼다. 이렇게 옮긴 물건을 내 방으로 정한 3층 건물에 옮겨놓기 시작했다.

3층 내 방 인테리어는 대충 전과 같은 쿠션과 덩굴, 실크의 조화로 만들어놓고 남은 방에는 각각의 목적을 부여했다. 제일 지하인 1층 방에는 마법 연구실(부서져도 피해가 안 가게 지하에 놓았음)을, 2층 방에는 검술 연습장을, 3층에는 내 방을 만들고 4층에는 보물 창고를 만들었다.

갑자기 생긴 내 보물 창고에는 네이피아가 자신의 레어에서 가져온 엄청난 보물과 스티아의 레어에서 가져온 엄청난 보물로 순식간에 가득 차버렸다. 하하하… 이렇게 난 집 짓고(?) 났더니 한순간에 부자가 되어버렸다.

게다가 마지막인 5층에는 온천 수영장 및 휴게실을 만들었다. 이 온천 수영장은 스티아가 주위 호수의 물을 강제로 마법으로 끌어온 후 네이피아가 어펙트 파이어 마법을 건 돌을 바닥에 깔아 만든 것이었다.

드워프가 아니어서 그다지 화려한 맛은 없지만 그래도 매일 목욕을 할 수 있는 아주 소중한 곳이었다. 이렇게 해서 내 초호화판의 레어가 완성되었다.

만족스런 레어의 모습에 만족한 우리들은 네이피아가 가져온 피크닉 음식을 집들이 음식 삼아 맛있게 먹었다.

때는 이미 늦어 저녁이 되었지만 뿌듯한 마음의 나는 떠나는 두 드

래곤을 배웅했다. 뭐, 떠난다고 해봤자 연결된 게이트를 지나는 것뿐
이지만 말이다. 게다가 게이트 너머로 저쪽 스티아의 레어가 보이니
뭐, 크게 달라진 건 없어 보였다.

이렇게 오늘도 다사다난했던 하루를 접은 나는 멋진 나의 성 안에서
조그마한 꿈을 품고 잠자리에 들었다.

"내가 떠나줬으니 이때 네이피아가 스티아를 꼭 잡았으면 좋겠는
데… 뭣하면 덮쳐도 되고……."

정말 요즘 들어 지루할 틈도 없이 바쁜 나날의 연속이었다.

아침에서 점심까지는 기초 체력 운동 및 격투기 훈련—대체로 내 상대
는 스티아였다. 난 바위도 가루 내는 괴력 소녀인데… 쯧쯧, 불쌍한 스티아—더
운 점심에는 마법 공부, 저녁에는 검술 훈련 등등등… 끝없이 이어지는
수업들로 시간이 정신없이 지나가는 것이었다.

어느덧 마법을 제법 사용할 줄 알게 되면서부터 이제는 나도 자연스
럽게 스티아의 연구실을 사용하게 되었다. 하하하! 한마디로 등급을
업했다는 거다.

오늘도 평소처럼 여러 가지 물품을 챙겨 들고 스티아… 아니, 이제
는 공동 연구실이 된 마법 연구실로 들어갔다. 연구실에 들어가자 오
늘따라 웬일로 스티아가 마법 물품을 만들고 있는 게 보이는 것이었다.

'갑자기 뭘 만든데?

요즘 들어 나를 가르치거나 같이 배우느라 정신이 없어 자신의 마법
공부는 뒷전이었던 스티아가 갑자기 마법 물품을 만들자 왠지 모를 호
기심이 솟는 것이었다.

무얼 만드는지 궁금해서 살짝 다가가 살펴보니 전에 스티아의 보물

창고에서 보았던 두꺼운 금팔찌에 마법을 새겨 넣고 있었다. 하지만 그것만 봐선 짧은 내 마법 실력으로는 뭘 만드는지 알 수가 없었다. 게다가 집중하는 스티아가 내 존재를 눈치 채고 알려줄 리 없었다.

"성연아, 너 그러다가 맞겠다!"

언제 들어왔는지는 모르겠지만 이런 내 모습이 꽤 웃겼는지 네이피아는 작게 웃음을 터뜨리는 것이었다.

"쳇! 궁금하잖아요."

"그래도 스티아 성격에 그렇게 집적댔다가는 좋은 소리 못 듣는다고. 맞지나 않으면 다행이지. 자! 우리는 우리 할 일이나 하자."

차마 미련을 버리지 못한 나는 서운한 표정으로 한번 흘끔 바라보고는 오늘 네이피아와 약속한 마법 물품을 만들기 위해 필요한 준비물을 꺼내놓았다.

"음… 다 가져오긴 했네."

여러 가지 시약과 마법 가루, 커다란 내 전용 마법서(일기장)와 마지막으로 커다란 냄비를 보고 네이피아는 의미심장한 모습으로 씨익 웃는 것이었다. 하긴, 내가 생각해도 웃기긴 했다.

이 반짝반짝 빛나는 냄비는 일반 쇠 냄비가 아니라 미스릴로 만든 냄비로 진짜 하릴없는 스티아의 작품이었던 것이다. 덕분에 내가 마법 물품을 만들 때 사용할 수 있어서 좋긴 했지만 누가 냄비를 미스릴로 만든단 말인가. 어떤 정신 나간 녀석이… 아! 물론 스티아 빼고 말이다.

어제 내준 숙제를 검사하기 위해 네이피아가 내 마법서를 펴자 약간 걱정이 되었다.

어제 내 마법 연구실에서 머리를 싸매고 복잡한 수학 계산과 여러 개의 복잡한 마법진의 결합 방법을 정리했지만 그다지 흡족한 결과를 내지 못했던 것이었다. 정말 왜 이리 꼬아놓는지… 매번 할 때마다 머리에 쥐가 나는 것 같았다.

"음, 이 방법대로 수학식을 풀면 편하긴 하겠지만… 좀 그래도 걱정되는데… 이거 여기하고 여기가 틀렸잖아."

역시나 우려했던 대로 지적받은 나는 처음의 자신감이 좀 수그러들었다. 아무리 내가 머리가 좋고(?) 뛰어나다고 할지라도 평범한 소녀였던지라 한순간에 뛰어난 마법사가 되는 건 무리였던 것 같다.

천재에게도 힘든 고비는 있는 법이다.

"나도 좀 걸리는데… 다른 방법이 없는 것 같은데요."

지적 후 네이피아가 몇 차례 고쳐서 그나마 덜 허술한 마법진이 완성됐지만 오래전에 잊혀졌던 마법인 데다가 고난이도의 마법이라서 그런지 네이피아가 수정한 후에도 그다지 완벽해 보이지 않았다.

"이런, 오늘도 운 나쁘면 폭발하겠는걸."

"뭐, 한두 번 폭발하는 것도 아닌데요 뭐……."

약간 걱정되는 마법진에 우리는 조용히 스티아를 바라보았지만 하필이면 이때에 그가 뭘 만들고 있어서 물어볼 수도 없었다. 정말 꼭 필요할 때는 도움이 안 돼요, 정말…….

한참 동안을 끙끙대며 제법 커다란 마법진을 그린 나는 그 위에 냄비를 올려놓고 전에 만들어놓은 시약을 잔뜩 뿌렸다. 그리고 여러 가지 마법 가루를 뿌린 후에 어제저녁 내내 풀어논 마법 공식으로 만든 마법 주문을 외우기 시작했다.

거의 다 주문을 외운 나는 녹색으로 빛을 내는 파란 냄비를 보며 히죽 미소를 지었다. 아무리 봐도 이번에는 무사히 성공하는 듯싶었다.

마지막으로 영구 보존을 위해 전에 만든 연보라색 가루를 뿌리던 나와 네이피아는 순간 당황했다.

"연보라색! 그건 살풀쾡이 가루잖아!!"

"아악! 바뀌었다!!"

이런 어처구니없는 실수가! 내가 모르고 마지막에 뿌릴 가루와 세 번째에 뿌릴 가루를 바꿔 버린 것이었다. 그렇게 마지막에 뿌릴 연보라색의 보존 가루를 세 번째에 뿌려버린 거였다.

믿을 수 없는 마음에 두 눈을 부비적거린 후 다시 봤지만 내 손에 들린 병에 있는 가루는 녹색의 가루가 아닌 연보라색 가루였다.

"오~ 마이 갓!!"

"성연아! 피해에에에~ 옛!!"

날카로운 네이피아의 비명에 나는 이제 익숙해진 포즈로 날렵하게 연구실 밖으로 몸을 날렸다. 내가 몸을 날리고 곧 있자 연보라색으로 바뀐 냄비는 엄청난 굉음을 내며 큰 소리로 폭발하고 말았다.

쾅 소리와 함께 충격으로 파괴되어 날아오는 문짝 조각과 미스릴 냄비 조각들을 피해 몸을 웅크렸던 우리들은 레어가 흔들릴 정도로 울리자 레어가 무너질 것 같은 모습에 두려움이 커져 갔다.

마지막으로 쾅! 하고 울리고 소음과 충격이 가라앉자 그제야 우리는 안도의 숨을 내쉴 수 있었다.

"휴~우, 십년감수했네."

"정말 다행이다. 그치, 성연아?"

조용히 몸을 일으킨 우리들은 보라색 안개 너머 보이는 무사한 서로의 모습에 다시금 안도했다.

하지만 그 안도감도 잠시, 우리 곁에서 통통거리며 있어야 할 한 드래곤이 없다는 것을 깨닫고 우리 둘은 그만 새하얗게 질리고 말았다.

"스… 스티아아아아아아!"

"어… 없니?"

아무리 둘러봐도 주위에 없다는 것을 깨달은 우리들은 기억을 되살리기 시작했다. 아무리 생각해도 떠오르는 기억은 내 책상 옆에서 마법을 실행하고 있던 스티아의 모습이었다.

믿고 싶지는 않지만 우리들은 서둘러 피하느라 남아 있던 스티아를 생각하지 못한 것 같았다. 마법을 할 때면 고도로 집중하느라 주위를 전혀 신경 쓰지 않는 스티아를 남겨놓고 말이다.

"아아악!!"

"어, 어떻게 해!!"

아직도 보라색 연기가 몽글몽글 피어오르는 연구실을 보며 우리는 스티아의 생존 여부를 가늠할 수 없었다. 최악의 상황을 생각해 보자면 고의 여부를 떠나서 우리들은 살룡(난 아직 드래곤은 아니지만)이 될 수도 있는 상황이었다.

금방이라도 울음을 터뜨릴 것 같은 나와 네이피아는 보라색 연기 속에서 어떤 물체의 움직임이 보이자 안도의 안숨을 내쉴 수 있었다. 그 보라색 연기 속을 헤치며 다가오는 보라색 잿더미의 사이즈(?)는 스티아의 사이즈였던 것이다.

"자기, 다행이야!"

"네! 정말 다행히 무사히 살아 있……."

"너.그.들. 날. 죽.일… 작.정.이.었.냐!!"

음산한 말투로 이를 갈며 말하는 스티아의 모습에 나와 네이피아는 그만 쫄고 말았다. 그만큼 스티아의 모습은 처참했던 것이었다.

아침에 봤을 때는 깔끔한 흰색 셔츠에 검은 바지 차림이었는데 지금은 보라색 셔츠에 찢겨진 바지 차림이었다. 게다가 노려보는 안광에서 금방이라도 불이 튀어나올 것 같아 우리들은 그만 찔끔했다.

"미~이이안… 자기~이……."

"미안해요, 스티아……."

풀 죽은 우리들을 무섭게 노려보던 스티아가 보라색 연기를 꽤나 들이마셨는지 연신 콜록거리기 시작했다. 그 모습에 우리 두 여자는 아부하는 심정으로 나는 물을, 네이피아는 콜록거리는 스티아의 등을 부드럽게 때려주기 시작했다.

애교와 아양을 부리며 매달리는 우리 두 여자를 차마 혼내지는 못하겠는지 스티아는 몇 번 노려보다 내가 내민 물을 벌컥벌컥 들이켰다. 역시 착한 드래곤이었다. 스티아, 고마워… 그리고 미안!

"도대체 뭘 만들려고 그런 거였냐?"

"하하하… 별거 아니에요. 전에 스티아가 만든 미스릴 냄비에 마법을 걸어 맛을 느낄 수 있는 에고 냄비를 만들려고 했죠. 막판에 가루를 헷갈려 넣는 바람에 이 모양 이 꼴이 됐지만……. 죄송해요."

스티아는 멋쩍게 말하는 성연의 말에 기가 막혔다. 전에 미스릴로 냄비―하도 수프를 만들다 쇠 냄비를 녹여먹어서 튼튼하게 만들려고 만든 거였다―를 만든 자신도 기가 막힌 일이었지만 저건 한수 더 뜨는 것이었다.

마법을 담을 수 있는 미스릴에다가 마법을 걸어서 겨우 만든다는 게 맛을 감별할 수 있는 에고 냄비라니… 정말 어떻게 보면 한심하기 그지없는 녀석이었다.

"으이그, 기껏 만든다는 게 그거냐?"

"뭐 어때서요?"

불퉁불퉁하게 대답하는 내 모습에 스티아는 지겹다는 듯이 고개를 흔들곤 아직 연기가 가라앉지 않은 연구실을 바라보았다.

아직도 가득 찬 연기를 보며 인상을 쓰던 스티아는 실프들을 불러 연기를 모두 걷어내 버렸다.

연기가 걷혀지자 드러난 연구실 안은 장난이 아니었다. 책상이며 가구들은 전에 어떻게 생겼는지 알아볼 수 없을 정도로 파편만 남아 있었다. 그중에 가장 획기적인(?) 일은 연구실 한쪽 벽이 내 몸통만하게 뻥 뚫려 버린 것이었다.

"자기, 창문이 생겼는데……."

네이피아의 농에 나는 민망했지만 스티아는 화가 다 가라앉았는지 피식 웃으며 거의 완벽한 원형 모양의 구멍을 만져 보았다. 마치 마법으로 뚫어—마법으로 뚫긴 했지만 고의가 아니므로—논 것처럼 완벽한 원형에 스티아와 네이피아는 웃음을 터뜨렸다.

"우… 웃지 말아요, 민망하게……."

쪽팔림으로 빨개진 내 얼굴에 이젠 박장대소를 터뜨리는 두 드래곤이었다. 아무래도 그 덕에 내 얼굴이 무진장 빨개지고 말았다.

"실수할 수도 있죠. 너무해요."

"쿡쿡… 미… 미안, 성연아. 너무 완벽한 원이라… 여기에 유리나 커튼을 달아서 창문으로 만들자, 우리!"

"창문 달린 레어라… 괜찮은데… 쿡쿡."

재빠르게 방 안을 정리한 두 드래곤은 어디선가 커다란 판유리를 가지고 와 내가 만든 구멍에 맞추어 유리를 가공하기 시작했다. 날카롭게 변한 실프들이 유리를 가공하는 소리가 좀 듣기 거북했지만 깨끗이 잘리는 것을 보니 정말 실프들은 여러모로 쓸모가 많은 것 같았다.

딱 맞게 가공한 유리 문에 핑크 색 커다란 하트가 잔뜩 들어가 있는 커튼까지 달자 진짜 100점 만점에 100점인 완벽한 창문이 되었다. 좀 쪽팔리긴 했지만 깨끗한 유리 문 뒤로 아름다운 녹색의 나무가 잔뜩 보이자 기분이 좀 상쾌해지는 것 같았다.

뜻밖의 사고로 만들어진 창문에 만족한 두 드래곤은 전 사고를 잊어버리고 서둘러 나머지 시약 병들을 옮기기 시작했다.

"그런데 자기, 뭘 만들고 있었던 거야?"

다 정리한 후 따뜻한 홍차를 마시며 여유로운 시간을 보내던 우리들은 갑자기 꺼낸 네이피아의 말에 다시 아까 그 황당한 사건을 떠올렸다.

그러고 보니 스티아가 만들고 있던 게 무엇인지 궁금하기도 했다. 아무래도 그렇게 집중하고 있던 것을 보면 꽤나 중요한 물건을 만들고 있었던 듯싶었다.

"응, 별거 아니야. 팔찌에 폴리모프를 영구적으로 거는 건데 거의 완성될 무렵에 성연이의 마법 폭파로 휩쓸렸으니 아마 망가졌을 거야."

"아쉽네, 그거. 꽤 돈이 됐을 텐데."

황금 팔찌가 아쉽긴 했지만 미스릴도 산산조각날 정도로 엄청난 폭발에 무른 금속인 황금이 무사할 리 없을 거라고 생각한 나와 두 드래곤은 그냥 그 팔찌를 포기해 버렸다.

그러나 주인은 잊었어도 주인을 잊지 않은 물건은 다시 주인을 찾아 돌아오는 법이었다.

그로부터 석 달하고 17일 후 사슴이나 사냥하러 나갔던 나와 네이피아는 죽어 있는 오크 앞에 익숙한, 아주 익숙한 문양의 팔찌를 발견하게 되었다.

뭔가 심각하게 이상한 이 죽어 있는 오크의 팔뚝에는 전에 폭발 사고로 잃어버렸던 스티아의 미완성 마법 팔찌가 차여져 있는 것이었다. 7센티 정도 길이의 두꺼운 팔찌에 드래곤 한 마리가 새겨져 있는 팔찌는 드래곤의 눈 대신 박아 넣은 루비를 제외하고는 전체가 황금으로 만들어진 팔찌였다.

잊을래야 잊을 수 없는 디자인으로, 이와 같은 팔찌는 아마 세상에 다시 없을 게 분명했다. 만약에 있다고 해도 스티아의 마력 냄새까지 풍기고 있을 수는 없으니까 말이다.

그 팔찌를 차고 있는 오크의 믿을 수 없는 모습에 나는 잡았던 토끼마저 털어뜨리고 멍하니 죽어 있는 오크를 바라보았다.

목이 잘린 것은 많이 봤지만(새, 토끼 등등의 먹을거리) 이 오크처럼 피를 많이 흘리고 있는 것은 본 적 없어 속이 그리 좋지 못했다. 하지만 그동안 잘린 목(?)에서 매번 보아왔던 죽음에 대한 공포감이 없는 것을 보아하니 아마 자기 스스로 자살을 한 듯싶었다.

그 자살이 행복(?)했는지 평온한 표정까지 띠고 있어서 피만 없다면 죽은 시체 같다는 느낌이 들지 않았다. 마치 좋은 꿈을 꾸며 잠든 것만 같았다.

"피 보는… 거 괜… 찮니, 성연… 아?"

"글쎄… 요? 안… 좋은데요."

우리 둘은 그래도 여전히 이상하게 죽어 있는 오크에게서 눈을 떼지 못한 채 서로 말을 주고받았다.

그렇게 꽤 오랜 시간이 흘렀던 모양인지 오지 않는 우리를 찾아 스티아가 나왔다.

"거기서 뭐 하는 거야?"

약간의 걱정과 약간의 짜증이 섞인 스티아의 말에 우리는 그제야 눈을 뗄 수가 있었지만 아직도 이 상황이 이해가 가지 않았다.

"뭐 하는 거야? 도대체 뭘 보고 있길래?"

멍해 있는 우리가 이상한지 우리가 바라보던 그 오크를 본 스티아 역시 낮게 소리를 질렀다.

"이건 오크?"

"그런 것 같지?"

스티아까지 포함한 우리들은 믿을 수 없다는 심정으로 너무나 사람 같은 오크를 바라보았다.

이 오크는 다른 오크들과 달리 키가 180 정도나 되었고, 단발 정도 되는 회색 머리를 가지고 있었다. 그리고 오크하면 떠오르는 들창코는 없고 거의 인간형의 오뚝한 코에 돼지 같은 얼굴이 아닌 제법 준수한 남자의 얼굴을 가진 오크였다. 피부는 잔털 하나 없이 매끄러운 근육까지 잡혀 있어서 언뜻 보면 인간 같아 보이는 것이었다. 그것도 잘생긴……

"설마 이게 오크?"

내 말에 두 드래곤은 아니라는 듯이 동시에 고개를 저었다. 그도 그럴것이 아무리 봐도 일반적으로 볼 수 있는 평범한(?) 오크 같아 보이진 않았던 것이다.

"그럼 도대체 이건 뭔 거 같아요?"

"글쎄… 키메라인가?"

"글쎄… 하지만 그게 가장 가까운 답이겠지."

도저히 어떤 생물체인지 알 수 없던 우리들은 어떤 악독한 마법사가 만든 키메라일 것이라고 결론지었다. 그렇게 악독한 마법사를 벗어난 오크가 이 평화로운(?) 곳에서 평화로운 죽음을 맞은 거라고 생각했다. 그렇게 결정 내린 우리는 더 이상 이 정체 불명의 오크에 대해 신경 끄기로 하고 전에 스티아가 만들었던 팔찌를 챙기기로 했다.

우아한(?) 여성인 나와 네이피아는 아무리 평화롭게(?) 죽었다고 하더라도 시체는 만지고 싶지 않다고 박박 우겨서 여기 유일하게 남자인 스티아에게 이 일을 떠맡겼다.

기분 나쁜 듯 투덜투덜거리며 스티아는 실프를 이용해 그 죽은 오크의 팔을 잘라 팔찌를 빼내었다. 그렇게 팔찌가 빠지자마자 순간 연보라색 빛이 번쩍 하더니만 우리가 키메라 오크라고 확정 지었던 오크가 정상(?) 오크로 변해 버린 것이었다.

놀란 나와 두 드래곤은 실프가 들고 있는 팔찌를 바라보았다. 아무래도 팔찌가 오크를 이렇게 만든 원인인 것 같았다.

토끼 두 마리로 사냥을 접은 우리들은 서둘러 연구실로 워프해 들어갔다. 그렇게 연구실에 도착하자마자 우리는 이 황당한 사건을 일으킨 팔찌를 내려놓고 토론을 시작했다.

"스티아, 네 마법이 완성된 것 같은데……."

"그렇긴 해도 난 이런 마법 안 걸… 아! 성연아, 너 그때 마법 물품 만든다는 게 에고 냄비였지?!"

갑자기 던진 질문에 놀라 끄덕거리자 스티아는 알겠다는 듯이 머리를 탁 때렸다. 그리고는 책상 위에 놓여 있던 팔찌를 집어 들고는 이리저리 둘러보며 마법을 거는 것이었다.

이미 알고 있는 듯한 스티아와 달리 나와 네이피아는 도무지 무슨 일인지 알 수 없어 연구 중—이때 건들면 폭발한다—인 스티아가 자신들을 떠올릴 때까지 조용히 앉아서 기다렸다. 한참 후에야 모든 관찰을 만족스럽게 끝냈는지 그제야 우리에게 스티아는 자신의 결론을 설명해 주었다.

우리들은 스티아의 설명에 그만 아연실색하고 말았다.

어떻게 내 에고 냄비를 만들 때 사용했던 주문이 시약이 터지면서 스티아의 마법 팔찌에 이중으로 걸렸는지 알 수가 없었다. 그것도 솔직히 냄비도 성공할 거라고 기대도 하지 않고 도전했던 만들기 힘든 에고 물품을 폭발로 만들었다니… 정말 기가 막힌 일이었다.

스티아의 결론에 의하면 이 팔찌는 스티아의 마법과 내 마법이 폭발로 뭉쳐지는 바람에 얼렁뚱땅 생긴 에고성을 가진 변신 마법 팔찌란 것이었다.

웃기게도 내가 걸려는 맛을 평가하는 마법이 자신의 주인 외모를 평가하는 마법으로 변해 자신을 착용한 주인이 자신의 외모 기준에 미달되면 강제로 변신시켜 버리는 아주 웃기는 마법 물품이었던 것이다.

"그런데 왜 그 오크는 죽은 거예요? 이렇게 마법덕에 아주 잘생겨졌는데? 여자 오크나 꼬실 것이지… 최소한 네댓 명은 꼬시겠구만……."

내 이런 소박한 질문에 네이피아는 크게 웃음을 터뜨리는 것이었다.

"이런이런, 성연아, 생각해 보렴. 인간과 오크가 미의식이 같다고 생각하니? 오크는 오크다운 게 가장 잘생긴 거야. 그런데 이렇게 인간다운 오크라니… 아마 그 오크로서는 끔찍한 저주였을 게 분명해. 아마 자신의 외모에 비관한 나머지 자살했을걸."

"……."

진짜 할 말 없었다. 내가 보기에는 무척이나 잘생긴 오크였건만… 오크에게는 최악의 추남이었던 모양이다. 자살하고 싶을 만큼…….

"음… 그렇다면 이 마법 물품도 인간의 미의식을 가지고 있는 모양이네요? 그렇군요. 그래……? 으워어어어어어!!"

내 질문에 고개를 끄덕이고 있던 네이피아와 스티아는 갑자기 내가 소리를 지르자 놀랐는지 바라보는 것이었다.

그렇게 놀란 듯 괜찮냐고 묻는 그들의 모습에도 나는 내가 저지른 충격적인 사건에 그만 울고 싶어졌다.

그도 그럴 것이, 나는 전에 벽을 뚫어버린 대실패 후 홧김에 에고 냄비 만드는 주문을 몽땅 찢어버린 것이었다. 우워어어어어~

"아무리 사고로 만든 거였지만 찢어버리지 않았다면 또다시 도전해 볼 텐데… 떼돈 벌 수 있는 기회인데… 흐윽!"

"이 녀석은 맨날 돈타령이야!"

내 말에 기가 막힌 듯 이마를 쥐어 박은 스티아는 자신과 나의 합작품을 건네주며 내가 잡아온 토끼를 들고 밖으로 나갔다. 그런 스티아의 뒤를 웃으며 따라가던 네이피아는 나가면서 나에게 한마디 던지는 것이었다.

"그만 하고 밥 먹자, 성연아!"

착한 어린이인 나는 마법 팔찌를 안주머니에 넣고 서둘러 네이피아의 뒤를 따라나섰다.

여러분, 착한 아이는 어른들 말씀을 잘 따르는 겁니다. 오호~♡

『파이널 드래곤』 2권에 계속…

김해수 판타지 장편 소설

|운명의 업|

판타지는 살아 있다!

무한한 상상력이 빚어낸 환상의 세계, Fantasy World!
도전과 모험, 사랑과 숙명이 치열함을 뽐내는 무대!
그 무대 위에 새롭게 우뚝 서게 될 『운명의 업』.
가혹한 운명, 화끈한 모험 속에 누리는 유쾌한 삶!

판타지가 보여줄 수 있는 극한적 환상의 세계가 펼쳐진다.

정원용 판타지 장편 소설

|더위저드|

사랑을 위하여! 독립을 위하여!
100만 골드를 쟁취하라!

파산 위기에 몰린 대마법사 스승을 위해,
…라기보다 스승에게서 독립하여 잘 살아보기 위해,
그에게는 쟁취하지 않으면 안 될 필수 생존 아이템이 있다.
명예와 사랑, 독립을 위한 필수품! 1,000,000 골드!
너무나 인간적인, 그래서 더욱 치열한 마법사의 삶이 여기 있다!

도서출판 청어람 www.chungeoram.net 우 420-011 부천시 원미구 심곡1동 350-1 남성빌딩 3F ● TEL : 032-656-4452/54 ● FAX : 032-656-4453 ● Email : eoram99@chol.com

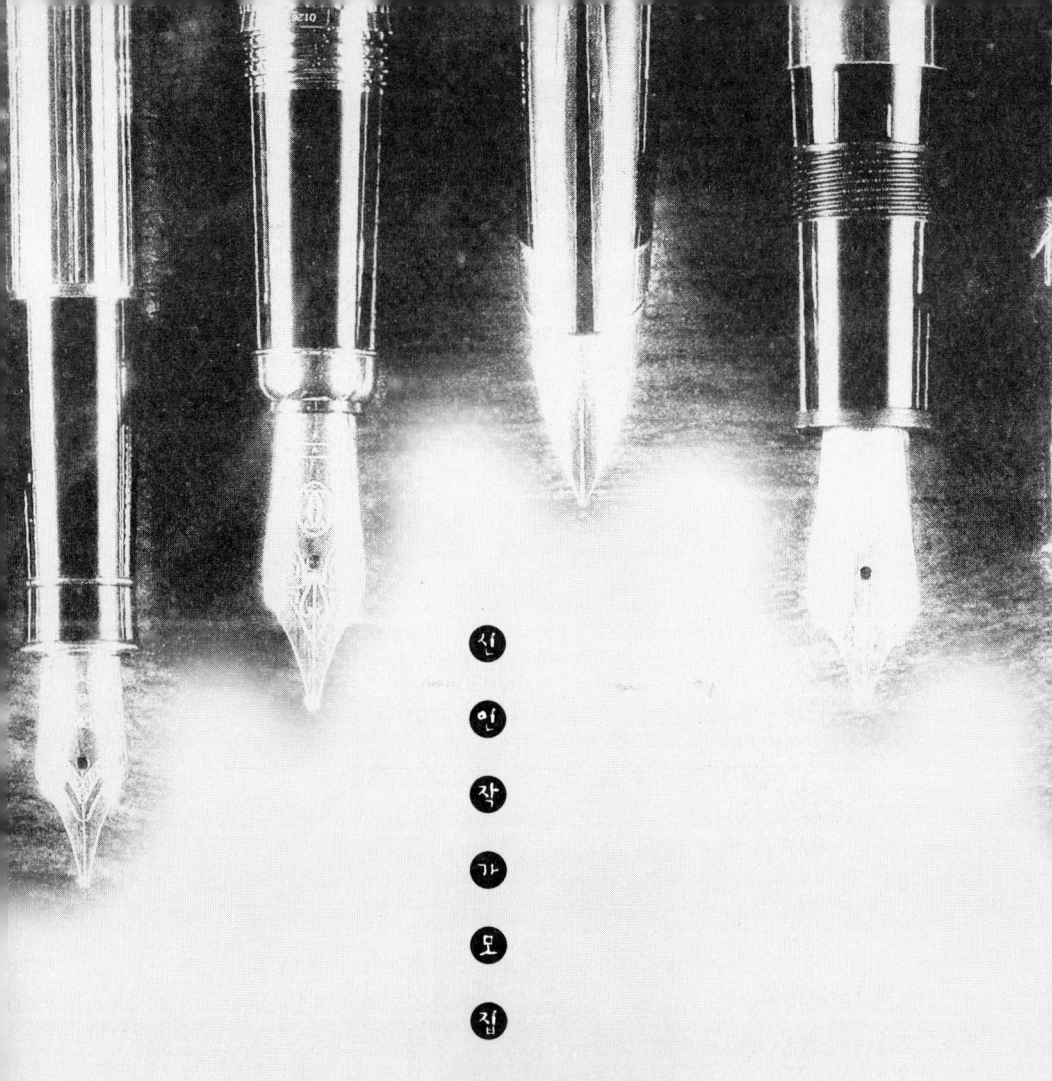

신
인
작
가
모
집

시작이 반이라고 했습니다.
작가의 길에 대한 보이지 않는 벽을 과감히 깨뜨리십시오!
청어람은 작가 지망생 여러분들의
멋진 방향타가 되어드리겠습니다.

저희 도서출판 청어람에서는
소설 신인 작가분들을 모집합니다.
판타지와 무협을 사랑하시는 분들의 많은 참여를 바랍니다.
소정의 원고(A4용지 150매)를 메일이나 우편으로 보내주시면
검토 후 출판 여부를 알려드리겠습니다.

주소:경기도 부천시 원미구 심곡1동 350-1 남성B/D 3F 우편번호420-011
TEL:032-656-4452 · **FAX**:032-656-4453
http://www.chungeoram.com
e-mail:chungeoram@chungeoram.com